DIE RETTUNG VON ANNIE

Die Rettung von Annie (Die Delta Force Heroes, Buch Zwölf)

SUSAN STOKER

EBENFALLS VON SUSAN STOKER

1

Ein Held für Riley

Ein Held für Devyn

Ein Held für Ember

Ein Held für Sierra

SEALs of Protection:

Schutz für Caroline

Schutz für Alabama

Schutz für Fiona

Die Hochzeit von Caroline

Schutz für Summer

Schutz für Cheyenne

Schutz für Jessyka

Schutz für Julie

Schutz für Melody

Schutz für die Zukunft

Schutz für Kiera

Schutz für Alabamas Kinder

Schutz für Dakota

Ace Security Reihe:

Anspruch auf Grace

Anspruch auf Alexis

Anspruch auf Bailey

Anspruch auf Felicity

Anspruch auf Sarah

Mountain Mercenaries:

Die Befreiung von Allye

Die Befreiung von Chloe

Die Befreiung von Morgan

Die Befreiung von Harlow
Die Befreiung von Everly
Die Befreiung von Zara
Die Befreiung von Raven (1 Apr 2022)

Die SEALs von Hawaii:

Die Suche nach Elodie
Die Suche nach Lexie
Die Suche nach Kenna
Die Suche nach Monica (10 Mai 2022)
Die Suche nach Carly
Die Suche nach Ashlyn
Die Suche nach Jodelle

KAPITEL EINS

Captain Ann Fletcher sah sich um und versuchte zu verstehen, wie alles so schnell schiefgehen konnte. Sie und ihre Green-Beret-Spezialeinheit waren losgezogen, um einen Aufklärungseinsatz durchzuführen ... und waren irgendwie mitten in ein Feuergefecht geraten.

Sie waren vor einer Woche im Osten Afghanistans eingetroffen und hatten die Zeit seitdem damit verbracht, sich mit dem Gelände und den Bewegungen und Anhängern ihrer Zielperson vertraut zu machen. Für die nächsten zehn Tage war eine Offensive geplant. Ann und ihre Gruppe sollten etwa hundert afghanische Kommandotruppen anführen und versuchen, Sahib Lal Wakil zu töten oder gefangen zu nehmen. Er war der neueste Anführer der örtlichen Taliban-Gruppe und einer der brutalsten. Berichten zufolge hatte er nicht gezögert, seinen eigenen Sohn zu töten, der ihm vor seinen Anhängern widersprochen hatte.

Ann und ihr Team waren in dem Land angekommen und hatten sich sofort an die Arbeit gemacht, um sich mit afghanischen Beamten zu treffen und zu versuchen, den besten Weg zu Wakil zu finden. Er hatte sich in einer kleinen Stadt inmitten einer großen Bergkette verschanzt. Es würde nicht einfach sein, zu ihm zu gelangen, da es fast unmöglich war, sich ihm unbemerkt zu nähern, da er den Ort als seinen Stützpunkt gewählt hatte. Am schnellsten kam man mit dem Hubschrauber dorthin, aber sobald sich der Hubschrauber in der Nähe des Ortes befände, würden Wakil und seine Gefolgsleute davon erfahren, was die Sache äußerst riskant machte. Trotz des Risikos wären die Informationen über den Aufenthaltsort von Wakils Männern und die Zahl der Anhänger des Terroristen von unschätzbarem Wert, um ihn ein für alle Mal zu erledigen.

Der heutige Tag sollte der Erkundung des Tals dienen, das sie durchqueren mussten, um zu dem Dorf zu gelangen, in dem sich Wakil aufhielt. Doch aus der einfachen Erkundung war ein ausgewachsenes Feuergefecht geworden.

Das Team war ohne Zwischenfälle abgesetzt worden, doch kurz nachdem sie sich auf den Weg gemacht hatten, wurden sie in dem engen Tal von schwerem Artilleriefeuer angegriffen und hatten sich auf die andere Seite des Berges zurückgezogen, gegenüber von Wakils Truppen, die dort Stellung bezogen hatten. Während sie gegen die Aufständischen kämpften, hatte Wakil einige seiner Männer näher an die Position der Green Berets herangeführt, sodass diese praktisch umzingelt und vom Rückzug abgeschnitten waren. Ann und ihr Team mussten alles geben, um nicht einer nach dem anderen niedergemetzelt zu werden.

Zwei von Anns sechs Teamkameraden waren bereits verletzt worden und der Angriff schien nicht abzuschwächen. Sie schossen zwar gezielt und nicht wahllos, aber für jeden Aufständischen, den sie ausschalteten, schien sofort ein anderer seinen Platz einzunehmen.

»Bell! Hast du die Luftunterstützung erreicht?«, rief Ann.

»Ja!«, rief Sergeant Charlie Bell laut, um die Schüsse zu übertönen, die gefeuert wurden. »Sie sind in zwei Minuten da!«

Ann nickte, während sie sich darauf konzentrierte, die Aderpresse um Greens Bein festzuziehen. Sie hatte von allen im Team die meiste medizinische Erfahrung und hatte es sich zur Aufgabe gemacht, für ihren Teamkameraden zu tun, was sie konnte. Mit einem Auge hielt sie nach dem Feind Ausschau, während sie sich um Green kümmerte und sicherstellte, dass niemand versuchte, auf den Kamm zu gelangen, auf dem sie Zuflucht gesucht hatten. Green war von einer Scharfschützenkugel am Knie getroffen worden. Der Druckverband tat, was er sollte, und verhinderte, dass er verblutete, aber er würde definitiv intensivere medizinische Hilfe benötigen.

Je länger sie auf diesem Bergkamm blieben, desto größer war leider die Wahrscheinlichkeit, dass keiner von ihnen es lebend zurückschaffen würde. Shefs linker Arm war ebenfalls von einem der Scharfschützen außer Gefecht gesetzt worden, aber zum Glück war er Rechtshänder und hatte nicht aufgehört zurückzuschießen.

Felsbrocken flogen um sie herum, als die Kugeln in den Berghang einschlugen. Die Luft war schwer von

Staub, als die Schüsse auf Felsen und Erde trafen, was es immer schwieriger machte, den Feind zu sehen, aber das machte es auch schwieriger für die anderen, sie zu sehen, was sich zu ihren Gunsten auswirken konnte. Dennoch brauchte Ann ihre Luftunterstützung, um sofort dorthin zu gelangen. Sie hatten vielleicht keine zwei Minuten mehr. Das Team saß buchstäblich auf dem Präsentierteller. Sie verteilten sich entlang des Bergrückens und versuchten, die großen Felsbrocken als Deckung zu nutzen, während sie das Feuer erwiderten und versuchten, die Scharfschützen auszuschalten.

Sieben Soldaten der Spezialeinheit gegen wer weiß wie viele Terroristen, das waren keine guten Aussichten. Eine einzige Panzerfaust würde genügen, um sie alle in die Luft zu jagen.

Erstaunlicherweise geriet Ann nicht in Panik. Stattdessen erhöhte sich ihre Konzentration. Die Gewehrsalven traten in den Hintergrund, während sie sicherstellte, dass der Druckverband an Greens Bein hielt. Als sie damit fertig war, zögerte der Sergeant nicht und stürzte sich sofort wieder ins Getümmel. Ann konnte Greens Blut riechen, das in ihre Uniform gesickert war und ihre Hände beschmiert hatte. Sie roch ihren eigenen Schweiß und den Gestank von Schmutz und Sand. Es schien so, als würde sie umso sicherer werden, je schlechter die Chancen standen.

»Noch zwanzig Sekunden«, rief Bell und warnte sie, dass das Chaos unmittelbar bevorstand.

Ann wusste so gut wie jeder andere, dass die Chancen, dass sie aus diesem Schlamassel lebend herauskamen, verschwindend gering waren. Selbst wenn

Luftunterstützung bei den Koordinaten eintraf, die Bell den Piloten gegeben hatte, und schweres Geschütz auffuhr, war ihre Rettung nicht garantiert.

Trotzdem war das Geräusch der Blackhawk-Hubschrauber, die mit voller Wucht über den Bergrücken auf sie zukamen, das Beste, was Ann je gehört hatte. Die Feuerkraft der Hubschrauber war beeindruckend und beängstigend. Die Luftangriffe kamen viel zu nahe an ihren Standort heran, aber es war notwendig, um die Aufständischen daran zu hindern, ihre Stellung zu stürmen.

Vier Stunden später waren alle sieben Green Berets auf die eine oder andere Weise verwundet. Die Hubschrauber hatten ihre Arbeit getan und die Aufständischen davon abgehalten, ihre Position zu übernehmen. Der Beschuss hatte nachgelassen, aber nicht genügend, als dass Anns Team sich zu Fuß in Sicherheit hätte bringen können. Die feindlichen Scharfschützen taten immer noch ihr Bestes, um sie auszuschalten, und das machte zusammen mit den Verletzungen, die das Team erlitten hatte, einen Hubschrauber zur einzigen Möglichkeit, das Gebiet zu verlassen.

Green ging es nicht gut und er hätte schon vor Stunden abgeholt werden müssen. Ann wollte in Bewegung bleiben, um es den Scharfschützen schwerer zu machen, ihr Ziel zu treffen, aber angesichts der Verletzungen ihres Teams war es besser, an Ort und Stelle zu bleiben. Sie hatte ihr Bestes getan, um es Green bequem zu machen, auch wenn er und Shef weiterkämpften.

Joe war auf den Felsen ausgerutscht und hatte sich dabei die Rippen geprellt oder gebrochen. Sie wusste, dass die Jungs ihm dafür noch jahrelang die Hölle heißmachen würden. Gabe war von der Kugel eines Scharfschützen am Kopf gestreift worden. Hätte er sich nicht in letzter Sekunde umgedreht, um Green anzusehen, wäre die Kugel direkt durch seine Stirn gedrungen. Bells rechte Hand hatte einen direkten Treffer abbekommen. Er hatte Gabe ein Zeichen gegeben und einer der feindlichen Scharfschützen hatte einen Glückstreffer gelandet. Mack war ebenfalls getroffen worden, aber die Kugel war durch den fleischigen Teil seines Oberarms gegangen.

Auch Ann selbst war nicht unversehrt davongekommen. Sie und Bell hatten die Positionen getauscht, als Wakils Männer während einer Pause in den Luftangriffen näher kamen, und sie war gestolpert. Es war dumm; sie war gelaufen und hatte einfach den Halt verloren und war mit der Stirn auf den Boden geknallt. Das würde sie sich nie verzeihen, aber sie würde sich nicht über die Sticheleien ihrer Teammitglieder ärgern, wenn sie es lebendig überstand. Selbst mit ihrem Kevlar-Helm hatte sie ein gutes Stück Haut über ihrer Augenbraue abgerissen. Seitdem tropfte ihr Blut ins Auge. Aber das hatte sie nicht davon abgehalten, eine ganze Reihe von Aufständischen zu erledigen.

Endlich war es an der Zeit, von hier zu verschwinden. Der Rückzug aus ihrer derzeitigen Position würde nicht einfach werden. Die Hubschrauber würden unter starkem feindlichen Beschuss stehen und Ann und ihr

Team wären ungeschützt. Aber die Dämmerung setzte ein und sie mussten weg, bevor es völlig dunkel war. Wakils Männer kannten das Land viel besser als sie selbst, und während die Dunkelheit die Bewegungen des Teams verdeckte und es ihnen vielleicht ermöglichte, sich hinauszuschleichen, würde sie das Gleiche für den Feind tun und es ihm leichter machen, die Green Berets aus dem Hinterhalt anzugreifen.

Als ranghöchste Soldatin der Gruppe war Ann es gewohnt, Entscheidungen für das Team zu treffen. Sie tat dies nicht immer gern, aber sie drückte sich nie vor ihrer Pflicht.

»Wenn der erste Hubschrauber eintrifft, übernehme ich Green, während Mack, du und Gabe uns Feuerschutz gebt. Joe, du musst Shef helfen«, erklärte Ann ihrem Team. »Es sieht so aus, als würde es zwei getrennte Evakuierungen geben. Bei der Anzahl der notwendigen Bordschützen werden wir nicht alle in einen Hubschrauber passen. Sobald der erste Hubschrauber weg ist, werden wir uns neu organisieren und Bell wird sich mit dem zweiten Team von Night Stalkern abspre-chen. Zwischen dem Eintreffen der Hubschrauber liegen nur ein paar Minuten, also werden wir nicht lange warten müssen. Wir werden alle von hier verschwinden. Gemeinsam. Verstanden?«

»Ja, verdammt, das werden wir.«

»Ja, Ma'am.«

»Ich habe das Mittagessen verpasst.«

Ann konnte sich das Lachen nicht verkneifen, das bei Macks Worten in ihr aufstieg. Er war immer hungrig. Das war nicht weiter verwunderlich, denn er war ein großer

Bursche. Sie war nur froh, dass sie ihn nicht hier heraus-
schleppen musste. Sie war stark, aber mit seinen über
hundertzehn Kilos im Vergleich zu ihren achtundsechzig
wäre es eine Herausforderung, Green da rauszuholen.

Dreißig Minuten später war es dann so weit. Ihrer
Meinung nach waren die Night-Stalker-Hubschrauberpi-
loten die wahren Helden bei jeder Art von Feuergefecht.
Sie waren immer ein beliebtes Ziel für Panzerfäuste, und
sie hatte schon einige erstaunliche Flugkünste der
Männer und Frauen gesehen, die an den Steuerpulten
der riesigen Maschinen saßen. Der heutige Tag bildete da
keine Ausnahme.

Das Tal, in dem sie ihre Aufklärungsflüge durchführ-
ten, war eng, und während sie an der Seite des steilen
Geländes hinter ihnen hochgeklettert waren, um aus
dem Tal herauszukommen und die Chancen gegen die
Aufständischen etwas auszugleichen, hatten die Piloten
alle Hände voll zu tun, um dafür zu sorgen, dass sie dem
Berghang nicht zu nahe kamen.

Der Pilot schwebte in der Nähe eines Felsvorsprungs
und hielt den Hubschrauber ruhig, während die Bordschützen so heftig feuerten, dass selbst die hartnä-
ckigsten Scharfschützen in Deckung gingen. Es war eine
prekäre Position; eine Windböe konnte den
Hubschrauber zum Schwanken bringen, sodass die
Rotorblätter gegen den Berg prallten, der nur wenige
Meter entfernt war.

Aber Ann hatte keine Zeit, den Mut und die Flugkünste des Piloten und der Bordschützen zu bewundern.
Sie musste Green sofort reinbringen, damit er medizi-
nisch betreut werden konnte. Es war schon zu viel Zeit

vergangen, seit er angeschossen worden war. Sie war frustriert. Sie war eine verdammt gute Sanitäterin und sie hasste es, dass sie nicht mehr für ihn tun konnte.

Ann gab ihrem Team ein Zeichen, dass es Zeit war loszugehen, hievte sich Sergeant Green über die Schulter und übernahm die Führung, während sie so schnell sie konnte auf den bereitstehenden Hubschrauber zulief. Joe und Shef liefen hinter ihr. Mack, Gabe und Bell gaben ihnen Deckung, ebenso wie die Soldaten im Hubschrauber, und die Schüsse fielen schnell und heftig.

Ehe sie sichs versah, war Ann am Abholpunkt. Sie warf Green praktisch in den Hubschrauber und war erleichtert, als die beiden Bordschützen ihn in Sicherheit brachten, dann drehte sie sich um, um Joe und Shef zu helfen.

Kaum waren sie drin, drehte sich der Hubschrauber vom Berg weg und flog mit hoher Geschwindigkeit davon.

Ann spürte mehr als dass sie hörte, wie eine Kugel an ihrem Kopf vorbeiflog. Sie ließ sich auf den Bauch fallen und kroch rückwärts hinter die trügerische Sicherheit eines Felsblocks.

Das Echo der Schüsse war laut und übertönte das Geräusch des Hubschraubers, der sich in den Himmel erhob. Sie blickte zu Bell, Mack und Gabe und gab ihnen das Signal, dass es ihr gut ging, dass sie nicht getroffen worden war. Als sie das gleiche Signal zurückbekam, atmete sie erleichtert auf. Drei geschafft, drei waren noch übrig.

Ann nahm die Sicherheit ihres Teams sehr ernst. In den fünfeinhalb Jahren, die sie in der Armee war, hatte sie viele Männer unter ihrem Kommando verloren. Und jeder von ihnen hinterließ ein Loch in ihrem Herzen. Sie würde alles dafür tun, um diese Männer hier herauszuholen.

Niemand könnte behaupten, Captain Fletcher sei nicht qualifiziert, ein Green Beret zu sein. Sie hatte sich ein Bein ausgerissen, um dorthin zu gelangen, wo sie jetzt war, und ihr Weg wurde von Frauen wie Aspen Mesmer, jetzt Aspen Temple, geebnet. Aspen war eine der ersten Rettungssanitäterinnen in einer Ranger-Einheit gewesen und war durch die Hölle gegangen, um zu beweisen, dass sie den Job genauso gut machen konnte wie ein Mann.

Ann atmete tief durch und konzentrierte sich auf ihre aktuelle Situation. Sie waren jetzt drei Männer weniger, was die Feuerkraft anging. Sie waren am verwundbarsten, während sie auf den zweiten Rettungshubschrauber warteten. Sie wusste genauso gut wie ihre Männer, dass der zweite Abtransport doppelt so gefährlich sein würde wie der erste. Wakils Männer wussten jetzt, was sie zu erwarten hatten. Und sie würden noch stärker darauf bedacht sein, dass sie nicht entkamen.

Auf dem Bauch liegend und dankbar für den Staub, den die Rotorblätter des Hubschraubers in der Luft aufgewirbelt hatten und der ihr zusätzliche Deckung gab, kroch Ann zurück zu Bell, der das Feuer erwiderte und das Funkgerät bediente. »Wie lange noch?«, fragte sie.

»Vier Minuten«, erwiderte Bell steif.

Verdammt. Vier Minuten waren eine Ewigkeit. Aber Ann nickte nur. Sie war zu gut trainiert, um denjenigen gegenüber, die ihr unterstellt waren, zu zeigen, wie besorgt sie war.

Die nächsten vier Minuten waren die längsten in ihrem Leben. Die Schüsse kamen näher, während Wakils Gefolgsleute sich ihrem Standort näherten, als wüssten sie, dass dies ihre letzte Chance war, ihre Feinde zu töten oder gefangen zu nehmen.

Der Plan sah vor, dass der Blackhawk etwa hundert Meter hinter der Stelle landen sollte, an der der erste gelandet war. Sie wollten nicht auf demselben Weg ankommen, um bessere Chancen zu haben, die Aufständischen abzuschütteln. Das bedeutete, dass Ann und ihre Männer einen schmalen Vorsprung entlang des Bergrückens überqueren mussten, um zur Landezone zu gelangen. Sie wären leichte Beute für einen Scharfschützen, aber es ließ sich nicht ändern.

Bereit?, signalisierte sie den anderen in Zeichensprache. Die Zeichensprache war für Ann so selbstverständlich wie das Atmen. Sie hatte sie schon als Kind gelernt und sie war ein sehr effektives Mittel, um mit ihren Männern zu kommunizieren, wenn sie sich in Situationen befanden, in denen sie einander nicht hören konnten oder zu weit entfernt waren, um sich sicher zu unterhalten. Das erste Team, das sie geleitet hatte, hatte sich gesträubt, die einfachen Zeichen zu lernen, aber nach einer besonders schwierigen Mission hatten sie schließlich die Vorteile erkannt. Von da an hatte Ann es sich zur Aufgabe gemacht, jedem unter ihrem Kommando so viel Zeichensprache beizubringen, wie sie konnte.

Mack und Gabe signalisierten ihr, dass sie bereit waren, und Bell stimmte ihr von der Seite zu.

»Noch dreißig Sekunden«, warnte Bell eine Minute später.

»Los!« Ann gab Mack und Gabe das entsprechende Zeichen. Während sie und Bell Deckung gaben, rappelten sich die beiden anderen Männer auf und überquerten den schmalen Vorsprung. Ann hielt den Atem an, bis sie drüben waren. Sie sah, wie Gabe ihr das Zeichen für grünes Licht gab.

»Du bist dran«, erklärte sie Bell. »Ich gebe dir Deckung, während du auf die andere Seite läufst. Und wenn du drüben angekommen bist, tust du für mich das Gleiche.«

Sie konnte Zweifel in seinem Blick sehen, doch Ann ließ ihre Stimme härter klingen. »Mach schon«, befahl sie ihm.

Der Sergeant nickte und ging auf den Vorsprung zu. Der Kommunikationsrucksack über seinem Kopf und seiner Schulter war sperrig und er konnte sich nicht so schnell bewegen wie seine Teamkameraden.

Ann sah, wie sich ein Scharfschütze hinlegte und auf Bell zielte.

»Oh, kommt gar nicht infrage«, murmelte sie, während sie selbst auf ihn zielte. Während Mack und Gabe ihr Bestes taten, um Wakils Männer davon abzuhalten, ihre Teamkameradin zu erschießen, holte Ann tief Luft und drückte dann den Abzug ihrer eigenen Waffe.

Erleichtert darüber, dass es ihr gelungen war, den Scharfschützen auszuschalten, bevor er einen Schuss abgeben konnte, machte Ann sich bereit, den schmalen Vorsprung zu überqueren. Sie konnte den Blackhawk in der Ferne schnell und energisch herankommen hören. Sie hatte nicht viel Zeit.

Als sie aufstand, um über den Vorsprung zu laufen, hörte sie das unverwechselbare Geräusch einer Panzerfaust.

Von einer Sekunde auf die andere schlug die Panzergranate mitten auf dem Felsvorsprung ein, den sie gerade überqueren wollte. Wäre sie fünf Sekunden früher losgegangen, wäre sie zusammen mit dem Berghang in die Luft geflogen.

Fluchend hörte sie, wie die Soldaten im Hubschrauber ihre eigenen Panzerfäuste auf die Aufständischen abfeuerten. Als sich der Staub genügend gelichtet hatte, sah Ann, dass es keine Möglichkeit gab, zu ihren Teamkameraden zu gelangen. In der Bergwand klaffte buchstäblich ein Loch, das sie von ihren Kameraden und dem Rettungshubschrauber abschnitt.

Mit zusammengebissenen Zähnen beobachtete Ann, wie Gabe, Mack und Bell sich praktisch in die Öffnung des Hubschraubers stürzten. Sie sah, wie Mack sich ihr zuwandte, bevor er etwas in Zeichensprache sagte.

Was er vorschlug, würde wahrscheinlich nicht funktionieren, aber sie hatte wirklich keine andere Wahl. Es hieß, ein Risiko eingehen oder getötet werden. Und Ann war nicht bereit zu sterben.

Sie signalisierte zurück, dass sie einverstanden war, und atmete tief durch. Sie war vielleicht nicht bereit zu sterben, aber der Tod nahm keine Rücksicht auf die Hoffnungen und Träume eines Menschen.

Ann hob ihre Waffe über den Kopf und ließ sie auf den Boden fallen. Sie schnallte ihren Helm ab und wischte sich das Blut aus den Augen. Sie legte alles ab, was ihre Bewegungsfreiheit einschränken oder sie behindern könnte. Sie machte sich keine Gedanken darüber, den Aufständischen ihre Ausrüstung zu überlassen, damit sie sie bergen konnten. Ein paar Waffen würden ihrer Sache so oder so nicht helfen.

Sie behielt den Hubschrauber im Auge und sah, wie er wegzufliegen begann, dann hielt sie den Atem an, als er eine scharfe Kurve machte und das Feuer auf sie richtete, als er mit lautem Getöse zurückkam.

Zwei Soldaten lehnten sich aus der offenen Tür und streckten die Hände aus.

Zehn Meter, acht Meter, sieben Meter, fünf Meter, zwei Meter. Jetzt war es so weit.

Der Pilot hatte den Hubschrauber so nahe wie möglich an die Kante gebracht, an der sie stand. Die zwei Meter kamen ihr eher wie zwanzig vor, aber Annie zögerte nicht einmal. Sie hatte Hindernisparcours überwunden, solange sie denken konnte. Das hier war ein Kinderspiel.

Ann hatte Platz für drei Laufschritte, bevor sie durch die Luft segelte. Ihre Arme waren ausgestreckt. Ihr Blick war auf die ausgestreckten Hände ihrer Kameraden gerichtet, die nach ihr griffen.

Alles andere verblasste. Die Schüsse. Das Geschrei. Das Geräusch des Hubschraubers.

Für den Bruchteil einer Sekunde glaubte sie, dass sie es nicht schaffen würde. Dass sie einen halben Meter vor dem Ziel scheitern würde. Aber anders als bei allen Hindernisläufen, die sie in der Vergangenheit absolviert hatte, würde sie im Falle eines Sturzes in den Tod stürzen.

Es dauerte nur Augenblicke, aber es kam ihr wie eine Ewigkeit vor, bis sie spürte, wie sie gegen den Hubschrauber knallte. Der Schmerz war heftig, aber Ann registrierte ihn kaum, als ihr Körper nach hinten zu rutschen begann. Während sie um Halt rang und ihre Beine über den Rand der Öffnung baumelten, spürte Ann für den Bruchteil einer Sekunde Panik in sich aufsteigen, bevor ihre Arme mit festem Griff gepackt wurden.

Sie wurde von den beiden Soldaten an der Tür an Bord gezogen, während der Hubschrauber einen Bogen flog und beschleunigte, um aus dem Tal heraus-zukommen.

Sie atmete tief durch und bereute es, als sich ihre gebrochenen Rippen bemerkbar machten. Sie hob den Kopf und begegnete den Blicken ihrer Teamkameraden.

»Verdammt noch mal, Fletcher«, sagte Bell leise.

»Ich glaube nicht, dass ich so etwas schon mal gesehen habe«, stellte Gabe fest.

»Du hast wirklich Nerven aus Stahl«, erklärte Mack kopfschüttelnd.

»Alles in Ordnung, Captain?«, fragte einer der beiden Männer, die sie an Bord gezogen hatten.

»Ganz wunderbar«, erklärte sie ihm.

»Haltet euch fest«, rief der Pilot, als der Hubschrauber sich plötzlich abrupt nach rechts neigte.

Ann schloss die Augen. Sie wusste, dass sie aufstehen und helfen sollte, wo immer sie konnte. Aber im Moment war sie zu erleichtert, am Leben zu sein. Das war knapp gewesen. Zu knapp. In den letzten sechs Stunden hatte sie kaum Gelegenheit gehabt, an etwas anderes zu denken als ans Überleben, aber in diesem Moment brach alles zusammen.

Sie musste sich zusammenreißen, aber sie konnte nur daran denken, wie nahe sie daran gewesen war, *alles* zu verlieren.

Einschließlich einer Zukunft mit dem Mann, den sie liebte.

Zum ersten Mal kamen ihr Zweifel, was sie mit ihrem Leben anfangen sollte – und zwar heftige Zweifel.

Solange sie denken konnte, hatte Annie ihrem Land dienen wollen. Etwas bewirken, wie ihr Vater es getan hatte. Wie sein Delta-Force-Team es getan hatte. Sie wollte Leben retten, nicht töten, obwohl ihr klar war, dass sie als Mitglied eines Eliteteams wie den Green Berets gelegentlich auch Feinde töten musste.

Sie wollte ihrem Vater, all ihren ehrenamtlichen Onkeln und sich selbst beweisen, dass sie es schaffen konnte. Wollte sie stolz machen.

Aber als sie auf dem Boden des Hubschraubers lag, nachdem sie buchstäblich einen beispiellosen Sprung gemacht hatte, konnte Ann plötzlich nicht anders, als sich zu fragen, was zum Teufel sie da tat. War es wirklich das, was sie die nächsten fünfzehn oder mehr Jahre tun wollte? Wollte sie so sterben? Zerschmettert und blutend, Tausende von Kilometern von den Menschen entfernt, die sie liebte? Wenn sie bei einer Mission starb, würde niemand genau wissen, was passiert war. Das war eine Tatsache im Leben eines jeden Soldaten der Spezialeinheit.

Die Verwirrung vernebelte ihr Gehirn. Das war es, was einen Green Beret ausmachte. Risiken einzugehen, um die Welt vor Diktatoren und Terroristen zu schützen, die Unschuldigen Leid zufügen wollten. Aber konnte sie wirklich etwas bewirken? Selbst wenn sie Wakil getötet hätten, stünde bereits jemand in den Startlöchern, der bereit war, seinen Platz einzunehmen. Seit Anbeginn der Zeit wurden Kriege geführt ... war das, was sie tat, wirklich so wichtig im großen Ganzen?

Ihr Vater und sein Team würden nicht weniger stolz sein, wenn sie nicht ihr Leben aufs Spiel setzte. Das wusste sie, intellektuell gesehen. Aber das minderte nicht das Gefühl der Unbehaglichkeit bei dem bloßen Gedanken, sie zu enttäuschen.

Sie hasste die seltsamen Gefühle, die durch ihren Körper strömten, aber sie konnte sie nicht aufhalten.

Irgendetwas hatte sich auf dem Bergkamm verändert und sie wusste nicht genau, was sie davon halten sollte. Sie wusste nur, dass der Job, für den sie ihr ganzes Leben lang gekämpft hatte, plötzlich nicht mehr so verlockend aussah.

Sie war siebenundzwanzig Jahre alt, aber sie fühlte sich Jahrzehnte älter. In ihrer Zeit bei der Armee hatte sie mehr als genügend Tod, Zerstörung und Diskriminierung gesehen. Ihr Körper schmerzte viel mehr, als es in ihrem Alter der Fall sein sollte, weil sie ihn über die Jahre hinweg missbraucht hatte. Mit jedem Einsatz stieg die Wahrscheinlichkeit, dass sie durch eine Kugel dauerhaft behindert wurde. Oder sie könnte gefangen genommen oder sogar getötet werden. Der Gedanke an Letzteres ließ sie scharf einatmen. Sie wollte sich nicht ausmalen, welchen Schmerz ihre Angehörigen in einem solchen Fall hätten.

Mit dem Blut, das aus der Wunde über ihrem Auge an der Seite ihres Gesichts herunterlief, und mit jedem Atemzug, der sich anfühlte, als würde man ihr in die Brust stechen, da ihre Rippen gebrochen sein mussten, schloss Ann die Augen und stellte sich den einen Menschen vor, den sie mehr als alle anderen auf der Welt sehen wollte. Der Mann, bei dem sie sich sicher fühlte. Der Mann, den sie nach jeder Mission unbedingt sehen wollte. Der Mann, den sie liebte, seit sie sieben Jahre alt war.

Frankie.

KAPITEL ZWEI

Frankie Sanders ging in dem kleinen Mietshaus von Annie und ihm nervös auf und ab. Es war mitten in der Nacht, aber er wurde sein mulmiges Gefühl nicht los. Annie hatte gesagt, sie würde sich mit ihm in Verbindung setzen, sobald sie von ihrer Aufklärungsmission zurück war. Das war vor über einem Tag gewesen.

Er wusste, dass die Kommunikation während ihres Einsatzes schwierig war, aber aus irgendeinem Grund hatte er ein ungutes Gefühl bei der Sache.

Wenn Annie im Einsatz war, verging kein Moment, in dem Frankie sich keine Sorgen um sie machte. Er wusste, dass sie eine verdammt gute Soldatin war, aber das bedeutete nicht, dass er sich keine Gedanken darüber machte, wo sie war und was sie tat, wenn sie weg war.

Frankie liebte Annie schon, seit er ein Kind war. Sie war sein Fels in der Brandung, seine größte Bewunderin, schon sein ganzes Leben lang. Er konnte sich an keinen Geburtstag erinnern, an dem sie nicht angerufen hatte. Es gab nicht einen Feiertag, an dem er nicht ihr lächelndes Gesicht auf seinem iPad sah. Sie war sein erstes Alles. Sein erster Schwarm, seine erste Liebe, sein erster Kuss.

Sie hatten sogar ihre Jungfräulichkeit miteinander verloren. Frankie hatte Annie nach Kalifornien eingeladen, um an seinem Abschlussball teilzunehmen, und erstaunlicherweise hatten ihrer beider Väter zugestimmt. Sie waren zum Ball gegangen, hatten ein paar Fotos gemacht, zu einem Lied getanzt, dann hatte er sie in das Hotelzimmer gebracht, das er heimlich für eine Nacht gemietet hatte. Er hatte alles so romantisch wie möglich gemacht, einschließlich schokoladenüberzogener Erdbeeren, drei Dutzend Rosen, einem Schaumbad, und er hatte sogar Kerzen mitgebracht, obwohl sie im Hotel verboten waren.

Anstatt nervös zu sein, war Frankie entspannt und begierig darauf, Annies erste sexuelle Erfahrung so schön wie möglich zu gestalten. Sie hatten in dieser Nacht gelacht, beide ein wenig unsicher, aber so verliebt, dass eine kleine Unbeholfenheit keinem von ihnen etwas ausgemacht hatte. Er hatte sie nicht die ganze Nacht im Arm halten können, wie er es sich erträumt hatte, da sie um zwei Uhr zu Hause sein mussten, aber es war eine Nacht, die keiner von ihnen je vergessen würde.

Und das war nur eine von Hunderten von guten Erinnerungen, die er an seine Verlobte hatte. Das Zusammensein mit Annie war einfach. Sie akzeptierte ihn so, wie er war, und er lachte selten so viel wie in ihrer Gegenwart.

Der Tag, an dem er ihr einen Heiratsantrag machte, war einer der schönsten in seinem Leben gewesen. Sie waren einer Hochzeit seitdem keinen Schritt näher gekommen, aber Frankie war es egal, wie lange er warten musste, um Annie zu seiner Frau zu machen. Sie war es wert, dass er auf sie wartete.

Er war so stolz auf Annie, wie er es sein konnte, aber das bedeutete nicht, dass die Angst, die er verspürte, wenn sie weg war, auch nur ein Quäntchen geringer wurde. Ihr Job war gefährlich und es bestand immer die Gefahr, dass er sie verlor. Wenn er also nichts von ihr hörte, obwohl sie gesagt hatte, sie würde anrufen, konnte Frankie nicht schlafen.

Es konnte eine Million Gründe geben, warum sie nicht angerufen hatte. Kein Handyempfang. Kein WLAN. Die Mission, auf der sie war, dauerte länger als erwartet. Sie war in Besprechungen.

Aber der Grund, der ihn wach hielt, war der, den er am meisten fürchtete.

Sein Handy vibrierte in seiner Hand und Frankie warf einen Blick darauf. Er kannte die Nummer nicht, aber er ging, ohne zu zögern, ran.

»Hallo?«

»Ich bin's.«

Jeder einzelne Muskel in Frankies Körper entspannte sich, als er Annies Stimme hörte. »Geht es dir gut?«

»Ja.« Sie hörte sich müde an.

»Ich habe mir Sorgen gemacht«, erklärte Frankie ihr.

»Ich weiß und es tut mir leid. Es tut mir so verdammt leid.« Annies Stimme brach und Frankie gefror das Blut in den Adern.

Er konnte an einer Hand abzählen, wie oft er Annie weinen gesehen hatte. Sie weinte so gut wie nie. Genau wie ihre Mutter straffte sie einfach die Schultern und machte weiter, egal was in ihrem Leben los war. Es gefiel ihm ganz und gar nicht, dass er jetzt nicht bei ihr sein konnte. Dass er nicht für sie da sein konnte. Sie nicht sehen konnte. Wenn sie im Einsatz war, konnten sie keine Videoanrufe tätigen und waren einzig darauf angewiesen, dass das Satellitentelefon, dass sie als einziges Kommunikationsmittel bei sich hatte, funktionierte.

»Es muss dir nicht leidtun«, erklärte er ihr mit Bestimmtheit. »Es geht mir gut. Hier ist alles in Ordnung. Du musst einfach nur auf dich selbst achtgeben und zu mir nach Hause kommen.«

»Also, die gute Nachricht ist, dass ich wahrscheinlich früher nach Hause komme als vorgesehen.«

»Das ist toll, mein Schatz. Wann kommst du?«

»Wahrscheinlich in vier Tagen oder so. Wir müssen einen Umweg über Deutschland in Kauf nehmen, bevor wir nach Hause fliegen.«

»Annie?«, fragte er und plötzlich versteiften sich seine Muskeln wieder. Er wusste genau, was das bedeutete. Der Stützpunkt in Deutschland diente hauptsächlich als Krankenhaus und war der Ort, an den die Soldaten, die im Ausland im Kampf verletzt worden waren, zuerst gebracht wurden.

Frankie hörte, wie sie tief einatmete. »Ein paar der Jungs wurden verletzt. Man bringt uns als gesamtes Team nach Deutschland, wo wir uns untersuchen lassen müssen, und dann werden diejenigen von uns, die gesund sind, nach Hause geflogen.«

»Aber *dir* geht es doch gut?«, wollte Frankie wissen.

»Nichts weiter als ein paar gebrochene Rippen und eine Platzwunde am Kopf«, erklärte Annie.

Frankie wusste ihre Ehrlichkeit zu schätzen, obwohl ihn der Gedanke krank machte. Er hasste es, wenn Annie im Einsatz verletzt wurde. Ihm war natürlich klar, dass der Job das mit sich brachte, doch er konnte nicht umhin, sich Sorgen zu machen, dass sie getötet werden könnte. Und er konnte sie nicht beschützen. Und sie würde auch gar nicht wollen, dass er sie beschützte ... aber verdammt noch mal, wie sehr er sich wünschte, sie zu beschützen.

»Ich liebe dich«, erklärte er leise.

»Aber nicht so sehr, wie ich dich liebe«, erwiderte sie. »Und wie läuft's bei dir? Hast du schon neue Kunden?«

Frankie war natürlich klar, was sie da tat. Sie versuchte, das Thema zu wechseln und von sich selbst abzulenken. Er sehnte sich danach, sie im Arm zu halten. Sich selbst davon zu überzeugen, dass es ihr gut ging und sie ihre Verletzungen nicht herunterspielte, damit er sich keine Sorgen machte. Was sowieso unmöglich war. Er würde sich immer Sorgen um sie machen. »Hier ist alles im grünen Bereich. Ich habe keinen neuen Kunden, aber erinnerst du dich noch an den Major, mit dem ich schon länger arbeite?«

»Derjenige, der bei der Bombenexplosion vor sechs Monaten seinen Arm und sein Gehör verloren hat?«, fragte Annie.

»Ja. Ich glaube, dass ich langsam zu ihm durchdringe. Wir haben uns heute sogar auf Gebärdensprache unterhalten.«

»Ich wusste, dass du es schaffst«, erklärte Annie und man konnte hören, wie stolz sie auf ihn war.

Frankie lachte leise. »Es fällt ihm so schwer, seine Behinderung zu akzeptieren. Aber am vergangenen

Wochenende war er mit seinem Enkelkind im Zoo und wurde Zeuge, wie ein Kind ausrutschte und in einen der Ententeiche fiel. Er rettete das Kind, bevor jemand wusste, was los war. Ich glaube, das hat ihm klargemacht, dass er trotz des Verlusts seines Gehörs und seines Arms nicht hilflos ist. Dass er immer noch etwas bewirken kann, auch wenn er nicht mehr beim Militär ist.«

»Das ist schön«, erklärte Annie leise.

Frankie hörte, wie jemand im Hintergrund nach Annie rief. »Du musst wohl Schluss machen«, riet er.

»Ja, tut mir leid.«

»Ist schon in Ordnung. Ich weiß ja, wie beschäftigt du bist. Danke, dass du angerufen hast«, erklärte Frankie.

»Ich habe dich angerufen, sobald wir am Stützpunkt angekommen waren und ich mein Handy wiederhatte«, versicherte Annie ihm. »Mein Kommandant nervt mich damit, dass ich mich möglichst schnell ins Krankenhaus begeben soll.«

»Verdammt, Annie, du warst mit deinen Verletzungen noch nicht beim Arzt?«, fragte Frankie.

»Nein. Ich wollte zuerst deine Stimme hören.«

Und wieder wünschte er sich, er könnte sie sehen. Sie hörte sich merkwürdig an. Und das war wirklich untypisch für sie. Normalerweise befand sie sich nach einem Einsatz im Adrenalinrausch oder machte sich Sorgen um die Männer in ihrem Team. Heute hörte sie sich jedoch … niedergeschlagen an. Und das gefiel Frankie nicht. Ganz und gar nicht. »Also, du hast sie jetzt gehört«, sagte er streng. »Und jetzt beweg deinen Hintern zum Arzt.«

Sie lachte und das Geräusch sorgte dafür, dass er sich besser fühlte. Aber nur ein klein wenig.

»Schon gut, schon gut, ich gehe ja schon. Ich melde mich bei dir, wenn wir in Deutschland ankommen und ich genauer weiß, wann ich zurückkommen werde.«

»Das hört sich gut an. Ich liebe dich.«

»Ich liebe dich auch.«

»Bis bald.«

»Für mich kann es gar nicht bald genug sein«, entgegnete Annie. »Tschüss.«

»Tschüss.«

Frankie legte auf, bewegte sich jedoch nicht. Lange Zeit stand er mitten im Wohnzimmer und starrte einfach vor sich hin.

Irgendetwas stimmte nicht.

Okay, das war es vielleicht nicht ... aber irgendetwas war auf jeden Fall anders.

Er und Annie mussten sich dringend unterhalten. Er hasste es, zu wissen, dass sie etwas bedrückte, und nichts dagegen tun zu können.

Er dachte an etwas, das ihm sein Patenonkel Cooper Nelson vor langer Zeit einmal gesagt hatte, als er Annie zum ersten Mal begegnet war.

»Du solltest warten, bis die Zeit reif ist. Vielleicht will sie aufs College gehen oder zum Mond fliegen, und du musst sie lassen. Lass sie einfach wissen, dass du an ihrer Seite bist und sie unterstützt, egal ob du buchstäblich neben ihr stehst oder Tausende von Kilometern entfernt bist. Wenn der richtige Zeitpunkt gekommen ist, um deine Frau zu erobern, wirst du es wissen.«

Sie hatten darüber geredet, dass Frankie Annie heiraten wollte, und er hatte sich Coopers Worte zu Herzen genommen. Frankie würde alles für diese Frau tun. Er hatte sie durch die Junior High und Highschool, das College und das Ausbildungslager begleitet. Sie waren in den Jahren, in denen sie im aktiven Dienst war, in drei verschiedenen Städten stationiert gewesen, und Frankie würde in hundert weiteren leben, wenn es Annie glücklich machte.

Heute Abend hatte er zum ersten Mal den Eindruck, dass sie es nicht war.

Vielleicht war es die Adrenalinausschüttung nach einem intensiven Einsatz. Vielleicht war es auch die Tatsache, dass sie mehr von ihren Verletzungen geplagt wurde, als sie zugeben wollte. Aber Frankie glaubte das nicht.

Er hatte Annie noch nie so ... traurig gehört.

Als er um ihre Hand angehalten hatte, hatte Annie ihn davor gewarnt, wie schwer es sei, mit einer Soldatin verheiratet zu sein, vor allem mit jemandem von der Spezialeinheit. Sie hatte es mit ihrer Mutter erlebt, die mit einem Delta-Force-Offizier verheiratet war. Frankie hatte ihr versichert, dass er ihr bis ans Ende der Welt folgen würde, dass er sie bedingungslos lieben würde, egal was passieren mochte.

Sogar Fletch, ihr Vater, hatte versucht, ihn zu warnen. Ihm zu sagen, dass es schwer werden würde.

Frankie war das egal gewesen. Er hatte verstanden und gehört, was alle ihm sagten, aber sie hatten nicht verstanden, dass er alles tun würde, um Annie glücklich zu machen. Und zum Militär zu gehen, zu einer Spezialeinheit zu gehören, war buchstäblich ihr ganzes Leben lang ihr Ziel gewesen. Frankie würde dem nicht im Wege stehen, er würde sie ermutigen und sie bei jedem Schritt auf dem Weg unterstützen.

Frankie atmete tief durch und ging in Richtung ihres Schlafzimmers. Er war erschöpft und er musste zur gewohnten Zeit aufstehen in ... er sah auf die Uhr und seufzte. Drei Stunden. Es würde morgen eine lange Schicht im Krankenhaus für Kriegsveteranen werden, aber das Gespräch mit Annie war jede Müdigkeit wert, durch die er sich quälen musste.

Die Arbeit mit Veteranen, die ihr Gehör teilweise oder ganz verloren hatten, war für Frankie eine Berufung. Er hatte immer gewusst, wie es ist, als Gehörloser in einer hörenden Welt zu leben. Und Männern und Frauen beim Übergang in diese Welt zu helfen war etwas, das ihm ein tiefes Gefühl der Erfüllung gab.

Frankies Vater hatte dafür gesorgt, dass er ein Cochlea-Implantat bekam, als er in der sechsten Klasse war. Am Anfang war es eine schwierige Umstellung gewesen, und ein sehr geduldiger und verständnisvoller Berater im Krankenhaus hatte ihm geholfen, sich an seine neue Normalität zu gewöhnen.

Eines der besten Dinge, die er je in seinem Leben gehört hatte, war Annies Lachen, als er sie zum ersten Mal angerufen hatte, um ihr zu sagen, dass er jetzt hören konnte.

Frankie ging ins Bad, putzte sich die Zähne und schlüpfte dann unter die Decke des Bettes, das ihm ohne Annie zu groß und leer erschien. Er nahm das externe Mikrofon, den Soundprozessor und das Sendersystem ab, das er hinter dem Ohr trug und das es dem internen Empfänger- und Elektrodensystem ermöglichte, Signale zu empfangen, die es ihm erlaubten zu hören. Durch den Magneten, der es an seinem Platz hielt, war das Abnehmen und Anbringen des Geräts einfach und unkompliziert.

Selbst jetzt fiel es ihm noch schwer zu glauben, dass es diese Technologie gab.

Frankie schloss angesichts der gesegneten Stille die Augen und rollte sich auf den Rücken. Er war dankbar, dass er hören konnte. Es machte sein Leben so viel einfacher, aber er konnte nicht leugnen, dass es Zeiten gab, in denen er froh war, seine Ohren auch ausschalten zu können. Seine anderen Sinne übernahmen, wenn er nicht hören konnte, und er konnte Dinge anders wahrnehmen als ein Hörender.

Zum Beispiel den Duft von Annie auf dem Kissen unter seinem Kopf. Er wechselte immer das Kissen, wenn sie weg war, weil er etwas von ihr in der Nähe haben wollte, und sei es nur ihr Duft, während sie im Einsatz war. Selbst als sie schon anderthalb Wochen weg war, konnte er sie noch riechen. Als er die Augen öffnete, sah er, dass die Schuhe, die Annie am Abend vor ihrem Einsatz ausgezogen hatte, bevor sie zu ihm ins Bett gestiegen war, immer noch mitten auf dem Boden lagen. Er hatte sich geweigert, sie wegzuräumen, weil ihm der Anblick von etwas so Gewöhnlichem, das ihn an sie erinnerte, gefiel.

Und dann war da noch ihr Geschmack.

Er bewegte sich unruhig, während sein Schwanz anschwoll. Er brauchte dringend Schlaf, wenn er morgen noch funktionieren wollte, aber er konnte nicht aufhören, an Annie zu denken, besonders nach diesem Anruf.

Sie war überschwänglich und hatte kein Problem damit, in fast allen Bereichen ihres Lebens das Kommando zu übernehmen, aber im Bett überließ sie ihm die Führung. Sie war fast schüchtern, selbst nach so vielen gemeinsamen Jahren. Sie errötete immer noch, wenn er ihre Beine spreizte und sie leckte.

Frankie drehte sich auf die Seite und ignorierte seine Erektion. Er war nicht in der Stimmung zu masturbieren. Nicht wenn er wusste, dass Annie in diesem Moment einen Arzt aufsuchen musste, weil sie verletzt war.

In ein paar Tagen würde er sich selbst davon überzeugen können, dass es ihr gut ging. Dass sie in Sicherheit war.

Er nahm jeden Einsatz, wie er kam. Er durfte nicht über die Zukunft nachdenken. Darüber, wo sie vielleicht hingeschickt werden würde und was sie dort tun würde. Im Moment war er erleichtert, dass sie einen weiteren Einsatz überstanden hatte. Er würde sie lieben und unterstützen, bis sie wieder auf Mission war.

Sie würde nie erfahren, wie sehr er sich um sie sorgte, während sie weg war. Er wollte ihr nie zur Last fallen, also würde er jeden Tag lächelnd so überstehen, wie er kam, und die einzige Frau unterstützen, die er je geliebt hatte.

KAPITEL DREI

Annies Heimkehr war nicht wie die der anderen Soldaten. Es gab keine Paraden, keine großen Menschenmengen, die die heimkehrenden Helden willkommen hießen. Meistens kannte nicht einmal jemand die Soldaten, die auf dem Militärflugplatz aus dem Flugzeug stiegen, wenn die Spezialeinheiten von einer streng geheimen Mission zurückkamen, die Dutzende, Hunderte oder Tausende von Leben retten konnte.

Annie war darüber nicht verbittert. Sie hatte gewusst, wie die Dinge laufen würden, als sie sich für die Ausbildung zum Green Beret gemeldet hatte. Doch jedes Mal, wenn sie aus Übersee nach Hause kam, war Frankie da gewesen. Selbst wenn sie ihm keine genauen Angaben über ihre Ankunftszeit machte, wusste er immer Bescheid. Sie vermutete, dass Tex, der alte Freund ihres Vaters, an der Weitergabe der Informationen über ihre Rückkehr beteiligt war. Aber sie hatte Frankie nie gefragt, und er hatte es ihr nie freiwillig verraten. Sie liebte es

einfach, dass er immer auf sie wartete. Er war ihre Beloh-
nung dafür, dass sie jeden Einsatz durchgestanden hatte.

Das war heute nicht anders.

Annie ging über das Rollfeld auf das kleine Gebäude
zu, in dem sich die Verwaltungsbüros des Flugplatzes
befanden. Sie war noch nie so froh gewesen, nach Hause
zu kommen. Sie fühlte sich immer noch irgendwie
unwohl, und sie wusste nicht warum. Diese Mission
unterschied sich nicht allzu sehr von vielen anderen, an
denen sie beteiligt gewesen war. Es war nicht der erste
Einsatz, bei dem sie in Gefahr geraten war, und es würde
wahrscheinlich auch nicht der letzte sein.

Warum also fühlte sie ein solches Gefühl der Beklommenheit, das sie bedrückte?

Sie wusste, dass es mit ihren Gedanken an den
Hubschrauber nach ihrer Rettung zu tun hatte. Die
Gedanken, die sie seitdem immer wieder verfolgten.

Als sie einen Blick auf Frankie erhaschte, der draußen
auf sie wartete, schien sich die Dunkelheit in ihrer Seele
zu lichten. Annie bewegte sich langsam, damit ihre
Rippen nicht wehtaten, und erwiderte den Gruß der
niederrangigen Soldaten, während sie sich auf den Weg
zum Ausgang machte.

»Willkommen zu Hause«, sagte der Mann, den sie wie
nichts anderes auf der Welt liebte.

Annie stürzte sich direkt in seine Arme und
schmiegte sich an ihn, als wäre es Jahre her, dass sie ihn
gesehen hatte. Sie vergrub ihr Gesicht an seinem Hals
und atmete tief ein, um seinen holzigen Moschusduft in
sich aufzunehmen. Gott, wie sehr sie das vermisst hatte.
Wie sehr sie ihn vermisst hatte.

Vorsichtig legte er seine Arme um sie, als wüsste er, dass es wehtun würde, sie fest zu umarmen. Natürlich wusste er das. Frankie war der rücksichtsvollste Mann, den sie je in ihrem Leben getroffen hatte.

»Du hast mir gefehlt«, murmelte Annie.

»Aber nicht so sehr, wie du mir gefehlt hast«, entgegnete er.

Das vertraute Geplänkel beruhigte Annie. Sie hob den Kopf und Frankie griff nach ihrer Reisetasche. Sie überließ sie ihm und legte einen Arm um seine Taille, als er sich umdrehte, um sie zum Parkplatz zu bringen.

Frankie war kein Mann der vielen Worte. Er ließ seine Taten für sich sprechen. Er hatte mehr als einmal zugegeben, dass es ihm unangenehm war, wie er sich anhörte, wenn er sprach. Da er jahrelang keinen Ton gehört hatte, als er aufwuchs, waren seine Worte nicht immer vollständig geformt, manchmal falsch ausgesprochen, und seine Stimme war etwas monoton. Aber das war Annie egal. Für sie war er einfach Frankie.

Sie hob ihre freie Hand und sagte in Gebärdensprache: »Alles in Ordnung?«

Frankie nickte. Er hatte beide Hände voll, eine lag auf ihrer Hüfte und mit der anderen hielt er ihre Tasche, also musste er reden. »Es ist alles in Ordnung. Ich habe das Haus nicht niedergebrannt, dafür aber den Rasen gemäht und ich war heute Morgen sogar einkaufen.«

Annie lachte leise. Natürlich hielt Frankie die Dinge während ihrer Abwesenheit in Schuss. Das tat er schon seit Jahren. Er hatte sich sogar alleine um ihren Umzug von Colorado nach Kentucky gekümmert, als sie am Abend, bevor der Umzugswagen kam, um ihre Sachen abzuholen, unerwartet auf einen Einsatz gerufen wurde.

Erneut überkamen sie die Schuldgefühle. Ihr Leben beim Militär war so ganz anders, als es das ihrer Mutter und ihres Vaters gewesen war. Fletch war fast sein ganzes Leben lang in Texas stationiert gewesen. Sie hatte kein einziges Mal umziehen müssen, selbst nachdem Fletch und ihre Mutter geheiratet hatten. Und in den sechs oder sieben Jahren, seit sie zusammen waren, hatten Frankie und sie bereits drei Umzüge hinter sich.

»Hör auf«, befahl Frankie ihr.

Überrascht sah Annie zu ihm auf. »Womit soll ich aufhören?«, fragte sie.

»Hör auf, so viel nachzudenken. Es gefällt mir nicht, wenn du dir ... solche Sorgen machst.«

Annie atmete tief durch. Sie wollte Frankie keinesfalls mehr zur Last fallen, als sie es ohnehin schon tat.

»Und damit kannst du auch gleich aufhören«, erklärte Frankie.

Annie schüttelte den Kopf und lächelte ihn an.

»Du bist zu Hause. Wir sind zusammen. Ich habe gestern eine große Portion grünen Chili-Eintopf gemacht, weil ich weiß, dass es dein Lieblingsgericht ist. Wir werden uns ausruhen. Dann unterhalten wir uns, du erzählst mir, was du kannst, um dir deine Mission von der Seele zu reden. Ich werde dich von Kopf bis Fuß untersuchen, um zu sehen, wo du verletzt wurdest, und dann gehen wir ins Bett und schlafen die ganze Nacht durch.«

»Du kennst mich viel zu gut«, erklärte Annie, als sie bei seinem Pritschenwagen ankamen.

»Ja. Genauso gut, wie du mich kennst.«

Nachdem er ihre Tasche auf den Rücksitz gepackt hatte, drückte Frankie sie gegen das Fahrzeug, wobei sein Blick auf die Wunde an ihrem Kopf fiel. Annie hatte den Verband am Morgen abgenommen, weil er sie störte. Die Wunde juckte. Sie war mit drei Stichen glimpflich davongekommen, aber der Bluterguss auf ihrer Stirn war ziemlich krass.

Frankie hob eine Hand und strich sanft mit den Fingern über die Wunde. Statt laut zu sprechen, sagte er in Gebärdensprache: *Hast du Kopfschmerzen? Macht dir das Licht zu schaffen?*

Mir geht's gut, antwortete Annie ebenfalls in Gebärdensprache. *Wirklich.*

Dann beugte Frankie sich vor und küsste den blauen Fleck. Seine Lippen waren so sanft wie Schmetterlingsflügel auf ihrer Haut.

Den Tränen nahe, drückte Annie sich noch einmal an ihn und wollte ihm nicht zeigen, wie verletzlich sie war. Sie war immer froh, zu Hause zu sein, aber heute spürte sie ihre Sterblichkeit mehr als je zuvor. Sie war so verdammt erleichtert, am Leben und mit Frankie zusammen zu sein, dass es fast überwältigend war.

Als wüsste er, wie aufgewühlt sie war, drängte Frankie sie nicht zum Reden. Er zog sie einfach an sich und hielt sie fest. Sein Griff war halb schmerzhaft, aber Annie ignorierte das Stechen. Sie brauchte das jetzt. Brauchte ihn.

»Komm schon«, erklärte Frankie ein wenig später. »Ich gehe draußen noch kaputt. Die Luftfeuchtigkeit beträgt heute um die zweiundachtzig Prozent und im Gegensatz zu dir schmelze ich bei dieser Hitze.«

Annie grinste und war erleichtert, dass die Beklommenheit, die sie die ganze Zeit über gespürt hatte, endlich abzuebben schien. Und zwar dank Frankie. Er hatte eine beruhigende Wirkung auf sie. Die hatte er schon immer gehabt.

»Dann sollten wir wohl besser mal nach Hause gehen, bevor du nichts weiter als ein Haufen Schweiß mit Augen bist«, neckte sie ihn.

Als er sich nicht sofort in seinen Wagen setzte, fragte Annie mit gerunzelter Stirn: »Frankie?«

»Ich liebe dich«, erklärte er. »Mehr, als du dir jemals vorstellen kannst.«

»Ich kann es mir *sehr gut* vorstellen«, entgegnete sie nachdrücklich. »Weil ich dich genauso sehr liebe.«

Frankie nickte. »Komm. Hast du schon deinen Vater angerufen?«

»Nein. Das mache ich später.«

»Okay. Aber warte nicht zu lange. Du weißt ja, dass Tex ihm sicher schon gesagt hat, dass du zu Hause bist.«

Das war nur ein weiterer Grund, warum Annie vermutete, dass Frankie und Tex sich näherstanden, als sie vermutlich wusste. Er erwähnte den Namen des ehemaligen SEALs so oft, dass es offensichtlich war, dass die beiden halbwegs regelmäßig in Kontakt standen. Annie wusste, dass sie sich wahrscheinlich mehr darüber ärgern sollte, dass der Mann sich so sehr in ihr Leben einmischte, aber sie konnte es nicht. Sie liebte Tex genauso sehr wie die ehemaligen Teamkameraden ihres Vaters. Ghost, Coach, Hollywood, Beatle, Blade, Truck und sogar Fish und Chase waren alle ihre inoffiziellen Onkel und nervtötenden Brüder. Sie waren überfürsorglich und aufdringlich, aber sie wusste, dass sie das alles aus Liebe taten.

Wenn Tex, der über sie wachte, allen, die ihr etwas bedeuteten, Trost spendete, war das für sie in Ordnung. Und wenn es außerdem jemanden gab, den sie in ihrer Ecke haben wollte, dann war es Tex. Er hatte immer wieder bewiesen, dass er die Verbindungen hatte, um etwas auszurichten.

»Ich weiß«, erklärte sie Frankie. »Ich rufe meinen Dad nach dem Essen an.«

Frankie nickte.

Auf dem Rückweg zum Haus fragte Annie: »Nervt mein Vater dich noch immer wegen der Heirat?«

Frankie sah sie an, bevor er seine Aufmerksamkeit wieder der Straße zuwandte. »Nein. Warum? Geht er *dir* auf die Nerven, dass wir endlich einen Termin für unsere Hochzeit festlegen sollen? Wenn ja, rede ich mit ihm und sag ihm, dass er sich zurückhalten soll.«

Annie starrte Frankie an, während er fuhr. Er war ein schlaksiger Jugendlicher gewesen, aber er war definitiv zu einem sehr gut aussehenden Mann herangewachsen. Sein dunkles Haar war oben ein bisschen zu lang und er hatte Bartstoppeln am Kinn. Er trug ein graues T-Shirt mit kurzen Ärmeln, das seinen durchtrainierten und muskulösen Bizeps zur Geltung brachte. Sein Bauch war flach und er hatte ein Sixpack, das er durch regelmäßiges Training aufgebaut hatte. Seine Nase war leicht schief, weil er in der Mittelschule von seinem Fahrrad gefallen war und sie sich dabei gebrochen hatte. Im Moment zog er konsterniert die Augenbrauen nach unten, als ärgerte ihn schon der Gedanke, dass ihr Vater ihr Kummer bereiten könnte.

Annie war nie die Art von Frau gewesen, die einen Mann brauchte oder wollte, der für sie einstand. Sie war durchaus in der Lage, sich gegen jeden durchzusetzen, der ein Problem mit ihr hatte. Sie zögerte auch nicht, sich in Situationen einzumischen, in denen jemand anderes schikaniert oder belästigt wurde. Aber bei dem Gedanken, dass dieser Mann – dieser erstaunliche, wunderbare, verdammt heiße Mann – sich für sie ärgerte, bekam sie Schmetterlinge im Bauch.

»Ich komme schon selbst damit klar«, erklärte sie Frankie.

»Im Ernst, Annie. Wenn er dir auf die Nerven geht, werde ich mit ihm reden. Wann und ob wir heiraten oder nicht, geht ihn nichts an. Wir werden es tun, wenn die Zeit für uns beide reif ist. Und wenn es noch zwanzig Jahre dauert – oder selbst wenn es nie passiert –, heißt das noch lange nicht, dass wir uns weniger lieben.«

»Du willst nicht heiraten?«, fragte Annie ihn überrascht.

»Das habe ich nie behauptet. Ich will dich heiraten, seit ich sieben Jahre alt bin, Annie. Es gibt nichts, was ich lieber tun würde, als in Anwesenheit unserer Familie und Freunde den Bund fürs Leben mit dir zu schließen. Aber ich werde dich *niemals* zu etwas drängen, das du nicht willst oder zu dem du nicht bereit bist.«

»Es ist ja nicht so, als würde ich dich nicht heiraten wollen«, protestierte Annie.

»Das weiß ich doch. Ich verstehe das. Du hast viel

Verantwortung und viele Ziele und viele Menschen zählen darauf, dass du für sie da bist, wenn sie dich brauchen. Das ist in Ordnung. Wie schon gesagt, ich habe kein Problem damit, auf dich zu warten. Egal wie lange es dauert. Du bist die Richtige für mich. Es wird nie eine andere Frau geben. Niemals. Wenn dein Vater dir also auf die Nerven geht, werde ich ihm sagen, dass er es bleiben lassen soll.«

Annie schnaubte. »Du willst also wirklich Fletch sagen, dass er es bleiben lassen soll?«, fragte sie ihn skeptisch.

»Okay, vielleicht nicht mit genau diesen Worten«, erklärte Frankie grinsend. »Das würde er nie so leicht hinnehmen. Wahrscheinlich würde er mich zu einem Duell im Garten oder so was herausfordern.«

»So schlimm ist er nun auch wieder nicht«, erklärte Annie.

»Ja, schon klar«, erwiderte Frankie sarkastisch. »Als ich ihn um seinen Segen gebeten habe, dich heiraten zu dürfen, hat er mich so intensiv angestarrt, dass ich schon dachte, er würde explodieren. Dann hat er mir einen stundenlangen Vortrag darüber gehalten, dass er und seine Freunde mich so gründlich verschwinden lassen würden, wenn ich dich jemals zum Weinen brächte oder dir auch nur ein Haar krümme, dass niemand je einen Beweis für meinen Verbleib finden würde ... und schon gar nicht würde man jemals einen Beweis dafür finden, dass sie dafür verantwortlich waren.«

Annie lachte. Sie hatte diese Geschichte schon so oft gehört und jedes Mal, wenn Frankie sie erzählte, schmückte er sie mehr und mehr aus. In Wahrheit hatte ihre Mutter ihr erzählt, dass Fletch geweint hatte und sofort einverstanden gewesen war. Und *dann* hatte er Frankie gewarnt, dass er zehn verschiedene Möglichkeiten kannte, eine Leiche spurlos verschwinden zu lassen, sollte er seinem kleinen Mädchen je etwas antun.

Annie streckte die Hand aus und legte sie auf Frankies Oberschenkel. Sie spürte, wie sich seine Muskeln anspannten ... und schon stieg das Verlangen in ihr auf. Nur dieser Mann hatte sie jemals dazu gebracht, so zu fühlen. Wenn er sie nicht berührte, würde sie sterben. Natürlich würde es mit ihren gebrochenen Rippen schwierig sein, Liebe zu machen. Und Frankie schien immer zu wissen, wenn sie etwas vor ihm verbarg, einschließlich Schmerzen.

»Ich will dich heiraten«, versicherte sie ihm ernst.

»Ich weiß.«

»Es ist eben nur so ... meine Mutter will diese riesige Hochzeitsfeier. Und wir müssen so viele Leute einladen. Das wird wie in einer Irrenanstalt und mein Kommandant war wirklich großartig und hat mir Urlaub gegeben, aber das Ganze ist mir einfach gerade zu viel.«

»Du musst mir nur Bescheid sagen und dann heiraten wir in Las Vegas«, entgegnete Frankie.

Annie konnte nicht umhin, die Sehnsucht in seiner Stimme zu hören. Das war eine weitere Sache, für die sie sich schuldig fühlte.

Sie hatte ihm nie den wahren Grund genannt, warum sie die Heirat mit Frankie so lange hinausgezögert hatte. Es war nicht so, dass sie ihn nicht geliebt hätte. Das tat sie. Aber zu Beginn ihrer Armeekarriere hatte sie gehört, wie ein General mit einem anderen hochrangigen Offizier über sie gesprochen hatte. Er war von ihrem Enthusiasmus und ihrer Hingabe beeindruckt gewesen, aber dann hatte er gesagt: *»Ich bin sicher, dass sie abhauen und heiraten wird, was ihre Karriere ruiniert. Sie wird Kinder in die Welt setzen wollen und fett und unfit werden. Es ist wirklich schade, denn ich könnte mir vorstellen, dass Lieutenant Fletcher hoch aufsteigen würde, wenn sie sich ganz ihrer Karriere widmen würde.«*

Seine Worte waren beleidigend, abwertend und diskriminierend. Sie hatten Annie angewidert – und doch hatte sie sie nie abschütteln können. Die Worte waren in ihre Psyche eingedrungen wie ein invasiver Virus.

Sie hatte härter gearbeitet als ihre Kollegen, um dem General und allen anderen zu beweisen, dass sie nicht wie andere Frauen war. Es war ihr ernst mit ihrer Karriere, sie wollte das beste Mitglied der Green Berets sein, das die Armee je gesehen hatte. Es sollte ihr scheißegal sein, was andere Leute über sie dachten ... aber zu ihrer Schande war dem nicht so.

Und nun waren drei Jahre vergangen, seit Frankie um ihre Hand angehalten hatte, und sie hatte Ja gesagt – und sie hatten trotzdem noch nicht geheiratet.

Frankie streckte die Hand aus und verschränkte seine Finger mit ihren. »Aber heute Abend gehen wir nirgendwo hin«, erklärte er leichthin. »Wir werden essen, du rufst deinen Vater an, damit er weiß, dass du zu Hause bist, und dann darf ich dich ein bisschen verwöhnen. Ein Tag nach dem anderen, okay?«

»Okay«, stimmte sie ihm zu. Sie hatten schon vor Jahren darüber gesprochen, als sie an ihren ersten

Einsatzort gezogen waren. Er hatte einen Job bei der Veteranenbehörde gefunden, der ihm bei mehreren Umzügen gute Dienste geleistet hatte, sodass er seinen Job behalten konnte und lediglich für ein anderes Krankenhaus an jedem neuen Ort arbeitete. Er hatte sich nie beschwert. Er nahm jedes Hindernis, dem sie begegneten, mit einer Anmut und Würde, die sie bewunderte.

»Mach die Augen zu und entspann dich«, befahl Frankie.

Lächelnd drückte Annie seine Hand und tat genau das. Bei Frankie war sie sicher, das wusste sie bis in die Zehenspitzen. Ein Teil des Stresses, der sich im Laufe der letzten Woche in ihr aufgestaut hatte, fiel von ihr ab. Frankie war ihr sicherer Hafen. Bei ihm konnte sie ganz sie selbst sein. Er war ihr wichtigster Vertrauter.

Annie hatte noch viele Entscheidungen zu treffen, aber im Moment war sie zu Hause. Sie war am Leben. Und sie war mit dem tollsten Mann der Welt zusammen. Alles andere konnte warten.

Später an diesem Abend – viel später – lag Frankie neben Annie im Bett und sah ihr beim Schlafen zu, und er konnte endlich seine Deckung fallen lassen. Als er sie zum ersten Mal gesehen hatte, war er fast in die Knie gegangen. Sie hatte einen Bluterguss, der ihre gesamte Stirn bedeckte. Er war noch im violett-roten Stadium, also ziemlich frisch. Die Stiche an ihrer Stirn störten ihn nicht annähernd so sehr wie der blaue Fleck.

Nach dem Abendessen und während sie ihrem Vater

versicherte, dass es ihr wirklich gut ging, war er nach oben gegangen und hatte ein heißes Bad für Annie eingelassen. Sie hatte schon immer lange, kochend heiße Bäder geliebt, und er konnte sich kein besseres Willkommen zu Hause vorstellen als ein entspannendes Schaumbad.

Dabei hatte er einen Blick auf ihren Oberkörper erhascht. Ein tiefvioletter Bluterguss zog sich quer über ihre Brust, direkt unter ihren Brüsten. Sie hatte ihm erklärt, dass sie gegen die Kante des Hubschraubers geprallt war, in den sie gesprungen war. Sie hatte den Vorfall heruntergespielt, aber Frankie wusste, dass das, was sie beschrieb, in Wirklichkeit zehnmal schlimmer gewesen war.

Er wusste auch, ohne dass sie es sich eingestehen musste, dass sie an dem Berghang, auf dem sie sich befunden hatte, fast gestorben wäre.

Dieser blaue Fleck machte ihm eine Heidenangst. Er sah verdammt schmerzhaft aus und ihre gebrochenen Rippen zeigten, wie heftig sie bei der Landung aufgeprallt war.

Frankie würde nicht darauf bestehen, dass Annie aufhörte, das zu tun, was sie liebte. Sie hatte sich abgerackert, um dort hinzukommen, wo sie jetzt war, als Kommandantin ihres eigenen Green-Beret-Teams. Und sie war offensichtlich verdammt gut darin. Aber wenn sie ihm auch nur den geringsten Hinweis gab, dass sie etwas anderes mit ihrem Leben anfangen wollte, würde er sie ohne Vorbehalte ermutigen.

Jedes Mal wenn sie verletzt und zerschunden zu ihm zurückkam, starb ein kleiner Teil in Frankie.

Er war im Allgemeinen kein sehr dominanter Mensch. Durch seine Behinderung und die Art und Weise, wie man sich in seiner Kindheit über ihn lustig gemacht hatte, hatte er gelernt, in den Hintergrund zu treten. Aber das bedeutete nicht, dass er Annie nicht mit allem, was er zu bieten hatte, beschützen würde. Sie war buchstäblich der einzige Mensch, der ihn nie verurteilt hatte. Vom ersten Moment an hatte sie keinerlei Vorbehalte gehabt, sich mit ihm anzufreunden, und hatte sich bemüht, mit ihm zu kommunizieren. Niemand sonst hatte das je getan. Er war ihr gegenüber hundertprozentig loyal. Wenn er könnte, würde er jeden mit bloßen Händen töten, der es wagte, ihr etwas anzutun. So viel bedeutete sie ihm.

Aber im Moment fühlte Frankie sich machtlos. Er konnte sehen, dass Annie mit etwas kämpfte, über das sie nicht bereit war zu sprechen. Er würde ihr so viel Zeit und Raum geben, wie sie brauchte, um das zu verarbeiten, was sie quälte. Er hatte keinen Zweifel daran, dass sie irgendwann mit ihm reden würde. In der Zwischenzeit würde er das tun, was er immer getan hatte – dafür sorgen, dass sie wusste, wie sehr er sie liebte. Das war nicht gerade eine Belastung.

An Sex war zumindest für ein paar Wochen nicht zu denken, bis ihre Rippen geheilt waren. Er kannte seine Annie. Sie würde so tun, als hätte sie keine Schmerzen, auch wenn sie innerlich vor Schmerz schrie. Es würde also an ihm liegen, stark genug zu sein, um ihrem Verlangen nicht nachzugeben. Es würde nicht leicht sein, aber Frankie würde ihr nicht wehtun. Niemals.

Er streckte die Hand aus und legte sie auf den blauen

Fleck auf Annies Brust. Sanft rieb er mit dem Daumen auf ihrem Nachthemd hin und her, als könnte er damit den schrecklichen Bluterguss unter dem Stoff auslöschen.

»Frankie?«, murmelte sie.

Er hatte den Sprachprozessor seines Hörgeräts bereits ausgeschaltet, konnte aber ihre Lippen problemlos lesen. »Pssst«, murmelte er. »Schlaf jetzt.«

Sie bewegte sich, als wollte sie sich auf ihn rollen, doch sie zuckte vor Schmerz zusammen.

Frankie bewegte seine Hand zu ihrem Bauch und drückte sie leicht nach unten. »Bleib liegen, mein Schatz.«

Sie nickte, dann griff sie nach seiner Hand. Sie bedeckte sie mit ihrer eigenen und seufzte zufrieden, während sie wieder einschlief.

Frankie war sich nicht sicher, wie lange er wach lag und seiner Verlobten beim Schlafen zusah, aber irgendwann konnte er die Augen nicht mehr offen halten. Er rückte näher an sie heran, um zu spüren, wenn sie mitten in der Nacht unruhig wurde und eine weitere Schmerztablette brauchte, und schlief schließlich ebenfalls ein.

KAPITEL VIER

»Freust du dich genauso sehr wie ich auf diesen Monat Urlaub?«, fragte Annie Frankie ein paar Wochen später, als die beiden in einem Flugzeug in Richtung Texas saßen.

»Ja«, entgegnete Frankie einfach nur.

Der blaue Fleck auf Annies Stirn war verschwunden und die Narbe über ihrem Auge würde mit der Zeit auch verblassen, sodass sie gar nicht mehr auffiel. Die Jungs aus ihrem Green-Beret-Team waren alle in verschiedenen Stadien der Heilung. Green und Bell würden nicht zurückkommen. Ihre Verletzungen waren zu schwer, als dass sie noch bei den Einsätzen des Teams hätten mitmachen können. Bei Shef war es fraglich, und trotzdem wurden er und Mack an einen anderen Stützpunkt und damit in ein anderes Team versetzt.

Annie stand ihrem Team nicht so nahe wie ihr Vater seinem, denn die Armee hatte ihr keine Chance gegeben, eine so enge Bindung aufzubauen. Sie oder Mitglieder ihres Teams wurden immer wieder auf einen anderen Posten versetzt.

Ihr eigenes Wiedereinberufungsdatum rückte schnell näher. Annie hatte ihre erste sechsjährige Dienstzeit hinter sich und überlegte ernsthaft, ob sie aufhören sollte.

Die Gefühle, die sie im Hubschrauber empfunden hatte, hatten sich nicht gelegt, sondern waren wochenlang geblieben und sogar noch stärker geworden. Sie erinnerten sie daran, was bei ihrem nächsten Einsatz passieren könnte. Dass sie vielleicht nicht mehr so viel Glück haben würde. Aber jedes Mal, wenn sie daran dachte, es mit Frankie oder ihrem Vater zu besprechen, überkamen sie Panik und Angst. Vor allem, wenn es um Frankie ging. Er hatte so viel für sie aufgegeben, damit sie sich ihren Traum erfüllen konnte. Wie konnte sie jetzt einfach aufgeben?

Aber die Tatsache, dass er sich so sehr auf diesen Urlaub freute wie sie selbst, machte sie immer sicherer, dass sie nicht wieder einsteigen wollte. Sie konnte sich nicht erinnern, wann sie jemals einen ganzen Monat zusammen verbracht hatten, ohne sich Sorgen machen zu müssen, dass das Telefon klingelte und sie zu einem Einsatz gerufen wurde.

Sie waren zunächst auf dem Weg nach Killeen, wo Annies Bruder Doug seinen Highschool-Abschluss machte. Auch Ethan kam zu diesem Anlass von der Universität Boulder in Colorado nach Hause. Es war lange her, dass die ganze Familie zusammen gewesen war. Ihre drei Brüder hatten alle Hände voll zu tun, selbst

John, der dreizehn war, schien mehr unterwegs als zu Hause zu sein.

Nach der Abschlussfeier wollten sie und Frankie auf die Reise ihres Lebens gehen und zwei Wochen auf einem Viermast-Segelboot verbringen. Es war ein großes Schiff, auf dem etwa sechzig Gäste und dreißig Besatzungsmitglieder Platz fanden. Die Reiseroute führte sie zu einigen der kleineren Inseln in der Karibik, von denen Annie noch nie gehört hatte.

Dies war eher Frankies Traumurlaub als Annies, denn er war ein ziemlicher Bootsfan. Es gab nicht mehr viele der riesigen Segelboote, die noch in Betrieb waren, und sie wusste, dass er es kaum erwarten konnte, der Mannschaft dabei zuzusehen, wie sie jeden Tag die Segel hisste und einholte. Die Männer kletterten auf die Masten und rollten die Segel von Hand aus.

Weil Annie so viel arbeitete und sich nur selten freinahm, hatten sie viel Geld gespart. Genügend, um sich die Reise problemlos leisten zu können.

»Worüber denkst du denn so angestrengt nach?«, wollte Frankie wissen.

Annie schaute ihn an. Ihr Mann sah heute außergewöhnlich gut aus. Er trug eine kakifarbene Hose und ein Polohemd, die beide perfekt passten. Er hatte sich endlich die Haare schneiden lassen und ihr war aufgefallen, dass ihn verschiedene Frauen am Flughafen bewundert hatten. Manchmal musste Annie sich selbst kneifen, dass er ihr gehörte. Sie wusste, dass sie kaum als hässlich zu bezeichnen war, aber sie war ein wenig zu muskulös, zu selbstbewusst, legte zu wenig Wert auf Make-up und feminine Kleidung, um den meisten Männern zu gefallen, die sie kennenlernte. Frankie war das alles völlig egal. Er liebte sie genau so, wie sie war.

»Ich habe diesen Urlaub einfach bitter nötig und kann es kaum erwarten«, erklärte sie ihm.

Frankie nahm ihre Hand in seine, hob sie an seine Lippen und küsste sie auf den Handrücken. »Geht mir genauso. Wirst du mit deinem Vater über die Verlängerung deiner Dienstzeit reden?«

Annie blinzelte überrascht und fing sich dann schnell wieder. »Warum sollte ich?«

Frankie sah sie mit solcher Zärtlichkeit und Liebe an, dass Annie am liebsten geweint hätte.

»Weil du völlig durch den Wind bist. Und weil du darüber nachdenkst aufzuhören.«

Diesmal war sie richtiggehend schockiert. Sie hatte Frankie kein Sterbenswörtchen über ihre Zweifel erzählt. Allerdings sollte es sie eigentlich nicht überraschen, dass er sie so gut kannte.

Sie seufzte. »Ist es wirklich so offensichtlich?«, fragte sie leise.

»Nur für mich. Annie, ich kenne dich. Ich weiß, wann du glücklich bist und wann du wütend bist. Ich weiß, wenn du gestresst bist und wenn du traurig bist. Ich habe nichts gesagt, weil ich dir den Freiraum geben wollte, die Dinge selbst zu verarbeiten, und ich habe gehofft, dass du zu mir kommen würdest, um darüber zu sprechen, wenn du bereit bist. Aber seit du von deiner letzten Mission zurückgekommen bist, bist du nervös. Jedes Mal wenn das Telefon klingelt, springst du auf, und die Auflösung deines Teams hat dich noch härter getroffen als in der Vergangenheit.«

Annie starrte Frankie an. Sie hatte diesem Mann noch nie etwas verheimlichen können. Er wusste immer ganz genau über ihre Gefühle Bescheid. Und es war offensichtlich, dass sie ihn mit ihrer Stimmung angesteckt hatte. Und auch dafür fühlte sie sich jetzt schuldig.

»Es ist nur ... ich wollte schon immer zum Militär gehen. Zur Spezialeinheit. Ich habe wahnsinnig hart gearbeitet, um dorthin zu gelangen, und jetzt fühlt es sich einfach schrecklich an, dem Ganzen den Rücken zuzuwenden«, gab sie schließlich zu.

»Du bist nicht mehr sieben. Oder dreizehn. Oder achtzehn. Oder sogar fünfundzwanzig. Menschen verändern sich, Annie. Unsere Wünsche und Sehnsüchte ändern sich. Es ist nicht schlimm, wenn du etwas anderes willst. Was willst *du* denn?«

Annie sah Frankie fest in die Augen. »Ich möchte jeden Tag zu dir nach Hause kommen. Ich möchte mehr lachen. Und ich will nicht irgendwo in der Wüste sterben. Ich will nicht, dass du das durchmachen musst. Ich bin stolz auf das, was ich erreicht habe, aber es fühlt sich so an, als ziehe das Leben an mir vorbei.«

Es fühlte sich gut an, endlich ihre geheimsten Gedanken auszusprechen. Das hätte sie schon früher tun sollen. Ein Flugzeug war zwar nicht gerade der beste Ort für äußerst ernste Geständnisse, aber als sie in Frankies dunkle Augen blickte, konnte sie den Mund nicht halten.

»Es gibt vieles, das ich an der Armee liebe. Das habe ich immer und werde ich immer. Es gibt eine Kameradschaft, die ich niemandem erklären kann, der sie nicht selbst erlebt hat. Ich mag auch die Disziplin. In der Routine liegt ein gewisser Trost, wenn das Sinn macht.

Zu wissen, dass ich meinen Teil zur Sicherheit der Menschen beitrage, erfüllt mich tief in meinem Inneren. Ich genieße es, im Dreck herumzukriechen und die Überraschung in den Gesichtern der Leute zu sehen, wenn sie merken, dass ich eine Frau bin ... und ihnen in den Hintern zu treten. Ich bin stolz auf das, was ich erreicht habe, und jedes Mal, wenn ich meine Uniform anziehe, will ich ein besserer Mensch sein.«

»Aber?«, wollte Frankie wissen.

Annie seufzte. »Ich will auch Mrs. Annie Sanders werden«, erklärte sie leise. »Ich möchte einen Ort finden, an dem wir uns niederlassen können, und wissen, dass wir dort länger als zwei Jahre bleiben werden. Ich habe keine Freunde, Frankie. Ich meine, die Jungs, mit denen ich auf dem Stützpunkt arbeite, sind toll, aber ich habe niemanden, mit dem ich wirklich Zeit verbringe, wie meine Mutter es mit ihrem Freundeskreis tut. Aber das wünsche ich mir auch. Ich will jemanden, den ich anrufen kann, um über Nichtigkeiten zu reden. Mit dem ich mich ab und zu betrinken kann. Zum Tratschen. Im Moment kann ich mir das nicht vorstellen, solange ich der Armee ausgeliefert bin. Und vor allem möchte ich, dass du tun kannst, was du willst. Solange ich ein Green Beret bin, wirst du deine Wünsche und Sehnsüchte immer hinter meine zurückstellen müssen. Das gefällt mir *überhaupt* nicht.«

Frankie legte ihr die Hand in den Nacken und zog sie an sich, bis ihre Stirnen sich berührten. »Möchtest du wissen, was *ich* möchte, mein Schatz?«

Annie nickte.

»Ich möchte, dass *du* glücklich bist. Ich kann immer

einen Job bei der Veteranenbehörde finden, egal wohin das Militär dich schickt, das ist also kein Problem. Es ist mir egal, wo ich bin, solange ich nur bei dir bin.«

Annie atmete tief durch, um nicht loszuheulen. »Mir geht es genauso, aber in letzter Zeit haben wir nicht mehr so viel Zeit miteinander verbringen können. Ich hasse es, Frankie. Ich habe meine ganze Kindheit damit verbracht, dich zu vermissen, und obwohl wir jetzt zusammenleben, bin ich mehr unterwegs als zu Hause. Ich will das dem Militär nicht übel nehmen, aber ich fange an, es zu bereuen.«

»Was ist auf dem letzten Einsatz passiert?«, fragte Frankie.

Annie wusste, dass er nicht nach den Einzelheiten der Mission selbst fragte. Aber es war offensichtlich, dass sich für sie etwas verändert hatte. Sie erzählte Frankie nie davon, wenn sie nur knapp dem Tod entronnen war, weil sie ihn vor diesem Aspekt ihres Jobs schützen wollte. Aber er war kein Idiot. Er wusste, dass das, was sie tat, nicht ganz ungefährlich war. Er hatte die Folgen ihrer Verletzungen gesehen. Und trotzdem stand er zu ihr und war ihr größter Unterstützer.

Frankie bewegte sich, schob die Armlehne zwischen ihnen hoch und zog Annie näher zu sich. Er legte seinen Arm um ihre Schulter und Annie schmiegte sich an ihn, so gut es in dem unbequemen Flugzeugsitz ging. Es fiel ihr leichter zu reden, wenn sie ihn nicht ansah. Und sie hatte keinen Zweifel, dass genau das seine Absicht gewesen war.

»Wir gerieten in einen Hinterhalt. Es waren nur wir sieben gegen wer weiß wie viele bewaffnete Terroristen.

Wir hielten sie stundenlang in Schach, aber langsam wurden wir einer nach dem anderen abgeknallt. Als der Hubschrauber kam, um uns abzuholen, waren wir alle erschöpft und verletzt. Ich begann, darüber nachzudenken, was ich da tat. Und warum. Wenn ich da draußen gestorben wäre, hätte niemand die Einzelheiten erfahren. Ich wäre nur eine weitere geheime Mission irgendwo in einer Akte, die meisten Informationen wären unkenntlich gemacht. Ich könnte nicht mit dir alt werden. Ich würde alles, was normale Paare tun, verpassen. Die Leute sagen vielleicht: ›Oh, diese Annie Fletcher, sie starb bei dem, was sie liebte‹, aber weißt du was?«

»Was?«

»Ich bin mir gar nicht mehr so sicher, dass ich es so sehr liebe«, flüsterte Annie, als wäre es Blasphemie, diese Worte überhaupt auszusprechen. Schnell sprach sie weiter: »Ich will nicht sagen, dass ich jeden Tag ein Kleid, Make-up und Absätze tragen und hinter einem Schreibtisch sitzen möchte. Aber im Dreck zu liegen und zu versuchen, Menschen zu töten, von denen ich nichts weiß und die wahrscheinlich Familien haben, die sie genauso lieben wie ich ... das hat nicht mehr den Reiz, den es einmal hatte.«

»Und was möchtest du dann machen?«, fragte Frankie.

Annie schloss die Augen. Das war nur einer der vielen Gründe, warum sie diesen Mann liebte. Er versuchte nicht, ihr auszureden, was sie fühlte. Er unterstützte sie ohne Vorbehalte, ohne Bedingungen. Sie wollte dasselbe für ihn tun. Sie hatte das Gefühl, dass sie in ihrer gesamten Beziehung egoistisch gewesen war. Er hatte sehr gute Jobs aufgegeben, um ihr quer durch das Land zu folgen. Er hatte auch keine Freunde. Sie wollte Stabilität für sie beide. Wollte das, was ihre Eltern hatten.

»Ich weiß es nicht«, gab sie zu. »Ich weiß wirklich nicht, wer Annie Fletcher ohne das Militär überhaupt ist. Ich weiß, dass es mir egal sein sollte, was andere Leute denken, aber ich kann nicht umhin, das Gefühl zu haben, wahnsinnig viele Leute zu enttäuschen, wenn ich ausscheide. Mein Vater gibt zum Beispiel die ganze Zeit mit mir an. Selbst vor Leuten wie zum Beispiel den Kassierern im Supermarkt. Er lässt keine Gelegenheit verstreichen, jedem mitzuteilen, dass ich eine der ersten Frauen bin, die jemals bei den Green Berets ange- nommen worden sind. Und ich möchte keinesfalls die Enttäuschung in den Augen der Menschen sehen, die ich am meisten liebe.«

»Die Menschen, die du am meisten liebst, werden auch weiterhin stolz auf dich sein, egal wozu du dich entscheidest.«

Annie atmete tief durch. Tief in ihr drin war ihr das klar, aber es fiel ihr schwer, sich vorzustellen, etwas anderes zu tun, als eine Soldatin zu sein.

»Wenn du dir etwas aussuchen könntest, was würdest du dann tun wollen?«, fragte Frankie sie. »Für die Soldaten verantwortlich sein, die in den Kampf ziehen? Irgendwo am Strand sitzen, die Füße in den Sand stecken und keine Verantwortung tragen? Eine Fremdsprache lernen und in ein anderes Land ziehen und dort einen Job finden? Überlege nicht zu viel, sondern höre auf dein Bauchgefühl. Und auf dein Herz.«

Und obwohl sie gerade noch behauptet hatte, nicht

zu wissen, was sie tun würde, wenn sie nicht mehr beim Militär war, musste sie zugeben ... dass das nicht ganz stimmte. »Ich liebe es, Sanitäterin zu sein«, erklärte sie ihm. »Mir gefällt die Idee, Leute gesund zu machen, anstatt sie zu töten.« Sie atmete tief durch und sagte das, was sie sich nie zuvor laut zuzugeben getraut hatte. »Ich glaube ... ich glaube, ich würde gern Ärztin werden.«

»Möchtest du dein berufliches Profil ändern? Du könntest sehen, ob die Armee dich zur Uni schicken würde. Du könntest beim Militär bleiben und gleichzeitig Ärztin werden«, gab Frankie zu bedenken.

Annie dachte einen Moment lang darüber nach. Es war eine Möglichkeit, aber sie wäre immer noch der Gnade der Regierung ausgeliefert. Sie könnte jederzeit irgendwohin geschickt werden und sie hätte keine andere Wahl, als sich zu fügen. Sie war sich nicht sicher, ob sie das glücklicher machen würde. Sie wollte Wurzeln bilden, was beim Militär extrem schwierig war.

»Du wärst eine großartige Ärztin«, erklärte Frankie ihr leise.

»Aber das würde bedeuten, dass ich noch mal studieren müsste«, bemerkte Annie voller Skepsis. »Am Anfang bin ich dann sicher genauso oft von Zuhause weg, du weißt schon, weil ich lernen muss und dann im Krankenhaus arbeiten muss und all das. Eigentlich ist es ziemlich lachhaft.«

»Nein, das ist es nicht«, erklärte Frankie bestimmt. Er hob Annies Kinn und zwang sie dazu, ihn anzusehen. »Und weißt du, woher ich das weiß?«

»Woher?«, flüsterte Annie.

»Weil ich die Leidenschaft und Begeisterung in

deiner Stimme höre. Mit einem Schreibtischjob wirst du nie glücklich werden. Du brauchst das Adrenalin. Die Aufregung. Die Herausforderung. Das ist ein weiterer Grund, die Armee zu verlassen. Du hast bereits gesagt, dass die Zeit kommen wird, in der du aufgrund deines Ranges an einen Schreibtisch versetzt wirst. Du wirst nicht mehr im Einsatz sein und das tun, was du am besten kannst, sondern im Hintergrund arbeiten.«

»Ich weiß ja, dass du recht hast, aber das Medizinstudium kostet eine Menge Geld«, protestierte Annie. »Und ich werde immer noch oft weg sein.«

»Pass auf ... ich wusste bereits auf der Highschool, dass ich bei dir immer im Hintergrund stehen werde«, erklärte Frankie.

Annie öffnete den Mund, um zu protestieren, aber er sprach weiter und ließ sie nicht zu Wort kommen.

»Und damit habe ich kein Problem. Ich mag das Rampenlicht nicht. Das weißt du doch. Ich klinge komisch, wenn ich rede, und das schreckt die Leute ab. Das ist deren Problem, nicht meins, aber ich stehe viel lieber hinter dir und halte dir den Rücken frei, als dass ich vorn stehe und dir den Weg zeige. Es macht mir nichts aus, der Lebensgefährte von Captain Fletcher zu sein, und es macht mir auch nichts aus, der Ehemann von Dr. Sanders zu sein.

Du hast eine Gabe, Annie. Alle lieben dich. Du kannst nichts dafür. So bist du nun mal. Ich glaube, du wärst eine tolle Ärztin. Du wirst für deine Patienten kämpfen, und wenn du ihnen nicht helfen kannst, wirst du jemanden finden, der es kann. Du wirst nicht eher ruhen, bis du herausgefunden hast, was das Problem ist, und es beheben, anstatt es nur mit Medikamenten zu bekämpfen. Ich kann dir eines sagen: Wenn ich krank oder verletzt wäre, würde ich dich als Ärztin haben wollen. Denn ich weiß, dass du alles tun würdest, was nötig ist, um mich wieder gesund zu machen. Es ist mir egal, welches Fachgebiet du wählst. Ich weiß jetzt schon, dass du die Beste auf deinem Gebiet sein wirst.«

Verdammt. Annie hatte diesen Mann nicht verdient. »Du klingst nicht komisch, wenn du sprichst«, versicherte sie ihm.

Frankie lächelte und schüttelte ungläubig den Kopf. »*Das* ist es, was von alledem bei dir angekommen ist?«, fragte er sie.

Annie zuckte mit den Achseln. »Ich mag es eben nicht, wenn du dich selbst niedermachst. Du bist unglaublich, Frankie. Und jeder, der das nicht sieht, ist ein Idiot.«

»Also … wirst du mit deinem Vater über all das reden?«, fragte er, um das Thema von sich abzulenken, wie er es immer tat.

Annie zuckte zusammen und schmiegte sich wieder an Frankie. »Ich will ihn nicht enttäuschen.«

»Das wirst du auch nicht.«

»Da kennst du wohl meinen Vater schlecht«, murmelte Annie leise.

Doch Frankie hatte sie trotzdem gehört. »Doch, tue ich sehr wohl«, erklärte er nachdrücklich. »Ich kenne ihn schon ungefähr so lange wie du selbst. Und obwohl ich natürlich nicht mit ihm gelebt habe, weiß ich trotzdem, dass dieser Mann dich mehr liebt als alles andere auf der Welt. Du bist sein kleines Mädchen. Seine einzige Tochter. Sein Augapfel. Er hat sein ganzes Leben lang alles dafür getan, damit du glücklich bist.«

»Er ist eine Legende«, widersprach Annie ihm. »Man spricht immer noch mit Ehrfurcht von seinem Delta-Force-Team. Sie hatten so viele erfolgreiche Einsätze und er hat die Armee geliebt und gelebt. Zum Teufel, er hilft immer noch auf dem Stützpunkt aus, und er ist auch nicht mehr der Jüngste. Ich habe gesehen, wie stolz er war, als ich bei meinem College-Abschluss mein Offizierspatent entgegennahm. Ich kann es nicht ertragen, die Enttäuschung in seinen Augen zu sehen, wenn ich ihm sage, dass ich aussteigen will.«

»Ich glaube, dass du ihn unterschätzt«, erklärte Frankie.

»Vielleicht. Vielleicht auch nicht. Und mit den anderen will ich gar nicht erst anfangen. Es würde mich umbringen, Ghost und alle anderen zu enttäuschen. Und Truck erst ... verdammt, dem kann ich es unmöglich sagen. Ich glaube, es war damals seine Idee, mir den elektrischen Panzer zu kaufen. Ich bin ständig damit herumgefahren und allen auf die Nerven gegangen.«

»Ich habe die Videos gesehen«, erklärte Frankie lachend. »Aber noch mal, ich glaube nicht, dass sie enttäuscht von dir sein werden. Kein bisschen.«

»Die Entscheidung, auszusteigen, jagt mir eine Heidenangst ein. Das Militär ist das Einzige, was ich je gekannt habe. Ich weiß nicht genau, ob ich wirklich aussteigen will. Ich meine, es ist möglich, dass dieser letzte Einsatz mich nur verwirrt hat. In einer Woche werde ich wahrscheinlich auf dieses Gespräch zurückblicken und mich wundern, dass ich auch nur einen

Moment lang ans Aufhören gedacht habe«, erklärte sie und zuckte leicht mit den Achseln.

»Oder vielleicht findest du, dass es die beste Entscheidung war, die du jemals getroffen hast«, gab Frankie zu bedenken.

»Vielleicht tue ich einfach so, als wäre ich mein ganzes Leben lang beim Militär. Schließlich müssen mein Vater und die anderen es nicht wissen«, scherzte Annie.

Sie spürte das Lachen, das in Frankies Brust aufstieg, an ihrer Wange. »Äh, hast du vielleicht Tex vergessen?«, fragte er sie.

»Verdammt. Tex wird sofort Bescheid wissen, sobald ich den Papierkram einreiche, nicht wahr?« Es war eine rhetorische Frage. Selbstverständlich würde er das. Und er würde sofort zu ihrem Vater laufen und sich versichern, dass es ihr gut ging. Um herauszufinden, was da nicht stimmte.

»Es tut mir leid, dass dich das Ganze so belastet«, erklärte Frankie ernst. »Aber egal, ob du dich neu verpflichtest, Medizin studierst oder irgendwo an einem Strand sitzen möchtest, ich stehe hundertprozentig hinter dir.«

»Womit habe ich dich nur verdient?«, fragte Annie ihn.

»Glaub mir, du hast mich verdient. Wir sind füreinander gemacht«, erklärte er einfach.

Er hatte recht. Sie waren wirklich füreinander gemacht. Alle hatten geglaubt, sie würden die erste Phase der Verliebtheit nicht überstehen, besonders da sie schon ineinander verliebt waren, seit sie sieben Jahre alt waren.

Doch stattdessen war ihre Liebe mit den Jahren nur stärker geworden.

»Ich liebe dich«, erklärte Annie.

»Und ich liebe dich.«

Sie sah zu ihm hoch. »Ich möchte wirklich heiraten.«

Sie sah den Funken der Begeisterung – und Erleichterung? – in seinen Augen, und das brachte sie fast um. Sie hatte das getan. Sie hatte nicht vorgehabt, ihn für immer zu vertrösten, aber ihr Job kam ihr immer wieder in die Quere und der Gedanke, ihn an sie zu binden und dann getötet zu werden, machte sie krank. Sie wollte diesen Mann nicht verletzen, aber indem sie ihre Hochzeit verschoben hatte, hatte sie genau das getan.

»Egal wann. Egal wo. Das weißt du doch«, erklärte Frankie.

»Ich werde mit meiner Mutter reden.«

Er lächelte. »Aber sie soll sich zusammenreißen«, warnte er. »Du weißt ja, wie sie ist. Wenn es nach ihr ginge, würde sie tausend Leute einladen und dafür sorgen, dass Tex noch die Königin von England einlädt.«

Annie kicherte. Frankie lag damit nicht ganz falsch. »Es tut mir leid, dass ich dir all das nicht vorher gesagt habe. Ich meine, du hast bei meinen Entscheidungen genauso viel Mitspracherecht wie ich, da sie dich genauso betreffen.«

Frankie schüttelte den Kopf. »Es muss dir nicht leidtun. Du musstest die Dinge allein durchdenken. Du warst schon immer so. Ich will nur nicht, dass du jemals Angst hast, mit mir über irgendetwas zu reden. Und du könntest mich nie enttäuschen. Niemals. Wenn du sagen würdest, du willst aussteigen und ein Zirkusclown werden, würde ich hundertprozentig hinter dir stehen. Alles, was ich will, alles, was ich je wollte, ist, dass du glücklich bist. Und wenn die Armee dich nicht mehr glücklich macht, dir nicht mehr guttut, dann musst du etwas anderes finden, das dich glücklich macht.«

»Ich will nicht aussteigen und ein Zirkusclown werden«, erklärte Annie schaudernd.

»Weiß ich doch.« Er lachte. »Du hast zwanzig Minuten von dem Film *Es* gesehen und dann musstest du ihn ausschalten.«

»Weil er so verdammt *gruselig* war!«, erklärte Annie mit Nachdruck. »Dann nehme ich es lieber mit hundert Aufständischen mit Panzerfäusten auf als mit diesem verdammten Clown. Frankie?«

»Ja?«

»Was willst du denn machen? Was macht *dich* glücklich? Wir reden die ganze Zeit von mir, aber ich möchte nicht, dass es in unserer Beziehung nur um mich geht.«

»Ich möchte genau das tun, was ich bereits tue. Anderen helfen, sich daran zu gewöhnen, dass sie nicht mehr hören können. Ich möchte ihnen zeigen, dass ihr Leben nicht vorbei ist. Dass sie ein produktives und erfülltes Leben führen können. Lieben. Geliebt werden. Und das kann ich überall tun. Und was mich glücklich macht? Das bist du. Und du bist es immer gewesen, Annie.«

Seine Worte brachten ihr Herz zum Schmelzen. Frankie war ein guter Mann. Der beste. Und er gehörte ihr. Er war vielleicht kein Soldat der Spezialeinheit. Er hatte vielleicht nicht so viele Muskeln, aber sie wusste, wenn es hart auf hart kam, würde er sie mit seinem

Leben beschützen. Er würde ein Fels in der Brandung sein und eine Bereicherung, niemals eine Belastung. Viele Leute unterschätzten ihn, weil er sich beim Sprechen so anhörte und weil er ohne den Sprachprozessor des Cochlea-Implantats völlig taub war, aber Annie wusste es besser. Die meiste Zeit über war er sanftmütig, aber wenn er provoziert wurde, war ihr Mann eine ernst zu nehmende Bedrohung.

Frankie küsste sie auf die Stirn und sie schloss die Augen. Sie fühlte sich hundertprozentig besser, nachdem sie mit ihm gesprochen hatte. Sie hatte immer noch Angst, mit ihrem Vater zu reden ... aber zum ersten Mal kam ein Funke Vorfreude in ihr hoch. Es würde nicht einfach sein, Ärztin zu werden, aber andererseits war es auch nicht einfach, in die Reihen der Eliteeinheit der Green Berets aufzusteigen.

Sie war sich noch nicht sicher, was sie tun wollte, aber die Vorfreude und der Eifer, mit dem sie sich einer neuen Herausforderung stellte, waren nicht zu übersehen. Sie hatte schon lange nicht mehr so über ihre Karriere nachgedacht. Sie könnte bei der Armee weitermachen ... aber Tatsache war, dass sie nicht mehr aufgeregt war, wenn sie den Anruf erhielt, dass sie zum Einsatz aufbrechen musste.

Bevor sie irgendetwas entschied, musste sie mit Fletch sprechen, so sehr ihr das auch Angst machte. Sie wollte seine Meinung hören. Sie schätzte seine Meinung. Frankie hatte recht; ihr Vater liebte sie und wollte nur das Beste für sie. Er würde sich alles anhören, was sie zu sagen hatte, und ihr seine Ratschläge und Gedanken mitteilen. Sie wollte ihn nicht auch nur eine Sekunde lang enttäuschen, aber wenn sie ihren Job nicht mehr liebte, konnte sie dann wirklich die nächsten fünfzehn Jahre oder länger in diesem Beruf bleiben?

Sie glaubte es nicht. Vor allem, weil ihr Leben und das Leben der Männer und Frauen unter ihrem Kommando davon abhingen, dass sie sich hundertprozentig engagierte. Und sie war sich nicht mehr sicher, ob sie das konnte.

Annie wünschte, sie hätte die Überzeugung und wäre sich ihrer Sache so sicher wie vor fünf Jahren. Oder vor zehn. Aber wie Frankie gesagt hatte ... Menschen ändern sich. Sie musste nur herausfinden, ob ihre gegenwärtigen Zweifel daran, ein Green Beret zu sein, damit zusammenhingen, dass sie bei ihrem letzten Einsatz nur knapp mit dem Leben davongekommen war, oder ob etwas anderes dahintersteckte.

Annie atmete tief durch und versuchte, den Kopf freizubekommen. Sie hatte noch viel Zeit, darüber nachzudenken, was sie mit dem Rest ihres Lebens anfangen wollte. Jetzt wollte sie erst einmal ihren wohlverdienten Urlaub genießen und sich darauf freuen, ihre Familie wiederzusehen.

KAPITEL FÜNF

Frankie saß am Esstisch der Fletchers und lächelte über das Chaos. Am Morgen hatten sie alle an Dougs Abschlussfeier teilgenommen und jetzt gab es ein Familienessen, bevor Doug am Abend mit seinen Freunden feiern ging. Morgen gab die Familie eine riesige Schulabschlussfeier und er wusste aus Erfahrung, dass die Zahl der Anwesenden wahnsinnig groß sein würde. Es schien, als würden Fletch und Emily so gut wie jeden kennen.

Für Frankie war es etwas gewöhnungsbedürftig gewesen. So lange hatten er und sein Vater allein gelebt, und es war ein ziemlicher Schock gewesen, dieser riesigen, verrückten Familie beizutreten. Er hätte nicht allzu überrascht sein sollen. Durch seine Pateneltern hatte er gesehen, wie nahe sich militärische Spezialeinheiten stehen konnten. Cooper und Kiera waren eng mit einem Navy SEAL-Team in Kalifornien befreundet, und Frankie und sein Vater wurden häufig zu Strandpartys eingeladen, um mit allen zusammen zu feiern.

In diesem Moment erzählte Annies dreizehnjähriger

Bruder John ihr von seinem letzten Debattierwettbewerb, bei dem er den zweiten Platz belegt hatte.

»Das überrascht mich nicht«, erklärte Annie scherzend. »Du hast mich immer genervt, weil du nie lockergelassen hast.«

»Das hast du mir doch beigebracht«, gab er zurück.

»Könnte mir jemand bitte die Brötchen reichen?«, fragte Ethan.

Fletch schnappte sich den Korb und reichte ihn seinem ältesten Sohn. Emily beugte sich vor und gab John einen weiteren Löffel grüne Bohnen auf den Teller, während er und Annie sich gutmütig stritten. Frankie sah, wie Doug auf sein Handy schaute, und nach ein oder zwei Minuten fragte er: »Darf ich bitte aufstehen?«

Fletch wischte sich den Mund mit der Serviette ab. »Hast du genügend Geld dabei, um den Abend gut zu überstehen, mein Junge?«

»Ja, Dad. Danke.«

»Um ein Uhr bist du spätestens wieder zu Hause. Ich weiß, ich weiß, du hast die Highschool abgeschlossen und all das, aber das bedeutet noch längst nicht, dass die Regeln nicht mehr gelten. Viel Spaß. Falls du mich brauchst, ruf mich an. Ich bleibe wach.«

Das war eines der Dinge, die Frankie an Annies Vater liebte. Er war ein harter Knochen, daran gab es keinen Zweifel. Er erwartete von seinen Kindern, dass sie gute Noten bekamen, gute Entscheidungen trafen, was ihre Freunde anging, und gute Menschen waren, aber er wusste auch, dass sie Fehler machen würden. Das war unvermeidlich. Und er sorgte dafür, dass jeder von ihnen wusste, dass er ihnen den Rücken freihielt, egal was passierte.

Beeindruckt war er auch von der subtilen Erinnerung, dass Fletch auf Doug warten würde, um dafür zu sorgen, dass er seine Ausgehzeiten einhielt.

»Danke, Dad. Die Jungs und ich wollen nur bei Tom zu Hause rumhängen«, erklärte Doug.

»Findet bei Julio heute nicht diese Riesenabschlussparty statt?«, wollte Ethan wissen.

»Doch, aber wir haben eigentlich kein Interesse daran. Sie werden sich nur alle betrinken und jeder in der Stadt weiß, dass die Party stattfinden wird, also taucht die Polizei wahrscheinlich noch vor zehn Uhr auf. Denkt an meine Worte. Außerdem hat Harley mir die neueste Version des Videospiels *This is War* gegeben, an der sie gearbeitet hat, und das Videospiel kommt erst in zwei Monaten raus. Wir wollen sehen, wie schnell wir es zu Ende spielen können.«

»Viel Glück«, erklärte Fletch. »Soweit ich weiß, ist das die bis jetzt schwierigste Version.«

Dougs Augen leuchteten auf, weil er sich auf die Herausforderung freute. »Das werden wir sehen«, erwiderte der Jugendliche.

»Nun geh schon«, befahl Fletch. »Aber bring zuerst deinen Teller in die Küche und stell ihn in die Spülmaschine.«

»Und gib deiner Mutter einen Kuss«, fügte Emily hinzu.

Doug stand auf, nahm seinen Teller und gab seiner Mutter auf dem Weg in die Küche einen Kuss.

»Ich bin auch fertig, Dad. Kann ich aufstehen?«, fragte John.

»Darf ich bitte aufstehen«, korrigierte Emily ihn.

»*Darf* ich bitte aufstehen?«, fragte John erneut. »Meine Freunde und ich möchten an dem Drehbuch arbeiten, das wir gerade schreiben.« Er wandte sich an Annie. »Es handelt von einer Gruppe von Jungs, die die Welt vor einer Bedrohung durch Außerirdische retten, die die Weltherrschaft an sich reißen und alle Menschen versklaven wollen.«

»Geh schon«, erwiderte Fletch lächelnd.

»Ich denke, bei der Gruppe Jungs sollte auch ein Mädchen dabei sein«, erklärte Annie ihrem Bruder.

John streckte ihr die Zunge heraus. »Warum? Mädchen sind so nervtötend.« Dann schob er den Stuhl zurück und verschwand ebenfalls mit seinem Teller in der Küche.

»Und was ist mit dir, Ethan?«, wollte Emily wissen. »Hast du keine großen Pläne für heute Abend?«

Ethan zuckte mit den Achseln. »Ich wollte meine Freundin anrufen und dann den Abend mit Avi verbringen.«

»Wie geht es ihm denn?«, fragte Annie.

Avi war Ethans bester Freund, seit sie sich in der zehnten Klasse kennengelernt hatten, als er aus Indien in die USA gezogen war. Er war buchstäblich der klügste Mensch, den Frankie kannte. Er hatte einen großen Einfluss auf Ethan, und die beiden standen sich auch heute noch so nahe wie damals auf der Highschool.

»Es geht ihm gut«, erwiderte Ethan. »Er erwirbt einen zweiten Master-Abschluss, während er an seinem

Doktortitel arbeitet. Er meinte, er brauche eine Herausforderung.«

Alle lachten.

»Seine Eltern versuchen schon seit Jahren, ihn mit einer Inderin zu verkuppeln, und er hat sich immer dagegen gewehrt. Aber bei dem letzten Mädchen, das sie ihm vorgestellt haben, hat es tatsächlich klick gemacht. Seit Wochen spricht er jeden Abend mit ihr am Computer. Sie ist immer noch in Indien und ich glaube, er hat sich in sie verliebt«, sagte Ethan.

»Das ist doch großartig. Was ist das Problem?«, wollte Emily wissen.

Ethan zuckte mit den Achseln. »Ich glaube, er wehrt sich dagegen, weil er nicht an arrangierte Ehen glaubt, obwohl sie in seiner Gesellschaft noch gang und gäbe sind. Und es ist auch kein Geheimnis, dass ihre Eltern mit seinen darüber gesprochen haben, dass ihre Kinder heiraten sollen.«

»Möchtest du meine Meinung hören?«, fragte Emily, die ihrem Sohn die Wahl lassen wollte. »Sag ihm, er soll diesen ganzen Blödsinn vergessen. Wenn es bei den beiden klick gemacht hat, spielt es überhaupt keine Rolle, wie und warum sie einander vorgestellt worden sind. Es ist nicht leicht, jemanden zu finden, der zu einem passt, wenn sie sich also gefunden haben, sollte Avi die Umstände ihres Kennenlernens vergessen und sich auf die Sache einlassen.«

Ethan grinste. »Genau das habe ich ihm auch geraten.«

»Gut. Kommt er morgen auch zur Party?«, wollte Emily wissen.

»Ja, er sagte, er würde sich deine Würstchen im Schlafrock auf keinen Fall entgehen lassen.«

Frankie brach in Gelächter aus, genau wie der Rest der Familie Fletcher. Avi war bekannt für seine Vorliebe für amerikanisches Kinderessen. Chicken Nuggets, Pommes frites, Pizzabällchen, Brezel Dogs, Quesadillas, Käsesticks, Mac and Cheese, Chex Mix ... sogar S'mores. Er mochte zweiundzwanzig sein, aber er aß wie ein Achtjähriger. Und da Annies Mutter ihr Bestes tat, um jeden in ihrer Nähe zu verwöhnen, besuchte Avi sie gern.

»Übernachtest du heute bei ihm?«, wollte Fletch wissen.

»Nein. Ich habe John versprochen, dass ich mir morgen früh sein Drehbuch durchlese, also muss ich früh raus«, erklärte Ethan.

»Es ist schön, dich eine Zeit lang zu Hause zu haben, mein Sohn. Auch wenn es für uns nie lange genug ist«, erklärte Fletch. Vater und Sohn lächelten einander einen Moment lang an, bevor Ethan seinen Stuhl zurückschob und in die Küche ging.

»Sieh dir nur an, wie viel vom Essen übrig geblieben ist«, sagte Emily seufzend. »Ich weiß noch, wie es war, als diese Jungs nicht genug bekommen konnten. Sie haben uns praktisch Haus und Hof weggegessen. Und jetzt rühren sie ihr Abendessen kaum an, bevor sie aufstehen und mit ihren Freunden unterwegs sind oder etwas Interessanteres tun, als ihren Eltern Gesellschaft zu leisten.«

Fletch streckte die Hand aus, zog seine Frau an sich und küsste sie auf die Stirn. »Wenn du vielleicht nicht ganz so viele Gerichte gemacht hättest, hätten sie wenigstens einen Teil davon bewältigen können«, neckte er sie.

»Du nun wieder«, entgegnete Emily und verdrehte die Augen.

Frankie bewunderte die Beziehung zwischen Annies Eltern. Sie waren offensichtlich einander völlig verbunden und heute noch genauso verliebt wie damals, vor zwanzig Jahren, als sie sich kennengelernt hatten.

»Würdest du mir beim Abräumen helfen, Annie?«, fragte Emily ihre Tochter.

»Selbstverständlich«, erwiderte diese sofort.

»Vielen Dank. Ich muss außerdem noch Dougs Kuchen fertig glasieren und ein paar Plätzchen backen.«

»Habe ich es doch gewusst, dass ich dir beim Plätzchenbacken helfen soll«, erklärte Annie lachend.

»Du kennst mich eben«, erwiderte Emily lächelnd.

Annie wandte sich an Frankie. »Macht es dir was aus?«

Bevor er ihr versichern konnte, dass es ihm natürlich nichts ausmachte, ergriff Fletch das Wort.

»Was denkst du denn, was ich mit ihm anstelle, meine Kleine? Denkst du, ich zwinge ihn dazu, im Garten Liegestütze zu machen? Oder dass ich ihn mit auf den Stützpunkt nehme, wo ich ihn den Hindernisparcours absolvieren lasse? Verdammt, du traust deinem Vater ja einiges zu.«

Annie kicherte und ging zu Fletch hinüber. Sie beugte sich zu ihm und küsste ihn auf die Wange. »Natürlich nicht. Allerdings könnte ich mir schon vorstellen, dass du ihn über das neue Sicherheitssystem ausfragst, das wir vor ein paar Monaten besorgt haben. Du weißt schon, nur um sicher zu sein, dass es auch *adäquat* ist.«

»Und, ist es das?«, fragte Fletch und zog eine Augenbraue hoch.

Annie verdrehte die Augen und sah dabei ihrer Mutter so ähnlich, dass Frankie nur lächeln konnte.

Emily Fletcher war eine sehr gut aussehende Frau. Wenn Annie nur halb so gut alterte wie ihre Mutter, konnte Frankie sich glücklich schätzen. Aber ehrlich gesagt war es ihm egal, wie Annie aussah, er hoffte nur, dass sie nie ihre Selbstsicherheit verlor. Sie war stolz darauf, wer sie war, und es war ihr egal, dass sie nicht dem entsprach, was viele Leute für das Idealbild einer Frau hielten, was Aussehen und Verhalten anging. Sie hatte keine Angst, sich schmutzig zu machen, stellte eine Million Fragen über etwas, das sie besser verstehen wollte, trug selten hohe Absätze und verbrachte ihre Freizeit lieber damit, durch den Dschungel zu stapfen und sich den Hintern abzuschwitzen, als am Schwimmbecken oder am Strand zu faulenzen und an ihrer Bräune zu arbeiten.

Annie hatte nie viel Wert auf ihr Aussehen gelegt. Sie hatte mehr als einmal gesagt, dass die Leute sie entweder für das mochten, was sie in ihrem Inneren war, oder dass sie sich verziehen sollten. Wenn sie abschätzig auf sie herabsahen, weil sie kein Make-up trug und übergroße T-Shirts und alte löchrige Jeans bevorzugte, dann war diese Person ihrer Freundschaft nicht wert. Selbst jetzt war ihr schulterlanges, dunkelblondes Haar noch in Unordnung, weil sie vor dem Abendessen unter die Veranda gekrochen war, um einen Blick auf die Kätzchen zu werfen, die eine streunende Katze dort zur Welt gebracht hatte.

Frankie liebte buchstäblich alles an dieser Frau,

einschließlich ihrer positiven Lebenseinstellung und der Tatsache, dass sie oft handelte, bevor sie wirklich darüber nachdachte, was sie tat. Das erschreckte ihn manchmal zu Tode, aber so war sie nun einmal.

»Natürlich ist unser Sicherheitssystem auf dem neuesten Stand«, erklärte Annie ihrem Vater. »Tex hat es uns empfohlen, deswegen kannst du dir sicher sein, dass es das Beste ist.«

Fletch lächelte nur.

»Sei nett, Daddy«, bat Annie ihn. Dann ging sie zu Frankie hinüber. Sie beugte sich vor und gab ihm einen Kuss auf den Mund. Jahrelang hatte es sich merkwürdig angefühlt, Annie vor ihrem Vater zu küssen, besonders weil er ziemlich einschüchternd war. Aber da er nie eine Waffe gezogen und damit gedroht hatte, ihn auf der Stelle zu erschießen, hatte Frankie sein selbst auferlegtes Verbot, Annie vor ihrem Vater zu küssen, irgendwann aufgegeben.

»Ich liebe dich«, erklärte Frankie.

»Ich dich auch«, erwiderte Annie, nahm dann so viel Geschirr, wie sie tragen konnte, auch wenn es gefährlich wackelte, und folgte ihrer Mutter in die Küche.

»Wollen wir in mein Arbeitszimmer gehen? Dort ist es gemütlicher«, fragte Fletch.

Frankie nickte. Er hatte damit gerechnet, seit er Fletch das erste Mal dabei erwischt hatte, wie er Annie mit einem nachdenklichen Gesichtsausdruck anstarrte. Er war nicht überrascht, dass der Mann sofort gemerkt hatte, dass mit seiner Tochter etwas nicht stimmte. Annie war angespannt, weil sie sich Gedanken darüber machte, ob sie aus der Armee aussteigen sollte oder nicht, und

Frankie wusste, dass sie das so lange tun würde, bis sie mit ihrem Vater gesprochen und mit eigenen Ohren gehört hatte, dass Fletch nicht enttäuscht wäre, sollte sie sich entschließen, etwas anderes aus ihrem Leben zu machen.

Er stand auf und wollte nach dem Geschirr greifen, das noch auf dem Tisch stand, aber Fletch schüttelte den Kopf. »Lass das Geschirr ruhig stehen.«

Frankie war überrascht. Fletch legte normalerweise großen Wert darauf, im Haushalt mitzuhelfen, und hatte seinen Kindern das ebenfalls beigebracht. Er hatte mehr als einmal gehört, wie der Mann ihnen gesagt hatte, dass Emily nicht ihr Dienstmädchen sei und dass seine Kinder lernen müssten, sich um sich selbst zu kümmern, da ihre Eltern nicht für den Rest ihres Lebens da sein würden, um ihnen hinterher zu räumen.

Als Fletch Frankies Zögern bemerkte, sagte er: »Em wird versuchen, Annie so gut es geht zu beschäftigen, aber ich kenne meine Tochter: Früher oder später wird sie nachsehen, was los ist, und ich würde mich gern ungestört mit dir unterhalten.«

Frankie nickte und folgte Fletch durch das Wohnzimmer, den Flur hinunter und in sein Arbeitszimmer. Er kannte den Mann schon fast sein ganzes Leben lang. Er hatte ihn zum ersten Mal getroffen, als Frankie in der ersten Klasse war und Cooper und Kiera ihn zu einem Besuch nach Texas mitgenommen hatten. Damals hatte er sich in Annie verliebt. Im Laufe der Jahre hatte er viele Gespräche mit Fletch geführt, darunter auch das eine, bei dem er den Mann um die Erlaubnis gebeten hatte, seine Tochter zu heiraten. Bei diesem Gespräch war er nicht annähernd so nervös gewesen wie in diesem Moment.

Er mochte Fletch. Er respektierte ihn. Aber er wollte auf keinen Fall Annies Vertrauen verletzen. Sie musste mit ihrem Vater über ihre neue Einstellung zum Militär sprechen und darüber, was sie in Zukunft tun wollte. Es war nicht Frankies Aufgabe, ihre intimsten Gedanken mitzuteilen. Er würde alles für sie tun, selbst den Mut aufbringen, ihren Vater zu verärgern, indem er kein Wort darüber verlor, was seine Tochter bedrückte. Aber er konnte sein Bestes tun, um ihr den Weg ein wenig zu ebnen.

Schade, dass er nicht so tun konnte, als würde sein Implantat nicht richtig funktionieren. Fletch beherrschte die Zeichensprache genauso gut wie seine Tochter. Frankie war völlig aus dem Häuschen gewesen, als ihr Vater zum ersten Mal mit seinen Händen mit ihm gesprochen hatte. Offensichtlich hatte er die Liebe seiner Tochter zu Frankie erkannt und es zu einer seiner Prioritäten gemacht, mit ihm kommunizieren zu können.

Man konnte mit Sicherheit sagen, dass Frankie alles an Fletch mochte. Er war fürsorglich, aber nicht übertrieben streng. Er war hilfsbereit, hart, aber fair, und der größte Unterstützer seiner Familie. Er konnte auch der furchterregendste Mistkerl der Welt sein, wenn jemand oder etwas die Menschen bedrohte, die er liebte. Er erinnerte Frankie sehr an Cooper, seinen Patenonkel.

Frankie ließ sich in einem der bequemen, übergroßen Sessel im Raum nieder, während Fletch sich in einen anderen setzte. Er setzte sich nicht hinter den großen, imposanten Schreibtisch in der Ecke. Er versuchte nicht, sich in eine Position der Macht über Frankie zu bringen.

»Ich will gleich zum Punkt kommen«, erklärte Fletch. »Irgendetwas stimmt mit Annie nicht. Und ich rede nicht von ihren schon fast verheilten Rippen. Sie scheint mir irgendwie ... bedrückt zu sein. Sie lacht und scherzt zwar und sagt all die richtigen Dinge, aber ich habe festgestellt, dass sie nicht ganz sie selbst ist. Macht sie sich vielleicht Sorgen über den Urlaub? Ich weiß, wie sehr sie ihren Beruf liebt und es hasst, sich freizunehmen.«

»Nein, es ist nicht der Urlaub«, erklärte Frankie Fletch ehrlich. »Ich meine, ich weiß natürlich, dass sie sich nicht ganz so sehr wie ich darüber freut, auf einem Segelboot zu sein, aber sie freut sich auf die freie Zeit. Ihr letzter Einsatz war ... ziemlich heftig.« Das war eine Untertreibung, aber Frankie wusste nicht, wie er es sonst ausdrücken sollte.

Fletch lachte leise, jedoch ohne Humor. »Es war eine komplette Katastrophe«, erklärte er kopfschüttelnd.

Er war nicht überrascht, dass der Mann wusste, was geschehen war. Er wusste immer mehr Details über den Aufenthaltsort seiner Tochter und was sie getan hatte als Frankie. Das war ein Privileg seines früheren Jobs. Aber dieses Mal ging es um die Auswirkungen auf Annies Herz und Verstand und nicht um ihren Körper.

Fletch lehnte sich vor und stützte die Ellbogen auf die Knie. »Wie kommt es, dass ihr beide noch nicht geheiratet habt?«, fragte er. »Ihr seid mittlerweile seit über zwei Jahren verlobt.«

Frankie blinzelte. Er hatte nicht damit gerechnet, dass der Mann diese Frage stellen würde. Er dachte, er würde versuchen, ihm Einzelheiten über das, was Annie bedrückte, zu entlocken. Aber er hätte wissen müssen, dass Fletch darüber reden wollte. Er war aufgeregt und glücklich gewesen, als Frankie seiner Tochter einen Antrag gemacht hatte. Er hatte erwartet, dass sie inzwischen verheiratet waren. Verdammt, *Frankie* hätte erwartet, inzwischen verheiratet zu sein.

»Sie ist noch nicht so weit«, sagte er stattdessen nur.

Fletch kniff die Augen zu Schlitzen zusammen. »Das ist doch hoffentlich nicht nur eine Ausrede, oder? Ich meine, falls du kalte Füße bekommen hast, gib es einfach zu.«

Frankie straffte die Schultern und sah Fletch fest in die Augen. »Ich würde deine Tochter auf der Stelle heiraten, wenn sie mir sagt, dass sie das will. Ich habe immer nur davon geträumt, mit Annie zusammen zu sein. Ich liebe sie seit über zwanzig Jahren. Kalte Füße?« Er schüttelte den Kopf. »Das ist es sicher nicht.«

»Aber was ist dann der Grund? Annie liebt dich. Warum wartet ihr noch?«, fragte Fletch und legte verwirrt die Stirn in Falten.

Frankie seufzte. »Um ehrlich zu sein, weiß ich das selbst nicht so genau. Aber als ich sie gebeten habe, meine Frau zu werden, habe ich ihr versprochen, sie nicht unter Druck zu setzen. Wenn sie bereit ist, wird sie es mir sagen. Ein Ring und eine Unterschrift machen keinerlei Unterschied in meiner Liebe zu ihr. Ich verhalte mich deswegen nicht anders.«

»Es würde ihr mit ihrer Karriere helfen«, erklärte Fletch geradeheraus.

Frankie verspannte sich. Er bewegte sich auf dünnem

Eis, wenn er über Annies Karriere beim Militär sprach, doch er konnte das nicht so stehen lassen. »Das ist heute nicht mehr so wie damals, als du noch aktiv warst. Bitte sei mir nicht böse, aber heutzutage muss man nicht mehr verheiratet sein, um befördert zu werden.«

»Aber es hilft trotzdem«, erklärte Fletch nachdrücklich. »Ich sage ja nicht, dass ich damit einverstanden bin. Es ist Blödsinn. Die Einstellungen haben sich geändert, ja. Schau dir Annie an. Vor zwanzig Jahren hätte sie nie ein Mitglied der Green Berets werden können. Und eine Frau als Kommandantin einer Spezialeinheit? Auf gar keinen Fall. Aber sie hat bewiesen, dass sie damit umgehen kann. Dass sie eine Bereicherung und keine Belastung ist. Das heißt nicht, dass es keine Leute gibt, die glauben, dass Frauen im Hintergrund bleiben sollten, keine hohen Positionen im Militär haben sollten und verheiratet und das Heimchen am Herd sein sollten. Ich sage nur … es *könnte* ihrer Karriere helfen zu heiraten. Und ihr beide liebt euch, also verstehe ich nicht, warum ihr nicht schon längst den Bund der Ehe geschlossen habt.«

»Ich würde alles für deine Tochter tun. Buchstäblich *alles*. Das weißt du doch. Und wenn sie nicht bereit ist zu heiraten, werde ich sie nicht zwingen. Ich will ein Mann sein, auf den sie sich verlassen kann. Der sie unterstützt und bedingungslos liebt. Ich habe kein Problem damit, ein Hausmann zu sein. Ich habe kein Problem damit, dass sie die Welt rettet, während ich an ihrer Seite stehe, oder sogar hinter ihr. Womit ich *nicht* einverstanden bin, ist, sie in eine verdammte Schublade zu stecken, in die sie nach Meinung der Gesellschaft gehört. Dass wir nicht verheiratet sind, bedeutet nicht, dass ich sie weniger liebe. Wenn die Zeit reif ist, werden wir diesen Schritt tun. Aber wenn die Zeit nie reif ist, ist das auch in Ordnung. Ich gehe nirgendwo hin.«

Fletch starrte ihn lange an und Frankie zuckte nicht einmal mit der Wimper. Er war nicht gerade ein selbstbewusster Mann. Er mochte Konfrontationen nicht besonders. Aber er würde sich mit jedem anlegen, der Annie oder ihre Entscheidungen infrage stellte. Einschließlich ihres Vaters.

Schließlich nickte Fletch widerwillig und ließ die Schultern ein wenig sinken. »Ich mache mir eben Sorgen um sie.«

Frankie nickte. »Ich weiß.«

»Ihr waren die Konsequenzen ihres Handelns immer egal. Sie hat immer das getan, was sie wollte, egal was die anderen davon hielten. Sie ist dabei mehr als einmal in Schwierigkeiten geraten, aber hauptsächlich ist sie dadurch stärker geworden. Sie ist eine einzigartige Frau und ich bin so verdammt stolz auf sie.«

»Sie hat Angst, dich zu enttäuschen«, platzte Frankie hervor.

Er runzelte die Stirn. »Wie bitte?«

»Ich glaube, dir ist manchmal nicht klar, wie sehr sie zu dir aufsieht. Du warst ein großer Einfluss in ihrem Leben und sie will dich nicht enttäuschen. In keinerlei Hinsicht.«

Fletch schnaubte verächtlich. »Das ist unmöglich. Sie kann mich gar nicht enttäuschen. Sie trifft vielleicht Entscheidungen, die ich so nicht treffen würde, aber das bedeutet noch längst nicht, dass es nicht die richtigen

Entscheidungen für *sie* sind. Und selbst wenn sie meiner Meinung nach eine falsche Entscheidung getroffen hätte, bin ich sicher, dass sie davon lernen und als stärkere Person daraus hervorkommen würde. Eine bessere Soldatin und auf lange Sicht auch eine bessere Kommandantin. Geht es hier immer noch ums Heiraten?«, fragte er und sah jetzt wieder verwirrt aus.

»Nein.«

Die beiden Männer sahen sich lange an. Schließlich nickte Fletch. »Gut. Anscheinend werde ich mich mal mit meiner kleinen Tochter unterhalten müssen.«

»Ja, das ist eine gute Idee«, stimmte Frankie ihm zu.

Fletch neigte den Kopf zur Seite und sah ihn nachdenklich an. »Ich weiß nicht, ob ich dir das je gesagt habe, aber du bist ein verdammt guter Mann, Frankie. Als Annie uns sagte, dass sie dich eines Tages heiraten würde, war ich sicher, dass sie da rauswachsen würde. Ich konnte es nicht ertragen, dass sie mit sieben Jahren schon daran dachte. Aber als Emily und ich dich im Laufe der Jahre kennenlernten und sahen, wie sehr du sie liebst, wurde uns klar, dass ihr buchstäblich perfekt füreinander seid. Ich weiß die Opfer zu schätzen, die du gebracht hast, um sie zu unterstützen ...«

»Ich habe kein Opfer gebracht«, fiel Frankie ihm ins Wort. »Kein einziges. Ich würde jedes verdammte Jahr in eine neue Stadt ziehen, wenn es bedeutet, dass ich mit ihr zusammen sein kann. Kein Job dieser Welt ist wichtiger als Annie. Überhaupt nichts ist wichtiger als Annie.«

»Siehst du? Genau das meine ich«, erklärte Fletch. »Ich habe mir für meine Kinder immer gewünscht, dass sie jemanden finden, der sie so liebt wie ich meine Emily. Und euch beide verbindet etwas, das man nicht erklären kann. Es ist fast so, als wärt ihr schon vom Tag eurer Empfängnis füreinander bestimmt. Anders kann ich es nicht erklären.«

Frankie gefiel dieser Gedanke. Nein, er *liebte* ihn sogar.

»Wie auch immer, für mich bist du wie einer meiner Söhne, Frankie. Selbst wenn du und Annie nie heiratet, wirst du immer ein Teil meiner Familie sein. Ich hoffe, du wirst nicht zögern, zu mir zu kommen, wenn du jemals etwas brauchst. Ich weiß, dass dein Vater genauso empfindet wie Cooper ... du sollst also wissen, dass ich ganz ihrer Meinung bin.«

»Danke«, erwiderte Frankie leise. Annies Vater und ihre inoffiziellen Onkel hatten ihn immer ein wenig eingeschüchtert. Sie waren überlebensgroß. Stark. Knallhart. Er war nicht wie sie, außer in einem Punkt. Dem wichtigsten Aspekt.

Er würde alles tun, was nötig war, um Annie zu beschützen.

Dass er nicht hören konnte, machte ihn nicht weniger klug als die anderen. Es machte ihn nicht weniger fähig. Aber für viele andere machte es ihn schwach oder seltsam. Irgendwie weniger ein Mann.

Annie war der erste Mensch in seinem Leben, abgesehen von seinem Vater, der ihn behandelte, als wäre er vollkommen. Sein fehlendes Gehör hatte sie nicht abgeschreckt oder die Dinge zwischen ihnen verkompliziert. Ihr Enthusiasmus und ihre völlige Akzeptanz gehörten zu den vielen Eigenschaften, die ihn dazu gebracht hatten, sich so schnell in sie zu verlieben. Selbst mit sieben Jahren hatte Frankie einen guten Riecher für alles, was gut war. Und er war klug genug, um zu wissen, dass er sie für immer behalten wollte.

»Besteht vielleicht die Möglichkeit, dass ich dich dazu bringen kann, in die Küche zu gehen und meine Tochter dort rauszuwerfen, damit ich mich mit ihr unterhalten kann?«, fragte Fletch.

»Selbstverständlich«, erklärte Frankie. »Ich weiß ja, dass ich das eigentlich nicht sagen muss, ich tue es aber trotzdem. Nimm sie nicht zu hart ran. Das könnte das wichtigste Gespräch werden, das du jemals mit deiner Tochter führen wirst.«

Anstatt das zu ignorieren, nickte Fletch. »Ist es so schlimm?«

»Es ist überhaupt nicht schlimm«, entgegnete Frankie. »Sie liebt und bewundert dich eben nur so sehr, dass du die Macht hast, sie zu zerstören, indem du ihr deine Unterstützung verweigerst.«

Fletch seufzte. »Ich würde mir lieber meinen eigenen Arm abhacken, als meinem kleinen Mädchen wehzutun.«

»Aber sie ist nicht mehr zehn«, warnte Frankie ihn.

»Ich weiß. Glaub mir, das weiß ich. Bist du dir sicher, dass du mir nicht einen kleinen Hinweis geben kannst?«, fragte Fletch hoffnungsvoll.

»Ich habe wahrscheinlich sowieso schon viel zu viel gesagt«, erklärte Frankie. »Und nur damit du es weißt, ich habe ihr gesagt, dass sie sich keine Sorgen machen müsse und dass du nicht enttäuscht von ihr wärst. Bitte mach mich nicht zum Lügner. Ich würde den Urlaub nur ungern damit verbringen, die Scherben ihres gebrochenen Herzens aufzulesen.«

Fletch nickte und Frankie stand auf. »Ich gehe sie holen.«

»Frankie?«

Er drehte sich an der Tür zum Arbeitszimmer noch einmal um und sah Fletch an. »Ja?«

»Sie hat mich um den kleinen Finger gewickelt. Ich werde sie nicht enttäuschen. Und dich auch nicht.«

Frankie nickte kurz und Fletch erwiderte die Geste. Als er sich auf den Weg in die Küche machte, musste er daran denken, wie Cooper ihm einst dieses Nicken beigebracht hatte. Er hatte gesagt, es sei ein geheimer Gruß für Männer. Er hatte sich so erwachsen und reif gefühlt, und in den letzten zwanzig Jahren war ihm die Geste zur zweiten Natur geworden.

Manchmal überraschte es ihn immer noch, dass er von Cooper und seinen SEAL-Freunden so bereitwillig akzeptiert worden war. Oder dass er sich mit Annies Vater und seinen Delta-Kollegen so gut verstand. Er war überhaupt nicht wie sie, und doch hatten sie ihn, ohne mit der Wimper zu zucken, in ihre Reihen aufgenommen. Frankie wusste, dass das zu einem großen Teil an Annie lag, aber es fühlte sich trotzdem gut an. Als wäre er vielleicht gar nicht so ein Außenseiter oder Sonderling, als der er sich in Gegenwart anderer Leute immer vorkam.

Er ging auf die Küche zu und Annie drehte sich zu ihm um, als er sich ihr näherte. »Hey, dein Vater würde gern ein paar Takte mit dir sprechen«, erklärte Frankie ihr.

Ein panischer Ausdruck huschte einen Moment lang über Annies Gesicht, bevor sie sich schnell wieder im Griff hatte.

Frankie konnte sich keinesfalls von ihr fernhalten. Er ging zu ihr hinüber, nahm ihr den Messlöffel und den Vanilleextrakt aus der Hand und zog sie aus dem Zimmer. »Ich bin gleich wieder da, Emily, dann kann ich beim Plätzchenbacken helfen.«

»Nur keine Eile, Frankie«, erklärte Emily lächelnd. »Lass dir ruhig Zeit.«

Frankie zog Annie in den Flur, der zum Arbeitszimmer ihres Vaters führte. Dann hielt er an und legte die Hände an die Wand. »Atme, mein Schatz«, befahl er ihr.

Annie hielt seine Handgelenke fest. »Was hast du ihm gesagt?«, fragte sie nervös.

»Gar nichts.«

Sie runzelte die Stirn. »Warum nicht?«

Frankie blinzelte. »Weil ich niemals dein Vertrauen missbrauchen würde.«

»Es wäre leichter, wenn du etwas gesagt hättest«, seufzte sie.

Er runzelte die Stirn. Verdammt. Hätte er Fletch doch warnen sollen?

Nein. Er vertraute Annies Vater, auch wenn sie es im Moment nicht tat. Sie war verständlicherweise nervös, aber er hatte keinen Zweifel, dass Fletch das Richtige für seine Tochter tun würde. Er würde sie bedingungslos unterstützen.

Frankie beugte sich vor und küsste Annie auf die Stirn. Dann zog er sie an sich und hielt sie fest. Er war nur ein paar Zentimeter größer und sie passte perfekt zu ihm. Nachdem er sie sanft umarmt hatte, wohl wissend, dass ihre Rippen zwar fast vollständig verheilt waren, aber immer noch schmerzten, wenn sie sich zu schnell bewegte, löste Frankie sie von ihm. Er legte seine Hände auf ihre Schultern.

»Wir sprechen hier von deinem Vater. Er liebt dich bedingungslos«, rief er ihr ins Gedächtnis. »Mach dir keine Sorgen. Sag ihm einfach, was du mir gesagt hast. Er wird es verstehen.«

»Das hoffe ich«, sagte sie nervös.

»Das wird er«, erklärte Frankie zuversichtlich. »Und jetzt sag mir mal lieber, wie viel Schadensbegrenzung ich in der Küche betreiben muss.«

Annie verdrehte die Augen und schlug ihm auf die Schulter, genau wie er es erwartet hatte. »Ich habe genau das gemacht, was Mom mir gesagt hat. Ich konnte es ja wohl nicht riskieren, ihre wertvollen Plätzchen zu verderben.«

»Sehr schlau von dir.« Seine Annie war zwar eine wahnsinnig gute Soldatin, aber kochen konnte sie nicht. Das war allerdings in Ordnung; Frankie konnte es. Das war nur ein weiteres Beispiel dafür, wie sie sich perfekt ergänzten.

Er trat zurück und verwendete Zeichensprache. *Es ist gut, dass dein Dad uns im Gästehaus untergebracht hat. Ich bin mir nicht sicher, ob er die Dinge, die ich mit seiner Tochter unter seinem eigenen Dach machen will, gutheißen würde.*

Annie kicherte, wie Frankie gehofft hatte. Sie erwiderte: *Ich glaube, er sollte sich mehr Sorgen über die Dinge machen, die ich mit dir machen will.*

Frankie schüttelte den Kopf. Verdammt, er liebte diese Frau. *Geh jetzt. Sprich mit deinem Vater. Ihr werdet euch beide besser fühlen. Wenn ich nicht in der Küche bin, wenn du fertig bist, warte ich in unserem Zimmer auf dich. Ich liebe dich.*

Ich liebe dich auch, entgegnete Annie in Gebärdensprache. Dann trat sie an ihn heran, küsste ihn heftig und drehte sich um, um zum Arbeitszimmer ihres Vaters zu gehen, die Schultern gestrafft und das Kinn erhoben.

Frankie wollte ihr sagen, dass sie ihre Schutzschilde nicht hochzufahren brauchte, um mit ihrem Vater zu reden, aber er dachte sich, dass sie das früh genug merken würde. Während er sich Sorgen machte, wie das Gespräch verlaufen würde, hatte Frankie keinen Zweifel daran, dass Fletch seine Tochter genau richtig behandeln würde. Er liebte sie und wollte nur das Beste für sie. Annie konnte ihn auf keinen Fall enttäuschen. Das war völlig unmöglich.

KAPITEL SECHS

Annie verbarg ihre Gefühle tief in sich. Das war es, was sie tat, wenn sie in die Schlacht zog, und obwohl dies nicht genau dasselbe war, wollte sie sich einfach nur schützen. Einerseits glaubte sie nicht, dass ihr Vater sauer auf sie sein würde, weil sie vielleicht aus der Armee aussteigen wollte, aber ein kleiner Teil von ihr war sich nicht hundertprozentig sicher.

Cormac Fletcher war vom Scheitel bis zur Sohle ein Berufssoldat. Er war mit Leib und Seele Mitglied des Militärs und wurde in Delta-Force-Kreisen respektiert und verehrt. Das galt auch für alle seine Teamkameraden. Sie hatten sich ihren Ruf verdient.

Aber für Annie war er ihr Daddy Fletch. Er war der Mann, der ihr und ihrer Mutter buchstäblich das Leben gerettet hatte. Er war der Mann, der sie ermutigt hatte, zu sein, wer sie sein wollte, und zu tun, was sie tun wollte. Er hatte sie ermutigt und gedrängt, die beste Soldatin und Offizierin zu werden, die sie sein konnte.

Sie wollte ihn auf gar keinen Fall enttäuschen. Ihm

das Gefühl geben, dass sie nicht zu schätzen wusste, was er für sie getan hatte. Wenn er sie nicht ermutigt hätte, wäre sie nie dorthin gekommen, wo sie heute war. Und jetzt würde sie ihm sagen, dass die Möglichkeit bestand, dass sie aus dem Militär aussteigen wollte. Dass sie sich nicht mehr sicher war, ob es das war, was sie wollte.

Oh Gott. Sie konnte das nicht durchziehen.

Die Tür zum Arbeitszimmer öffnete sich, als Annie gerade den Flur entlangfliehen wollte. Ihr Vater schien immer einen sechsten Sinn dafür zu haben, wo sie war. Das eine Mal, als sie in der Highschool versucht hatte, sich aus dem Haus zu schleichen, hatte er sie erwischt, obwohl sie wusste, dass sie keinen Mucks von sich gegeben hatte. Es war fast unheimlich, aber so war ihr Vater.

»Hi«, krächzte sie.

»Hey, mein Schatz. Ich habe keine Explosionen gehört, also hast du die Küche wohl nicht in die Luft gejagt«, neckte Fletch sie.

»Oh Mann, Dad«, sagte sie und verdrehte die Augen.

Fletch ergriff ihre Hand und zog sie sanft in das Arbeitszimmer, wobei er die Tür hinter ihnen schloss. Er führte sie hinüber zum Ledersofa und setzte sich, sobald sie Platz genommen hatte, direkt neben sie. Er hielt immer noch ihre Hand, und das tröstete Annie. Fletch schien schon immer diese Fähigkeit, sie zu beruhigen, gehabt zu haben. Allein seine Anwesenheit ließ ihre Probleme verschwinden.

»Schön, dass du da bist. Du bist schon viel zu lange nicht mehr nach Hause gekommen«, erklärte Fletch.

»Ich weiß. Bei der Arbeit ging es ziemlich hoch her. Ich hatte einen Einsatz nach dem anderen.«

»Ich bin froh, dass du deinen Urlaub genehmigt bekommen hast.«

»Ich auch. Aber es war ziemlich einfach, da das Team im Moment unterbesetzt ist. Es wird einige Zeit dauern, bis die Armee neue Leute eingearbeitet hat, bis sie auf den neuesten Stand gebracht sind. Wenn ich zurückkomme, werde ich alle Hände voll damit zu tun haben, sie auszubilden und ihnen beizubringen, wie unser Team arbeitet, aber jetzt werde ich erst einmal die Auszeit genießen.«

»Tex hat mir ein Video von deinem Sprung in den Helikopter geschickt. Ziemlich beeindruckend, meine Kleine.«

Annie zuckte zusammen. Einen Mann mit Beziehungen zu haben, der noch dazu Beziehungen hatte, war nützlich, aber manchmal auch lästig. Die meisten Soldaten trugen heutzutage Körperkameras, um sich gegen den Vorwurf der Gewaltanwendung zu schützen, aber auch, um die Zivilbevölkerung vor übermäßiger Gewalt durch das Militär zu bewahren, das ihr Land betrat. Sie hatte nicht viel darüber nachgedacht, war aber nicht überrascht, dass die Männer im Hubschrauber ihren todesmutigen Sprung mit der Kamera festgehalten hatten. Oder dass Tex irgendwie an das Filmmaterial gekommen war und es an ihren Vater weitergegeben hatte.

»Sind deine Rippen wieder in Ordnung?«, fragte er, als sie nicht sofort antwortete.

»Einigermaßen«, erwiderte sie.

»Möchtest du darüber reden?«, fragte Fletch. »Das schien eine ziemlich prekäre Lage gewesen zu sein.«

»Eigentlich möchte ich nicht darüber reden. Das hätte nie passieren dürfen. Wir sind in einen Hinterhalt geraten und Gott sei Dank sind wir alle lebend herausgekommen«, fasste Annie knapp die schrecklichen Stunden zusammen, in denen sie und ihr Team unter feindlichem Beschuss standen. Sie wollte nicht darüber reden, dass sie eine Zeit lang gedacht hatte, dass sie ihre Familie und Frankie nie wiedersehen würde. »Darf ich dich etwas fragen, Dad?«

»Du kannst mich alles fragen«, versicherte Fletch ihr.

Annie widerstand dem Drang, erneut die Augen zu verdrehen. Sie wusste, dass sie ihn alles *fragen* konnte, ob er allerdings antworten würde, stand auf einem ganz anderen Blatt. Im Laufe der Jahre hatte sie immer wieder versucht, Einzelheiten über seine Einsätze zu erfahren, doch er war seinem Versprechen dem Militär und seinem Delta Team gegenüber treu geblieben und hatte alles geheim gehalten, sogar vor seiner Familie. »Wie ist es euch gelungen, dass ihr so lange hier in Texas bleiben durftet? Ich meine, die Armee ist nicht dafür bekannt, dass sie ihre Soldaten länger als zwei oder drei Jahre auf einem Stützpunkt bleiben lässt. Du und dein Team wart jahrelang hier stationiert, bevor ihr euch zur Ruhe gesetzt habt.«

Fletch nickte. »Ja, wir hatten Glück. Wir haben eine Abmachung mit dem Militär getroffen.«

»Eine Abmachung?«, fragte Annie.

»Ja, das stimmt. Wir sagten, wir würden uns für fünfundzwanzig Jahre verpflichten, wenn wir Fort Hood als Standort behalten dürften.«

»Im Ernst? Mehr nicht?«

Ihr Vater sah einen Moment lang unbehaglich aus. »Na ja, eigentlich nicht.«

»Lass mich raten, Tex hat euch geholfen«, entgegnete Annie lachend.

Fletch lächelte ebenfalls. »Ja, das hat er. Aber um der Wahrheit die Ehre zu geben, damals gab es eine Knappheit an Teams und das Militär wollte unbedingt dafür sorgen, dass die Mitglieder der Delta Teams blieben. Wir hatten Glück, und das wissen wir auch.«

Annie nickte und blickte hinab auf ihre Hände, die sie im Schoß gefaltet hatte.

»Du hingegen wurdest schon häufig versetzt«, bemerkte Fletch. »Wie findet Frankie das?«

»Du kennst ihn doch. Er beschwert sich nicht. Aber mich nervt es langsam«, gab Annie zu. Da sie wusste, dass jetzt der richtige Moment gekommen war, sprach sie schnell weiter. »Als ich der Armee beitrat, dachte ich, ich würde mich lebenslang verpflichten, genau wie du. Ich dachte, ich würde mich mit meinem Team identifizieren, so wie du es mit deinem getan hast, und dass wir eine starke, zusammenhaltende Einheit sein würden. Aber in meinem Team sind so viele Männer ein- und ausgegangen, dass ich mich nicht einmal mehr an all ihre Namen erinnern kann. Sie sind auch alle ziemlich jung und ich finde nicht, dass ich viel mit ihnen gemeinsam habe. Ich mochte sie alle, aber mein Rang als Offizier hat uns davon abgehalten, uns näherzukommen ... Verbrüderung und so weiter.«

»Die Verbindung, die Ghost, Hollywood, ich und all die anderen haben, ist etwas ganz Besonderes. Sie ist einzigartig«, erklärte Fletch.

»Ich weiß. Aber ich hatte trotzdem noch die Hoffnung, dass ich so was auch erleben dürfte. Doch stattdessen sitzen Frankie und ich zwischen den Einsätzen allein zu Hause. Bitte versteh mich nicht falsch, ich bin unheimlich gern mit Frankie zusammen und es gibt niemanden, mit dem ich lieber Zeit verbringen würde, aber trotzdem hatte ich mir vorgestellt, dass ich ab und zu mit meinen Freunden ausgehe oder sie bei sich zu Hause besuche ... so wie ihr es getan habt, als ich klein war.«

Sie machte eine Pause.

Fletch legte eine seiner großen Hände auf ihre. »Was sonst noch?«

Annie sah zu ihm hoch. »Was meinst du mit *Was sonst noch*?«

»Was beschäftigt dich sonst noch? Es ist offensichtlich, dass du eine Menge auf dem Herzen hast. Lass es alles raus. Du konntest in der Vergangenheit immer mit mir reden, daran hat sich nichts geändert. Ich bin immer für dich da, meine Kleine.«

Und das war er tatsächlich, das wusste Annie. Aber das Schlimmste hatte sie noch gar nicht gebeichtet. »Ich möchte Frankie heiraten. Er ist alles, was ich mir jemals gewünscht habe. Aber irgendetwas scheint immer dazwischen zu kommen. Ich weiß, dass Mom sich eine riesige Hochzeit wünscht, genau wie sie sie hatte, und jedes Mal, wenn ich denke, dass ich endlich dazu bereit bin, mit ihr darüber zu reden, muss ich zu einem Einsatz aufbrechen.«

»Vielleicht schiebst du es auch einfach immer nur wieder auf, weil du dir nicht sicher bist, ob es das ist, was du *wirklich* willst«, gab Fletch zu bedenken.

»Nein!«, rief Annie aufgebracht. »Ich liebe Frankie, Dad. Er ist buchstäblich das Beste, was mir je passiert ist ... aber manchmal denke ich, dass er etwas *Besseres* verdient hat. Er ist so klug und er könnte sein Ingenieurdiplom irgendwo in einem tollen Unternehmen einsetzen, aber stattdessen folgt er mir durchs Land und verdient als Berater für die Veteranenbehörde ein Drittel von dem, was er verdienen könnte. Ich halte ihn zurück und ich kann mich des Gefühls nicht erwehren, dass ich eines Tages von einem Einsatz nach Hause komme und er mir sagt, dass er genug davon hat. Dass er den Militär-Lebensstil nicht mehr ertragen kann.«

»Der Junge liebt dich schon genauso lange, wie du ihn liebst«, schalt Fletch sie sanft. »Ich sehe dasselbe in seinen Augen, wenn er dich ansieht, wie ich es fühle, wenn ich deine Mutter ansehe. Er wird nirgendwo hingehen. Und ich bin mir fast hundertprozentig sicher, dass es ihm egal ist, womit er seinen Lebensunterhalt verdient, solange er nur mit dir zusammen sein kann. Ihr hattet es beide sehr schwer, eure College-Laufbahn zu überstehen, ohne zusammen zu sein. Ich bin stolz auf euch beide. Nicht viele Beziehungen halten dem Test der Zeit stand, den eure überstanden hat.«

»Danke, Dad«, erwiderte Annie.

»Aber ich habe das Gefühl, dass es nicht das ist, was du wirklich auf dem Herzen hast«, bemerkte Fletch.

Jetzt war es so weit. Es gab keine Ausflüchte mehr. »Ist es auch nicht«, stimmte Annie ihm zu. Sie atmete tief durch und sah dann ihrem Vater in die Augen. »Ich überlege, meine Militärlaufbahn zu beenden.«

Fletch verzog keine Miene. »Warum?«

Annie seufzte. »Es gibt viele Gründe dafür. Auf jeden Fall wegen der Dinge, über die ich schon gesprochen habe. Aber ich hatte eine Art Erleuchtung an diesem Berghang, Dad. Wehmut. Wut auf das Militär, weil es mich so oft von Frankie getrennt hat. Ich begann, mich zu fragen, ob all meine Opfer es wert waren. Und ich *hasse* es, dass ich dieses Gefühl hatte. Ich empfinde es immer noch so. Ich wollte nichts sehnlicher, als beim Militär sein. Bei der Spezialeinheit. Ich ertrage den Gedanken nicht, alle zu enttäuschen. *Dich* zu enttäuschen.«

»Oh, meine Kleine. Du hast mich in deinem ganzen Leben noch nie enttäuscht. Kein einziges Mal. Es ist mir egal, ob du aussteigst und Straßenkünstlerin wirst, die ihren Lebensunterhalt mit Betteln finanziert. Ich bin stolz auf dich, egal was du tust.«

Annie konnte die Tränen nicht zurückhalten. »Ich habe dein Gesicht gesehen, jedes Mal, wenn ich einen Rang aufgestiegen bin. Als ich die Green-Beret-Ausbildung bestanden habe und in das Team aufgenommen wurde. Und dann, als ich zur Kommandantin meines eigenen Teams ernannt wurde. Das kannst du nicht leugnen.«

»Das kann ich nicht leugnen und werde es auch nicht. Ich bin stolz auf alles, was du erreicht hast. Du bist eine wunderbare Frau und eine *großartige* Soldatin, aber das bedeutet noch längst nicht, dass ich nicht auch stolz auf dich bin, wenn du aufhörst und etwas anderes tust. Es gehört auch zum Elternsein dazu, die eigenen Kinder zu unterstützen, egal wofür sie sich in ihrem Leben entscheiden. Ich mag deine Entscheidungen zwar vielleicht nicht immer verstehen oder gutheißen, aber schließlich sind es ja auch nicht *meine* Entscheidungen.«

»Also findest du es falsch, dass ich aufhören will?«, fragte Annie und ihr Magen krampfte sich zusammen.

»Das habe ich doch gar nicht gesagt. Sieh mich an, meine Kleine.«

Annie tat, was ihr Vater von ihr verlangte, und sah ihm in die Augen.

»Du bist nicht ich. Ich bin nicht du. Du musst deinen eigenen Weg in der Welt finden. Ich weiß, wenn du das Militär verlässt, ist das *deren* Verlust. Du bist eine verdammt gute Offizierin. Du kümmerst dich um dein Team, wie es nicht viele Soldaten tun. Du hast während der letzten sechs Jahre hundert Prozent deiner Zeit und deines Einsatzes gegeben, um der beste Green Beret zu sein, der du sein kannst. Aber ich würde nie wollen, dass du mit etwas weitermachst, wenn du nicht mit dem Herzen dabei bist. Das ist ein todsicherer Weg, um verletzt oder getötet zu werden, besonders in deinem Beruf. Du bist siebenundzwanzig, meine Kleine, nicht sieben – auch wenn ich das nur ungern zugebe, denn das macht mich noch älter –, und deine Mutter und ich haben dich zu einem klugen und unabhängigen Menschen erzogen. Damit du in der Lage bist, deine eigenen Entscheidungen zu treffen. Wenn du die Wahrheit wissen willst, ein Teil von mir ist begeistert, dass du überlegst auszusteigen.«

Annie sah ihn mit offenem Mund an. »Im Ernst?«

»Ja, natürlich. Du vergisst, dass ich genau weiß, was du tust. Ich habe eine Sichtweise, die die meisten Menschen nicht haben. Ich habe das Video gesehen, das Tex mir geschickt hat, und obwohl ich die Stunden vor deinem Sprung in den Hubschrauber nicht gesehen habe, kann ich mir vorstellen, welche Hölle du durchgemacht hast. Als dein Vater bin ich erleichtert, dass du in Zukunft nicht mehr in dieser Situation sein wirst. Ich mag es nicht, wenn man auf mein kleines Mädchen schießt. Versucht, meine Kleine zu töten.«

Annie war so erleichtert, dass sie kurz die Augen schließen musste.

»Aber … du musst dir deiner Entscheidung sicher sein.«

Annie öffnete die Augen und sah ihren Vater an.

»Wenn du dich einmal entschieden hast auszusteigen, war's das. Es gibt kein Zurück mehr. Das Militärleben hat viele Vorteile. Krankenversicherung, Unterkunft, Lebensversicherung, Arbeitsplatzsicherheit, Rente … um nur einige zu nennen. Es ist schwer, mit Bedauern fertigzuwerden. Ich will auf keinen Fall, dass du dich entscheidest auszusteigen, nur um deine Entscheidung später zu bereuen. Wenn du einmal gekündigt hast, kannst du nicht mehr zurück, Annie. Du musst dir also hundertprozentig sicher sein, bevor du diese Entscheidung triffst.«

Er hatte recht, das wusste Annie, aber trotzdem hörte sie es nur ungern. »Hattest du jemals Zweifel?«

»Ja.«

Annie war erneut überrascht. Fletch war einer dieser

Männer, die für das Militär geboren waren. Er war von Kopf bis Fuß Soldat.

»Es ist kein einfaches Leben«, erklärte er ihr. »Das weißt du genauso gut wie ich. Aber ich habe es geliebt, ein Delta zu sein. Ich konnte mir keinen Job außerhalb der Armee vorstellen, der mich so sehr erfüllte wie das Soldatendasein. Habe ich alles daran geliebt? Nein, natürlich nicht. Aber ich war bereit, mich mit den Dingen abzufinden, die ich nicht mochte, um weiterhin das zu tun, was ich liebte. Wozu ich bestimmt war.« Er atmete tief durch. »Seit ich dich kenne, fühlst du dich zum Militärleben hingezogen. Von den Hindernisläufen, die du absolviert hast, bis zu den Plastiksoldaten, die du bei der Hochzeit von mir und deiner Mutter aus deinem Blumenkorb geworfen hast. Im Dreck herumzukriechen war für dich immer verlockender, als dich hübsch zu machen. Du hast dir ein Bein ausgerissen, um dorthin zu kommen, wo du jetzt bist, also möchte ich nur, dass du alle Möglichkeiten in Betracht ziehst und dir sicher bist, meine Kleine.«

Annie nickte und fühlte sich innerlich ein wenig mulmig. Ihr Vater gab ihr wertvolle Ratschläge, aber es kam ihr trotzdem so vor, als würde sie ihn enttäuschen, weil sie überhaupt darüber nachdachte, das Militär zu verlassen ... was wirklich schlimm war. Sie wusste, dass das weniger mit seinen Worten zu tun hatte als mit ihrer eigenen Verwirrung und Unsicherheit. Und daran konnte auch ihr Vater nichts ändern.

Er streckte den Arm aus. »Komm mal her«, befahl er ihr sanft.

Annie kuschelte sich an ihren Vater, ohne sich darum

zu kümmern, dass sie nicht mehr sieben war. Sie respektierte und liebte diesen Mann von ganzem Herzen. Er war derjenige gewesen, der ihr beigebracht hatte, was Liebe war. Wie ein Mann eine Frau behandeln sollte. Er hatte die Messlatte extrem hoch gelegt, aber Frankie erfüllte alle Kriterien mit Leichtigkeit.

»Und was möchtest du als Nächstes machen ... falls du dich dazu entscheidest auszusteigen?«, fragte Fletch, streichelte ihr Haar und hielt sie im Arm.

»Ich hatte vielleicht daran gedacht, Medizin zu studieren.«

Fletch schnaubte amüsiert. »Niemand anderes würde befürchten, dass ich enttäuscht sein könnte, weil du die Armee verlassen möchtest, um Ärztin zu werden.«

Annie hob den Kopf. »Aber du liebst das Militär.«

»Genau wie du. Das heißt aber nicht, dass du es zu deinem Beruf machen musst, nur weil ich es getan habe. An welches Fachgebiet dachtest du?«

»Ich denke, Unfallchirurgie. Es hat etwas sehr Erfüllendes, wenn man jemandem helfen kann, der eine schwere Verletzung erlitten hat oder sogar am Rande des Todes steht, und man ihn zurückholen kann. Ihn wieder gesund zu machen. Ich weiß, dass das nicht immer gut ausgeht, aber ich freue mich auf die Herausforderung. Außerdem, kannst du dir mich als Kinderärztin vorstellen? Oder als Fußspezialistin?«

Ihr Vater lachte leise. »Nein. Wenn du diesen Weg einschlägst, wirst du in jeder Notaufnahme, in der du landest, eine echte Bereicherung sein«, erklärte er, ohne Raum für den geringsten Zweifel zu lassen.

Annie betrachtete ihren Vater. »Bist du sicher, dass

Frankie dich nicht vorgewarnt hat, worüber ich reden wollte?«

»Auf keinen Fall. Ich *wollte*, dass er es tut. Ich habe ihm jede Gelegenheit gegeben, es auszuplaudern. Aber dieser Mann ist dir gegenüber absolut loyal, meine Kleine.«

Annie ging das Herz auf. Er war tatsächlich absolut loyal. Das wusste sie. Frankie würde nie ihr Vertrauen brechen oder sie verraten. Niemals.

»Das Medizinstudium wird nicht leicht werden«, murmelte Annie.

»Aber zu den Green Berets zu gelangen war ein Kinderspiel?«, fragte Fletch und zog eine Augenbraue hoch.

Jetzt musste Annie lachen. »Nein, aber es wird viele lange Nächte geben und ich werde viel lernen müssen. Ich bin mir nur nicht sicher, ob das Frankie gegenüber fair ist. Er hat mir bei der Militärsache beigestanden, und ich will ihm das nicht auch noch antun.«

»Was möchtest du ihm nicht antun?«, fragte Fletch. »So wie ich das sehe, wird er begeistert sein. Du wirst viel mehr zu Hause sein als jetzt, und außerdem ist es viel sicherer. Wenn es dich so sehr belastet, warum fragst du ihn nicht, wo er arbeiten möchte? Wenn er überall einge-stellt werden könnte, wenn er jeden Job auf der Welt haben könnte, was würde er sich dann wünschen und wo? Dann suchst du dir eine Uni in der Nähe seines Wunschortes.«

Annie nickte und wischte sich die Tränen von den Wangen. »Das ist eine tolle Idee.«

»Ich weiß«, sagte Fletch stolz. »Und ich will damit nur

sagen, dass es hier in Texas einige großartige Arbeits-plätze im Ingenieurwesen gibt, ebenso wie Veteranen-krankenhäuser. Und die University of Texas, A&M, Baylor, Texas Tech ... sie alle sind auch hier und haben tolle Universitäten für Medizin.«

Annie sah ihren Vater kopfschüttelnd an. »Ich dachte, ich soll Frankie fragen, wo *er* arbeiten will.«

»Das sollst du auch. Aber das heißt nicht, dass du ihn nicht in die richtige Richtung stupsen kannst. Ich hätte dich gern näher bei mir, mein Schatz. Deine Mom und ich vermissen dich. Genauso wie deine Brüder.«

»Also denkst du, ich sollte es tun? Beim Militär ausscheiden und Medizin studieren?«

»Diese Entscheidung kann ich dir nicht abnehmen, Annie.«

»Verdammt«, murmelte sie.

Fletch lachte leise. »Ich kann nicht leugnen, dass es fantastisch wäre, dich näher bei mir zu haben, aber dass du in meine Fußstapfen trittst, wäre für mich auch ein Traum. Du musst deine Entscheidung davon abhängig machen, was du willst, mein Schatz. Nicht ich. Oder deine Mutter. Oder irgendjemand anderes ... außer viel-leicht Frankie.«

Annie fand das schrecklich. Sie hatte irgendwie gehofft, ein Gespräch mit Fletch würde ihr bei dieser Entscheidung helfen. Entweder würde er ihr sagen, dass sie verrückt sei, weil sie daran dachte, die Armee zu verlassen, oder er würde ihr unmissverständlich sagen, dass es die richtige Entscheidung sei auszusteigen. Statt-dessen hatte er sowohl gute Argumente dafür angeführt zu bleiben als auch dafür auszusteigen. Und obwohl sie ihn verstanden hatte, als er gesagt hatte, sie müsse die Entscheidung selbst treffen, fühlte es sich trotzdem so an, als würde sie dem Beruf, den ihr Vater bis in sein tiefstes Inneres liebte, den Rücken kehren, wenn sie kündigte …

»Ihr fehlt mir auch alle«, erklärte Annie nach einer langen Pause. »Dad?«

»Ja?«

»Danke, dass du ein so großes Vorbild bist. Als du und Mom geheiratet habt, hast du nicht einmal gezögert, in die Rolle meines Vaters zu schlüpfen, und ich hätte mir keinen besseren Mann wünschen können, um mir zu zeigen, was es bedeutet, geliebt zu werden.«

»Du wirst sehr geliebt«, sagte Fletch mit erstickter Stimme. »Ich bin so verdammt stolz auf dich, Ann Elizabeth Grant Fletcher.«

Sie lachte. »Die einzigen Leute, die mich Ann nennen, geschweige denn meinen zweiten Vornamen benutzen, sind meine Mutter, wenn sie sauer auf mich ist, und Leute auf der Arbeit.«

»Ja, für mich wirst du immer Annie sein. Aber im Ernst, du warst so ein kluges, wissbegieriges Kind, ich wusste, dass du entweder die weltbeste Kriminelle werden würdest oder dass du mit deinem Verstand etwas Großartiges machen würdest.«

Annie lachte erneut.

»Und du hast dich von meinen verrückten Freunden nicht *zu sehr* verwöhnen lassen«, sagte Fletch. »Ich schwöre, jedes Mal, wenn ich mich umgedreht habe, hat dir jemand einen Panzer gebaut oder dich zum Hindernislauf auf dem Stützpunkt mitgenommen oder dir irgendein militärisches Spielzeug oder eine Uniform geschenkt.«

Bei dem Gedanken daran, wie glücklich ihre Kindheit gewesen war, musste Annie lächeln. »Kommen morgen alle Jungs?«

»Wenn du mit ›alle Jungs‹ Ghost, Coach, Hollywood, Beatle, Blade, Truck, Trigger, Lefty, Brain, Oz, Lucky, Doc und Grover meinst … dann ja.«

Annie strahlte. »Alle? Mit ihren Frauen?«

»Ja, genau. Und viele kommen mit ihren Kindern, soweit ich weiß. Du weißt, niemand kann einer Party widerstehen«, bemerkte Fletch.

»Ich habe meine Cousins und Cousinen schon so lange nicht mehr gesehen«, erklärte Annie wehmütig. Die Kinder der Freunde ihres Vaters waren nicht wirklich Cousins und Cousinen, aber weil sich alle so nahstanden, hätten sie es genauso gut sein können.

»Nun, du wirst sie morgen sehen. Alle werden so schnell erwachsen. Die Zwillinge von Gillian und Trigger sind schon fünf.«

»Verdammt, fühlt es sich nicht so an, als hätte sie sie erst letztes Jahr bekommen?«, fragte Annie.

Ihr Vater lachte. »Es kommt einem wirklich so vor. Und Caseys und Beatles Tochter ist schon neun.«

»Bitte sag mir, dass sie Insekten genauso so sehr liebt wie ihre Mutter«, erklärte Annie.

»Oh ja, so ungern Beatle das auch sieht«, erklärte Fletch.

Annie lächelte. »Danke, dass du nicht ausgeflippt bist. Ich weiß, ich habe dich mit der ganzen Ich-will-das-Mili-tär-verlassen-Sache ziemlich überrumpelt.«

»Es ist dein Leben, mein Schatz, nicht meines. Allerdings finde ich es schrecklich, dass du dir auch nur einen Moment Gedanken darüber gemacht hast, was ich sagen würde.«

»Es ist nur so, dass ich dich so sehr bewundere und dass ich dich auf gar keinen Fall enttäuschen möchte.«

»Ich sehe mir schon seit Jahren Videos deiner Einsätze an«, erklärte Fletch und überraschte damit Annie. »Und jedes einzelne hat mich zu Tode erschreckt. Du bist ein paarmal nur knapp mit dem Leben davongekommen und irgendwie hast du es immer geschafft, dich und dein Team lebend herauszuholen. Du bist verdammt gut in dem, was du tust. Egal, was für abfällige Dinge manche Leute über Frauen bei den Green Berets sagen, du hast ihnen das Gegenteil bewiesen. Du bist die Beste in deinem Metier. Punkt.«

»Dad ...«, flüsterte Annie und hatte jetzt nur umso mehr das Gefühl, dass er sich wünschte, sie würde beim Militär bleiben.

»Du brauchst dich nicht dafür zu schämen, dass du ans Ausscheiden denkst. Du hast deinem Land mit Anstand und Würde gedient, und du hast die Auszeichnungen, die du im Schuhkarton unter deinem Bett aufbewahrst, mehr als verdient. Wie auch immer deine Entscheidung ausfällt, triff sie mit erhobenem Kopf, mein Schatz. Du bist eine verdammt gute Offizierin, ein verdammt gutes Mitglied der Green Berets und eine verdammt gute Soldatin. Das wirst du immer sein, egal ob du jetzt oder in fünfzehn Jahren entlassen wirst.«

Sie schloss die Augen und hatte das Gefühl, einer Entscheidung keinen Schritt näher gekommen zu sein, jetzt, nachdem sie das Arbeitszimmer ihres Vaters betreten hatte. Annie seufzte und er umarmte sie noch fester und küsste sie auf den Kopf. »Ich wollte irgendwie, dass du mir sagst, dass ich verrückt bin, weil ich überhaupt daran denke auszusteigen, oder dass ich aufhören und nie wieder zurückblicken solle.«

Fletch schnaubte. »Diese Entscheidung kann ich nicht für dich treffen.«

»Ich wünschte, du könntest das.«

»Du wirst das tun, was das Richtige für *dich* ist«, sagte ihr Vater ohne ein Zeichen der Beunruhigung in seinem Ton.

»Ich habe Angst, Dad«, gab sie zu. »Mein ganzes Leben lang war es mein Traum, zum Militär zu gehen. Ich bin mir nicht sicher, ob ich überhaupt etwas anderes machen kann. Was ist, wenn ich aufhöre und dann das Medizinstudium nicht schaffe?«

»Was hat deine Mutter immer darüber gesagt, Angst zu haben?«, fragte Fletch.

»Angst zu haben bedeutet, dass man im Begriff ist, etwas wirklich Mutiges zu tun«, wiederholte Annie.

»Ja, genau. Es ist kein Wunder, dass du dir Sorgen machst, was die Zukunft bringt. Du hast getan, was das Militär dir gesagt hat, bist hingegangen, wo sie dich hingeschickt haben, und alles, worauf du dich konzentrieren konntest, war, lange genug am Leben zu bleiben, um zur nächsten Mission aufbrechen zu können. Du hast dein ganzes Leben noch vor dir. Du und Frankie. Es ist verdammt mutig von dir, darüber nachzudenken, was du willst, und eine Entscheidung über deine Zukunft zu treffen.«

Annie war sich dessen nicht sicher. Sie kam sich nicht mutig vor. Sie war verwirrt und hatte ein mulmiges Gefühl. Aber sie ließ sich davon nichts anmerken, als sie sagte: »Ich liebe dich, Dad.«

»Ich liebe dich auch. Also ... wollen wir dann ein Plätzchen essen gehen?«

Annie lachte. »Ist dir nicht bewusst, dass du Moms Wut auf dich ziehst, indem du eins klaust?«, fragte sie.

»Doch, aber wir können als Team arbeiten. Du und Frankie lenkt sie ab und ich führe die Tat aus.«

Oh Mann, wie sehr Annie ihren Vater liebte. Er war wirklich witzig. »Klingt nach einem guten Plan«, stimmte sie ihm zu.

Fletch stand auf und zog sie ebenfalls hoch. Er legte ihr eine Hand auf die Wange. »Alles in Ordnung mit dir, mein Schatz?«

»Ja, alles in Ordnung«, bestätigte Annie. Oder besser gesagt ging es ihr den Umständen entsprechend gut. Sie wusste nicht, wie sie sich im Hinblick auf das Militär entscheiden würde, aber sie fühlte sich besser, weil sie wusste, dass ihr Vater sie in jedem Fall unterstützen würde.

Bevor sie das Arbeitszimmer verließen, fragte Annie: »Glaubst du, Mom ist bereit, mir bei der Planung einer Hochzeit zu helfen?«

Fletch strahlte. »Du brauchst nur ein Wort zu sagen und sie holt den riesigen Ordner heraus, in den sie seit Jahren Broschüren und anderen Hochzeitskram stopft.«

Annie kicherte. »Glaubst du, wir könnten die Hochzeit hier feiern?«

Fletch hielt inne und blickte zu ihr hinab. »Wirklich?«

»Nun, ja. Ich habe hier so viele tolle Erinnerungen. Der Garten ist riesig und bietet mehr als genügend Platz für alle. Und ich weiß, dass ihr das beste Sicherheitssystem habt, damit es nicht noch so einen überraschenden Raubüberfall gibt wie den, der auf *eurem* Hochzeitsempfang passiert ist.«

Fletch verzog das Gesicht. »Das werde ich nie vergessen können«, murmelte er.

»Und ich bitte darum, dass niemand eine Panzerfaust benutzt und das Haus bei unserem Empfang abfackelt, ja?«, bat Annie grinsend.

»Hey, *das* war nicht meine Schuld«, protestierte Fletch.

Annie hakte sich bei ihrem Vater unter, als sie gemeinsam zur Tür gingen. »Ich weiß«, besänftigte sie ihn. »Und ich muss zugeben, dass mir mein Zimmer hier sowieso besser gefallen hat. Es war größer.«

»Und der riesige begehbare Kleiderschrank, den ich dir gebaut habe, gefällt dir auch.«

Das stimmte, auch wenn sie es niemals zugegeben hätte. »Sag mir, dass du den Panzer noch irgendwo hier hast. Ich wette, alle würden morgen gern damit spielen.«

»Natürlich habe ich den noch hier. Denkst du, ich würde ihn jemals wegschmeißen?«, fragte Fletch. »Vielleicht kann ich die Jungs dazu bringen, mir zu helfen, eine Fernsteuerung einzubauen, mit der wir eure Ringe zum Altar bringen können.«

Annie verdrehte die Augen. »Nein, Dad. Überlass die Planung der Hochzeit besser Mom.«

»Spielverderberin«, beschwerte sich Fletch.

Sie betraten das Wohnzimmer und machten sich auf

den Weg in die Küche. Annie sah, wie der Blick ihrer Mutter direkt zu ihrem Mann ging, als wollte sie sich vergewissern, dass alles in Ordnung war. Sie hatte kein Problem damit, in der Zuneigung ihrer Mutter nur den zweiten Platz einzunehmen, denn Annies Blick war auf Frankie gerichtet. Er hatte sich eine Schürze umgebunden und in dem Moment, in dem er sie sah, legte er den Löffel ab, mit dem er gerade Teig auf eine Plätzchenform schöpfte, und kam auf sie zu.

Alles in Ordnung?, fragte er in Gebärdensprache.

Ja, antwortete Annie. Dann warf sie sich in seine Arme. Jedes Mal wenn er sie umarmte, fühlte Annie sich, als käme sie nach Hause. Das war bei ihm schon immer so gewesen. Ganz gleich, wie viel Zeit vergangen war, seit sie sich gesehen hatten. Ein Monat, eine Woche, ein Jahr. Sie fühlte sich immer besser, wenn er sie in die Arme schloss. Sie mochte eine knallharte Soldatin sein, aber das war es, was sie am Leben hielt. Zu wissen, dass Frankie sie liebte.

KAPITEL SIEBEN

»Annie!«

Es war das gefühlt millionste Mal, dass sie ihren Namen hörte, aber Annie drehte sich trotzdem mit einem Lächeln um. Sie liebte es. Sie liebte es, von den Menschen umgeben zu sein, die sie liebte und mit denen sie aufgewachsen war. Dieses Mal war es Truck, der ihren Namen gerufen hatte.

Sie strahlte, als einer ihrer Lieblingsmenschen sie hochhob und im Kreis schwang, und sah auf, als er sie wieder auf die Füße stellte. Truck war riesig. Mit seinen knapp zwei Metern überragte er die meisten Menschen, auch sie. Und nicht nur das, er war auch extrem muskulös. Auch wenn er nicht mehr im aktiven Dienst war, hatte er offensichtlich nicht aufgehört zu trainieren.

Sie hob eine Hand an Trucks Wange und bedeckte die riesige Narbe auf einer Seite seines Gesichts. »Hey, Truck«, erklärte sie glücklich.

»Du warst schon viel zu lange nicht mehr zu Hause«, beschwerte er sich.

Annie musste lächeln. Truck war schon immer etwas mürrischer gewesen als die anderen Freunde ihres Vaters, aber sie liebte ihn trotzdem. »So lange ist es nun auch wieder nicht her«, erwiderte sie.

»Trotzdem«, erklärte Truck. »Ist dein Freund auch da?«

»Ja, natürlich. Als ich ihn das letzte Mal gesehen habe, war er bei einigen Kindern und brachte ihnen per Zeichensprache unanständige Dinge bei«, erklärte Annie.

Truck lachte. »Das ist wieder typisch Frankie.«

»Wie geht es Ford und Elizabeth? Ich habe sie noch gar nicht gesehen.«

»Sie sind nicht hier. Ford ist auf dem College und hat Sommerkurse belegt und Elizabeth hat eine Verabredung.«

Annie konnte nicht anders, als über Trucks angewiderten Gesichtsausdruck zu lachen. »Wie alt ist sie jetzt? Sechzehn, siebzehn?«

»Siebzehn.«

»Damit ist sie aber auf jeden Fall alt genug, um sich zu verabreden, Truck«, schalt Annie ihn.

»Nein. Ist sie nicht. Ich hatte gehofft, dass sie sich für so was erst interessiert, wenn sie fünfundzwanzig oder sechsundzwanzig ist.«

Annie sah den großen Teddybären von einem Mann an und verdrehte die Augen. »Du weißt doch selbst, dass das lächerlich ist«, rügte sie ihn.

»Ist es nicht. Aber ist schon okay. Ich habe dafür gesorgt, dass ihre Verabredung weiß, dass er mir Rede und Antwort stehen muss, falls er irgendetwas Merkwürdiges versucht«, erklärte Truck mit verschmitztem Grinsen.

»Was hast du getan?«, fragte Annie, die ebenfalls grinsen musste.

»Er hat beschlossen, seine Feuerwaffen zu reinigen, als der junge Mann gekommen ist, um Elizabeth abzuholen«, sagte eine Frau, die etwas kleiner war als Annie und die sich neben Truck stellte.

»Mary!«, rief Annie glücklich und umarmte Trucks Frau.

»Wie geht es dir?«, wollte Mary wissen.

»Mir geht es gut. Du siehst großartig aus. Mir gefallen deine grünen Haare.«

»Danke. Ich wollte mal was Neues ausprobieren.«

»Steht dir gut.«

Und das tat es wirklich. Mary war eine ganz besondere Frau. Sie war direkt und unverblümt, und Annie liebte sie dafür umso mehr. Sie konnte sich immer darauf verlassen, dass Trucks Frau ihr die Wahrheit sagte, wenn sie sie hören musste.

»Ich habe gehört, dass du mit dem Gedanken spielst, aus dem Militär auszusteigen«, sagte Mary.

Annie zog die Nase kraus. Es erstaunte sie immer wieder, wie schnell die Freunde ihres Vaters Klatsch und Tratsch verbreiteten. Aber in diesem Fall war es sogar zu ihren Gunsten. Sie hatte keine großen Ankündigungen über ihre Zukunftspläne machen müssen. Sie war vielleicht sauer auf Fletch, weil er die Neuigkeiten so schnell weitergegeben hatte, aber er hatte ihr einen Gefallen getan. Und er war sich wahrscheinlich darüber im Klaren, dass sie dadurch nicht immer wieder das gleiche schwierige Gespräch führen musste.

»Ja«, entgegnete Annie einfach.

»Das ist doch gut«, sagte Mary. »Ich war die Erste, die es toll fand, dass du in die Reihen der Green Berets eingetreten bist, aber wenn es dich nicht mehr glücklich macht, dann scheiß drauf. Das Leben ist zu kurz, um in einem Job zu bleiben, der dich nicht erfüllt ... erst recht, wenn dieser Job dich buchstäblich das Leben kosten kann.«

Annie lächelte. »Danke.« Es war offensichtlich, dass Mary hundertprozentig hinter ihrem Ausstieg aus dem Militär stand und so tat, als wäre die Entscheidung bereits gefallen. Trucks Frau hatte nie Angst, ihre Meinung zu sagen, und das war einer von Millionen Gründen, warum Annie sie bewunderte.

»Ich wette, Frankie ist überglücklich«, bemerkte Truck, legte einen Arm um Mary und zog sie an sich.

»Wir haben noch nicht darüber gesprochen, wie genau es weitergehen soll, falls ich mich dazu entschließe, das Militär zu verlassen«, gab Annie zu. »Aber ich glaube nicht, dass er etwas dagegen hat, dass nicht mehr auf mich geschossen wird, falls ich mich dazu entschließe auszusteigen.«

»Können wir bitte über etwas anderes reden als darüber, angeschossen zu werden?«, grummelte Truck.

Annie und Mary mussten beide lachen.

»Komm schon, unterhalten wir uns über den Segeltörn, der euch bevorsteht. Der hört sich wahnsinnig toll an«, erklärte Mary. Sie stellte sich auf die Zehenspitzen, um Truck zu küssen, hakte sich dann bei Annie unter und zog sie weg.

Annie winkte Truck zu, der sie mit einem dieser männlichen Nicken bedachte, die die Freunde ihres Vaters gewöhnlich machten, und erlaubte Mary, sie nach draußen zu einer Gruppe von Frauen zu führen. Als Annies Mutter gesagt hatte, sie hätte alle eingeladen, hatte sie nicht gelogen.

Der ganze Garten war voll von Menschen. Es waren eine Menge Teenager da – Dougs Freunde, die ebenfalls gerade ihren Abschluss gemacht hatten, und Annies Cousins und Cousinen. Ihr Vater war für die vier Grills zuständig, die gerade qualmten, und bereitete unentwegt Hamburger und Hotdogs für all die hungrigen Mäuler auf der Party zu.

Es waren nicht nur alle ehemaligen Teamkameraden ihres Vaters und deren Familien anwesend, sondern auch das andere Delta-Team, das ihr Vater im Laufe der Jahre kennengelernt hatte. Annie sah, wie der sechzehnjährige Sohn von Chase und Sadie mit Oz' und Rileys Nichte Bria flirtete. Ihr Bruder John hing mit Dominic, dem Sohn von Kinley und Lefty, und Chance, Aspens und Brains Sohn, in einer ruhigen Ecke herum. Wer wusste schon, worüber die drei sich unterhielten. Wahrscheinlich planten sie, die Weltherrschaft an sich zu reißen.

Frankie saß an einem Tisch mit Amalia und Brittney, den Töchtern von Riley und Oz, und Jemila, Embers und Docs Tochter. Annie schätzte sie alle auf dreizehn, vierzehn, und alle drei Mädchen sahen Frankie wie gebannt an. Da er auch Gebärdensprache sprach, konnte Annie sehen, dass er den Mädchen von einigen der Leute erzählte, mit denen er im Veteranenkrankenhaus arbeitete.

»Er ist ein guter Mann«, stellte Mary leise neben ihr fest.

Annie drehte sich lächelnd zu der anderen Frau um. »Das ist er«, stimmte sie ihr zu.

»Komm schon, ich weiß, dass die Mädchen alles über deinen bevorstehenden Segeltörn wissen möchten.«

Annie ließ sich zu einer großen Gruppe von Frauen führen, die dort saßen. Den meisten von ihnen hatte sie bereits Hallo gesagt. Rayne, Harley, Kassie, Casey, Wendy, Gillian, Kinley, Aspen, Riley, Ember und Sierra waren alle da. Annie konnte immer noch nicht fassen, dass sie *die* Ember Maxwell – jetzt Wagner – jemals als Freundin bezeichnen würde. In den etwa zwölf Jahren, seit sie die ehemalige Olympiateilnehmerin und den berühmten Star in den sozialen Medien kannte, war sie nur noch bekannter geworden. Aber jetzt war sie für ihre leidenschaftliche und unermüdliche Arbeit für Menschen, die verschwunden waren, und für ihre philanthropische Arbeit für die vom Glück weniger Begünstigten bekannt.

»Hey«, sagte Annie, als sie sich auf einen leeren Stuhl zwischen den Frauen setzte. »Ist das hier der Verhörstuhl oder was?«, scherzte sie.

»Wenn du es so nennen möchtest«, erklärte Rayne grinsend.

»Wie fühlst du dich? Hollywood hat mir von deinen gebrochenen Rippen erzählt«, sagte Kassie.

»Und ich habe zwar das Video nicht gesehen, aber ich habe von dem waghalsigen Sprung gehört, den du in den Hubschrauber gemacht hast«, bemerkte Gillian und verzog das Gesicht.

»Das ist ja wohl eine leichte Übung für unseren Star der Spezialeinheit«, bemerkte Aspen und zwinkerte Annie zu.

»Es geht mir gut, danke«, beantwortete Annie Raynes Frage. »Im Großen und Ganzen ist alles verheilt, ich habe nur ab und zu noch ein Stechen. Ich kann es immer noch nicht fassen, dass einige von euch – und wahrscheinlich *alle* Jungs – das Video gesehen haben, ich aber nicht. Es ist ja nicht so, dass es im Internet ist oder so. Ehrlich.«

»Du kennst unsere Männer doch«, erwiderte Casey mit einem Achselzucken.

»Ja, sie finden solche Sachen wahnsinnig cool und können es kaum erwarten, sie untereinander weiterzugeben«, pflichtete Kinley ihr bei.

»Und wir können dich sowieso nur erkennen, weil wir wissen, dass es du bist«, fügte Wendy hinzu.

»Genau. Und wir haben keine Ahnung, wo das Video gemacht wurde«, versicherte Sierra ihr.

Annie schüttelte einfach nur den Kopf. Es machte ihr überhaupt nichts aus, dass die Männer das Video ihren Frauen gezeigt hatten. Es war *wirklich* ein Wahnsinnssprung gewesen, das konnte sie durchaus zugeben.

»Genug davon. Du hast wahrscheinlich sowieso die Nase voll von Gesprächen darüber, aus der Armee auszutreten – ich bin übrigens dafür«, erklärte Rayne.

»Der Gedanke, dass jemand bei jedem Einsatz

versucht, dich zu töten, verursacht mir eine Gänsehaut«, gab Harley zu.

»Ja, nicht wahr? Ich meine, wer zum Teufel würde unsere kleine Annie töten wollen?«, lautete Kassies rhetorische Frage.

»Es kann sich dabei nur um irgendwelche Idioten handeln«, bemerkte Harley. »Und diesen Sprung werde ich auf jeden Fall in mein nächstes *This is War* Spiel mit einbauen. Ich werde es wirklich schwer machen, in diesen Helikopter zu gelangen. Bei dir sah es nur leicht aus, weil du als Kind immer diese Hindernisparcours gemacht hast.«

»Ich erinnere mich noch daran, als ich dir das erste Mal zugesehen habe. Du warst damals zwölf oder dreizehn«, erzählte Gillian. »Und als ich gesehen habe, wie du einem anderen Kind dabei geholfen hast, den Parcours zu überwinden, wusste ich, dass mal etwas ganz Besonderes aus dir werden würde. Du wolltest nicht gewinnen, dir ging es nur darum, dass der kleine Junge sich gut fühlte, weil er den Parcours geschafft hatte.«

»Okay, das reicht«, erklärte Annie und lachte leise. »Ich bin erstaunlich und fantastisch, bla, bla, bla, können wir das Thema wechseln?« Sie wusste, dass sie errötete, und sie wollte, dass alle über etwas anderes sprachen. Sie liebte die Unterstützung und empfand es als Segen, von so vielen freundlichen Menschen umgeben zu sein, aber manchmal fiel es ihr schwer, dem vielen Beifall gerecht zu werden.

»Warte mal, bis jetzt hast du dich aber noch nicht dazu entschlossen auszusteigen, oder?«, fragte Aspen.

Annie zuckte mit den Achseln. »Nein.«

»Gut«, entgegnete Aspen.

»Findest du, sie sollte beim Militär bleiben?«, wollte Rayne wissen.

»Ja, auf jeden Fall. Sie hat hart gearbeitet, um dorthin zu gelangen, wo sie heute ist. Sie zeigt endlich all den Männern, die behauptet haben, dass eine Frau bei der Spezialeinheit keinen Erfolg haben kann, wo sie sich diesen Blödsinn hinschieben können.«

»Aber du bist doch selbst auch ausgestiegen«, gab Harley nicht unfreundlich zu bedenken.

»Das bin ich, aber wir reden hier von *Annie*«, sagte Aspen. »Sie ist die geborene Soldatin.«

»Das ist richtig«, stimmte Wendy ihr zu.

»Ich erinnere mich an die Geschichte, als du zehn Jahre alt warst und einen riesigen Tobsuchtsanfall bekamst, weil du ein Kleid für einen Ball oder irgend- etwas auf dem Stützpunkt tragen musstest«, erklärte Gillian lächelnd. »Du hast dich durchgesetzt und durftest eine Cargohose und ein armee-grünes Hemd tragen. Du warst sowieso der Star des Balls und alle Soldaten haben dir den ganzen Abend lang zugejubelt.«

Alle lachten und schwelgten in Erinnerungen, erzählten Geschichten über Annies Armeeträume seit ihrer Kindheit. Wie stolz alle ihre Ehemänner waren, als sie die Grundausbildung abgeschlossen hatte.

Je mehr sie redeten, desto unwohler fühlte sich Annie.

Bisher hatte sie sich nur Sorgen gemacht, dass sie ihren Vater und die Jungs enttäuschen würde, wenn sie kündigte. Jetzt schien es, als würde sie auch ihre Frauen enttäuschen.

Schließlich bemerkten die anderen Frauen, dass Annie sich nicht an ihrem Gespräch beteiligte.

»Entschuldige, wir wollten nicht endlos weiterreden«, erklärte Aspen lächelnd. »Aber im Ernst, ich kann mir nicht vorstellen, dass du etwas anderes machst, als in der Armee zu sein.«

»Das geht mir auch so«, sagte Gillian.

»Aber wir hätten mehr Gelegenheit, sie zu sehen, wenn sie etwas anderes machen würde«, sagte Rayne.

»Und davon mal ganz abgesehen, ist es auch noch sicherer«, gab Harley zu bedenken.

Mary hielt die Hände hoch. »Okay. Wie wäre es, wenn wir aufhören, Annie nervös zu machen«, erklärte sie streng.

Annie lächelte sie dankbar an. Sie musste zugeben, dass sie tatsächlich ein bisschen nervös war.

»Annie wird tun, was sie tun wird, und wir werden sie alle unterstützen, egal was und wofür sie sich entscheidet. Können wir das Thema wechseln und darüber reden, wie viel Sex sie während ihres Segeltörns haben wird?«, sagte Mary mit völlig ernstem Gesicht.

»Oh nein, bitte nicht«, stöhnte Rayne. »Ich stelle mir Annie immer noch so vor, wie sie war, als ich sie kennengelernt habe.«

»Aber im Ernst ... Frankie hat sich zu einem attraktiven Kerl entwickelt«, sagte Kassie.

Annie sah erneut hinüber zu Frankie und musste der Freundin ihrer Mutter beipflichten.

»Er erinnert mich an Brain«, bemerkte Aspen

lächelnd. »Auf den ersten Blick unterschätzen die Leute meinen Mann, weil sie denken, er sei nichts weiter als ein Spinner, der eine Million Sprachen beherrscht. Aber wenn er provoziert wird, verwandelt er sich in einen Grizzlybären, der bereit ist, seine Familie und Freunde zu verteidigen, koste es, was es wolle.«

Annie musste Aspens Einschätzung zustimmen. Frankie hatte sein ganzes Leben lang sehr hart daran gearbeitet, als gleichwertig mit seinen Mitschülern angesehen zu werden. Er war genauso schlau oder sogar schlauer als andere in seiner Klasse gewesen. Aber wegen seiner offensichtlichen Behinderung wurde er immer wieder bei Gelegenheiten übergangen, die er mit Bravour gemeistert hätte. Er zögerte auch nie, sie zu beschützen, wenn sie unterwegs waren und jemand ein bisschen zu frech wurde oder das Bedürfnis hatte, sich wie ein Idiot aufzuführen. Sie war eine knallharte Soldatin der Spezialeinsatzkräfte, doch ihrem Verlobten war das egal. Er beschützte sie. Punkt.

Das hatte sie immer gestört. Sie wollte nicht, dass Frankie ihretwegen bei einer Auseinandersetzung verletzt wurde, und sie hasste es, wenn Leute von seiner Behinderung erfuhren und versuchten, ihn niederzumachen. Aber nach einem Gespräch mit Fletch verstand sie, dass sie ihrem Glück dankbar sein sollte, einen Partner zu haben, der sie genügend liebte, um sich körperlich zwischen sie und das zu stellen, was er als Bedrohung ansah.

»Er ist wirklich großartig«, sagte Annie schließlich.

»Erzähl uns mehr über euren Segeltörn«, bat Sierra. »Wie viele Leute sind auf diesem Boot?«

»Schiff. Und ich denke, es sind in etwa sechzig oder so. Ich bin mir nicht ganz sicher«, erklärte Annie.

»Und es handelt sich wirklich um ein Segelboot?«, wollte Casey wissen.

»Ja, aber um ein richtig großes«, erklärte Annie lachend. »Es hat vier von diesen Dingern, an denen man die Segel befestigt.«

»Du meinst Masten?«, fragte Rayne.

»Ich nehme es an. Nennt man sie so?«, fragte Annie.

»Oh mein Gott, Mädchen«, erklärte Mary kopfschüttelnd. »Gut, dass du in der Armee bist. Die Marine hätte dich rausgeworfen, weil du einen Mast *Ein Ding, an dem man die Segel befestigt* genannt hast.«

Alle lachten.

»Jedenfalls ist das Schiff anscheinend ziemlich alt. In den zwanziger Jahren hat es ein paar reichen Leuten gehört und im Laufe der Jahre mehrfach den Besitzer gewechselt. Es wurden zusätzliche Kabinen hinzugefügt und eine Kreuzfahrtgesellschaft hat es gekauft. Weil es für ein Kreuzfahrtschiff zu klein ist, kann es zu Inseln in der Karibik fahren, die die größeren Schiffe nicht ansteuern können«, erklärte Annie.

»Welche Inseln?«, fragte Ember.

»Keine Ahnung«, gab Annie zu. »Ehrlich gesagt habe ich von den meisten von ihnen noch nie etwas gehört. Frankie ist aber ganz begeistert. Er hat sie alle nachgeschlagen und die Geschichte der einzelnen Inseln studiert. Ich bin sicher, dass meine Augen glasig werden, wenn er anfängt, all die Informationen auszuspucken, die er sich angeeignet hat.«

Alle lachten leise.

»Der Kreuzfahrtgesellschaft gehört wohl auch eine riesige Privatinsel, vor der wir haltmachen werden. Also ... ihnen gehört nicht die ganze Insel, aber ein Teil davon. Der Strandteil. Die Nordseite ist bis zum Meer hin felsig, die Südseite ist ein Bilderbuchstrand mit vielen Bäumen und einem langen Sandstrand. Die Online-Bilder des Bereichs, der dem Kreuzfahrtunternehmen gehört, sahen wunderschön aus«, rief Annie und fing wieder an, sich auf den Urlaub zu freuen.

»Aber du schwimmst doch gar nicht gern«, bemerkte Rayne verwirrt.

»Das stimmt, aber ich mag es, in Meeresnähe zu sein«, erklärte Annie. »Ich mag es, im Sand zu gehen, im Wasser zu waten und mir die Meeresbrise um die Nase wehen zu lassen.«

»Noch ein Grund, warum du bei der Marine rausgeflogen wärst«, scherzte Mary.

»Und wie habt ihr von diesem Schiff erfahren?«, fragte Gillian.

»Was denkst du wohl?«, fragte Annie lachend. »Tex hat mir eine Broschüre geschickt.«

Erneut brach die Gruppe Frauen in Gelächter aus.

»Will er, dass du einen GPS-Sender trägst?«, wollte Harley wissen.

»Nein. Aber ich bin mir sicher, dass er das Schiff die ganze Zeit unserer Reise über im Auge behalten wird«, erklärte Annie. Die Wahrheit war, dass sie Tex vergötterte, und wenn er ihr sagte, dass es ihm lieber wäre, wenn sie eines seiner berüchtigten Ortungsgeräte mitnehmen würde, würde sie es tun, ohne Fragen zu stellen. Sie hatte aus erster Hand erfahren, wie wichtig sie sein konnten und wie viele Leben durch diese Geräte gerettet worden waren. Aber er hatte seine Nachforschungen über die Kreuzfahrtgesellschaft und das Schiff, auf dem sie unterwegs sein würden, angestellt, und es waren keine Auffälligkeiten aufgetreten. Wäre das der Fall gewesen, so hätte er die Reise nie empfohlen, dessen war Annie sich sicher.

Sie saß noch weitere fünfundvierzig Minuten mit den Frauen zusammen und genoss die verschiedenen Gespräche, die von Rileys und Oz' Sohn Logan über seine Erfolge in der Baseball-Miniliga bis hin zu Gillians Zwillingen reichten, die gerade ausprobierten, wie weit sie sich verschiedene Gegenstände in die Nase stecken konnten.

Im Laufe der Jahre war Annie weniger »eines der Kinder« als vielmehr eine Freundin geworden. Und darüber war sie sehr glücklich. Eine Zeit lang hatte sie geglaubt, dass sie in ihren Augen für immer sieben sein würde, aber allmählich waren sie zu der Erkenntnis gelangt, dass sie zu einer unabhängigen Frau herangewachsen war.

Irgendwann schaute sie zu Frankie hinüber, der mit den Mädchen zusammengesessen hatte, und sah, dass er jetzt allein war und sie anstarrte. Sie fragte ihn per Handzeichen, ob alles in Ordnung sei, und er antwortete, dass es ihm gut ginge, er sitze nur da und frage sich, wie er nur so viel Glück gehabt hatte.

Annie errötete und freute sich immer mehr auf ihren Urlaub, je näher er rückte. Sie liebte ihre Familie und ihre Freunde, aber sie sehnte sich danach, mit ihrem Verlobten allein zu sein.

»Den Blick kenne ich doch«, flüsterte Aspen Annie zu.

»Was denn für einen Blick?«, fragte sie und wandte den Blick von Frankie ab.

»Den Blick einer Frau, die es kaum erwarten kann, mit ihrem Mann zu schlafen«, erklärte die andere Frau und zwinkerte ihr zu.

Annie zuckte mit den Achseln. »Wegen meiner Rippen ist es schon eine Weile her«, erklärte sie einfach.

»Und wahrscheinlich hat er sich geweigert, mit dir zu schlafen, weil er dachte, er könnte dir wehtun«, fügte Aspen mit untrüglicher Intuition hinzu.

»Genau«, erwiderte sie nickend.

»Ich liebe es, wie er dich ansieht. Als würde die Sonne mit dir auf- und untergehen. Dieser Mann liebt dich inbrünstig, Annie. Er würde alles für dich tun«, bemerkte Rayne.

»Ich weiß«, flüsterte Annie. »Und mir geht es mit ihm genauso.«

»Vielleicht werden wir uns das nächste Mal alle auf eurer Hochzeit wiedertreffen?«, mutmaßte Aspen.

Zur Abwechslung wurde Annie heute weder nervös noch war sie genervt, wenn jemand fragte, wann Frankie und sie heiraten würden. Schließlich hatte sie ihre Gründe, warum sie warten wollte, aber jetzt konnte sie es kaum erwarten, ihn für immer an sich zu binden. »Kann schon sein«, stimmte sie mit einem kleinen Lächeln zu.

Aspen strahlte.

Sie wurden von Fletch unterbrochen, der alle aufforderte, sich um ihn und Doug zu versammeln, da er eine Rede halten wollte. Es gab ein Stöhnen und Ächzen,

denn Fletchs Reden waren legendär für ihre Langatmig-
keit und Übertriebenheit, aber die Frauen standen
trotzdem alle auf und gingen zu ihren Männern.

Frankie tauchte wie aus dem Nichts auf, kaum war
Annie aufgestanden. Er führte sie zu ihrem Vater und
Doug und stellte sich hinter sie, wobei er seine Arme um
ihren Bauch schlang.

Als Annie sich an Frankie lehnte und ihrem Vater
dabei zuhörte, wie er ihren Bruder in Verlegenheit
brachte, konnte sie sich ein Lächeln nicht verkneifen.
Das hatte ihr gefehlt. Mit Leuten zusammen zu sein, die
sie kannten und liebten. Zu sehen, wie Kinder herumlie-
fen, fröhlich spielten und lachten. Fletch hatte ihren
alten batteriebetriebenen Panzer ausgegraben, den seine
Freunde vor Jahren für sie gebastelt hatten, und obwohl
er schon etwas ramponiert aussah, lief er immer noch
einwandfrei. Sogar die Jugendlichen hatten ihren Spaß
und wollten auch einmal damit durch den Garten düsen.

Falls sie sich entschließen sollte, die Armee zu verlassen, musste Annie nicht lange über den Vorschlag ihres
Vaters nachdenken, sich für ein Medizinstudium in Texas
zu entscheiden. Sie wollte in der Nähe ihrer Familie sein.
In der Nähe dieses Chaos und der Liebe. Das war eines
der wichtigsten Dinge, die sie vermisst hatte, als sie durch
das Land gezogen und ständig auf Einsätzen unterwegs
gewesen war.

»Ich liebe dich«, flüsterte Frankie ihr ins Ohr.

Sie drückte sich fester an seine Arme um ihre Taille
und schluckte schwer. Sie hatte Glück, und das wusste
sie. Sie war gesund, hatte einen geduldigen Mann, der sie
liebte, und mehr Menschen auf ihrer Seite, als sie zählen

konnte. Es war leicht, sich in den alltäglichen Frustra-
tionen des Lebens zu verzetteln und das große Ganze
nicht zu sehen ... aber Annie wurde mit jeder Stunde, die
sie mit ihrer Familie und ihren Freunden verbrachte, ein
wenig klarer, was sie tun wollte.

KAPITEL ACHT

Es ist wunderschön, sagte Frankie in Gebärdensprache, als der Transferbus vor dem Pier in Barbados haltmachte.

So sehr er Annies Familie auch liebte, war er froh, endlich hier zu sein. Die letzte Woche war voller Lachen und Liebe gewesen, und er war froh, dass Annie nach dem Gespräch mit ihrem Vater etwas entspannter zu sein schien. Ihm war klar gewesen, dass Fletch sich nicht darüber aufregen würde, dass seine Tochter über einen Berufswechsel nachdachte, aber er war erleichtert, dass ihr Gespräch sie nicht völlig aus der Fassung gebracht hatte.

Was Frankie und Annie betraf, so hatten sie ein langes Gespräch darüber geführt, was die Zukunft für sie bereithielt und wo sie leben sollten, wenn sie ihren Dienst aufgab. Annie wollte es ganz ihm überlassen; ihm war es eigentlich egal, *wo* sie lebten, solange sie nur zusammen waren.

Schließlich gab sie zu, dass sie gern in der Nähe ihrer Familie leben würde, was Frankie wiederum nicht überraschte. Wenn sie aus dem Urlaub zurückkamen, würde sie eine Menge nachdenken müssen. Entscheidungen mussten getroffen werden. Wenn sie die Armee verlassen wollte, musste sie sich über medizinische Fakultäten in Texas informieren und darüber, welche Voraussetzungen sie erfüllen musste, um angenommen zu werden. Wenn sie in der Armee bleiben wollte, würde sie ihre Energie in die Ausbildung eines neuen Teams stecken.

Es überraschte ihn nicht, dass sie an ihn gedacht hatte, als sie sich überlegte, wie ihre Zukunft aussehen könnte, wenn sie aus der Armee ausschied, und dabei Veteranenkrankenhäuser in Texas und sogar Ingenieurbüros aufzählte. Er hatte ihr versichert, dass er bei dem bleiben wollte, was er tat, nämlich Menschen, die ihr Gehör verloren hatten, bei der Eingewöhnung in ihre neue Welt zu helfen. Frankie selbst hatte hart daran gearbeitet, Lippenlesen zu lernen, und sein Cochlea-Implantat gab ihm die Fähigkeit zu hören, aber da er schon älter gewesen war, als er das Implantat bekam, unterschied sich seine Sprache deutlich von der anderer Menschen. Er las regelmäßig die Lippen der Leute, die sich über ihn lustig machten.

Mist, ich wünschte, es wäre eines der guten Zimmer frei gewesen, sagte Annie in Gebärdensprache. Da sie sich erst vor Kurzem zu dieser Reise entschlossen hatten, war bereits alles ausgebucht gewesen. In letzter Minute hatte es eine Stornierung gegeben und sie hatten das Glück gehabt, das allerletzte Zimmer zu ergattern. Es befand sich auf der gleichen Ebene wie die Brücke, wo der Kapitän und seine Offiziere das Schiff steuerten. Die teureren Zimmer befanden sich unterhalb des Laufdecks und waren doppelt so groß wie ihres.

Aber Frankie würde es auch nichts ausmachen, in einem Zelt zu leben, solange er mit Annie zusammen war.

Unser Zimmer reicht aus, versicherte er ihr. *Es spielt keine Rolle, ob es eine Besenkammer ist, solange ich bei dir bin, bin ich glücklich.*

Annie lächelte ihren Mann an. Das war der Grund, warum sie den Beruf wechseln wollte. Damit sie mehr Zeit mit der Liebe ihres Lebens verbringen konnte. Frankie schaffte es immer, dass sie sich gut fühlte. Er ließ sie alle ihre Probleme vergessen.

Ihr Reiseleiter stand im Bus auf und erklärte ihnen, wie sie einchecken sollten und ihren Schlüssel bekamen. Annie und Frankie stiegen aus und reihten sich in die Schlange ein, um an Bord des schönen alten Segelschiffs zu gehen. Sie spürte Frankie in ihrem Rücken, eine seiner Hände auf ihrer Hüfte. Normalerweise hasste sie es, wenn Leute hinter ihr standen, aber bei Frankie war das anders.

»Wo kommen Sie denn her?«, fragte eine Frau vor ihnen, um sich mit Small Talk die Zeit zu vertreiben.

»Im Moment leben wir in Georgia, aber wir überlegen, nach Texas zu ziehen«, entgegnete Annie lächelnd.

»Oh? Und was machen Sie beruflich?«

»Ich bin beim Militär«, erklärte Annie ihr.

Sie sah die Veränderungen im Gesicht der anderen

Frau. Ihr einladendes Lächeln erstarb. »Oh, und was macht Ihr Mann?«

»Wir sind nicht verheiratet«, entgegnete Frankie. »Wir sind verlobt. Und ich bin Hausmann. Sie wissen schon, ich sorge dafür, dass das Haus sauber ist, ich koche, gehe einkaufen, solche Sachen eben.«

Die Frau blinzelte, schenkte ihnen noch ein falsches Lachen und drehte sich dann wieder um.

Das war gemein, sagte Annie in Gebärdensprache zu Frankie. *Du hättest ihr sagen sollen, was du wirklich machst.*

Sie ist eine biedere alte Schachtel, erwiderte Frankie ebenfalls in Zeichensprache. *Sie wollte nur herausfinden, ob es sich lohnt, sich bei uns einzuschleimen.*

Sie wusste, dass Frankie recht hatte. Sie hatte in der Vergangenheit schon öfter mit einer ablehnenden Haltung von Leuten zu kämpfen gehabt, sobald sie erfuhren, dass sie in der Armee war, und sie hatte nie wirklich verstanden warum. Es ergab für sie keinen Sinn. Einige der intelligentesten Menschen, die sie kannte, waren bei den Streitkräften. Ärzte, Wissenschaftler, Ingenieure ... und sie alle gaben ihr Bestes, um dafür zu sorgen, dass das Land in Sicherheit war. Seit den Siebzigerjahren hatte sich die Einstellung zu den Menschen beim Militär stark verändert, aber es gab immer noch eine Art Stigma gegenüber Soldaten und Matrosen, das Annie nicht verstehen konnte.

Sie rückten in der Schlange vor und wurden ohne Probleme eingecheckt. Sie erhielten Ausweise und wurden von einem Angestellten in schlichter weißer Uniform zu ihrem Zimmer begleitet. Als sie auf dem Weg dorthin an anderen Gästen vorbeikamen, stellte Annie fest, dass diese Kreuzfahrt anders sein würde als alles, was sie bisher zusammen unternommen hatten.

Als sich die Tür hinter ihnen schloss, seufzte sie: »Wir passen gar nicht zu den anderen Gästen.«

»Na und?«, fragte Frankie.

Annie war nicht überrascht, dass ihm das auch aufgefallen war. Die anderen Passagiere waren alle etwas älter, und wenn man von der Designerkleidung und dem Schmuck ausging, den sie trugen, auch reicher. Sie selbst fielen mit ihren Jeans und den T-Shirts auf jeden Fall auf.

»Annie«, sagte Frankie und legte ihr die Hände auf die Schultern, »wer gibt auch nur einen Pfifferling auf die anderen Passagiere? Es ist mir völlig egal, was sie beruflich machen und in was für Häusern sie leben. Das macht sie nämlich *überhaupt nicht* besser als uns und sie haben diesen Urlaub deshalb auch nicht mehr verdient als wir.«

»Du hast recht«, entgegnete Annie.

»Ich weiß«, erwiderte Frankie selbstgefällig.

Eigentlich hatten sie vorgehabt, das Schiff zu erkunden, sich alles anzusehen und herauszufinden, wo sich der Speisesaal befand, und die anderen Gäste zu begrüßen, doch momentan hatte sie wirklich keine Lust darauf, Zeit mit jemand anderem zu verbringen oder höflich zu sein. Stattdessen sehnte sie sich nach ein wenig Zeit allein mit ihrem Verlobten.

Sie lehnte sich an ihn, legte ihren Kopf auf seine Schulter und griff dann mit beiden Händen nach seinem Hintern und drückte zu. »Wir sind endlich allein«, bemerkte Annie verführerisch.

Sie spürte unter ihrer Wange, wie er tief in seiner

Brust knurrte, bevor er fragte: »Wie geht es deinen Rippen?«

Annie hob den Blick und sah ihn an. »Es geht ihnen gut. *Mir* geht es gut.« Frankie hatte sie immer beschützt und sich geweigert, irgendetwas zu tun, was ihre verschiedenen Verletzungen im Laufe der Jahre verschlimmern könnte – dazu gehörte auch, mit ihr zu schlafen, bevor alles wieder vollständig verheilt war.

Er lächelte. »Ich liebe deine Familie. Und ich weiß es zu schätzen, dass du ein so großes soziales Netz hast, das dich auffängt. Aber wenn wir sie besuchen, haben wir nicht gerade viel Zeit füreinander, und du musst selbst zugeben, dass es sich sogar komisch anfühlt, auch nur gemeinsam in einem Bett zu *schlafen*, wenn wir sie besuchen.«

Annie grinste. »Ich weiß. Das geht mir genauso. Und obwohl wir erwachsen sind und verlobt, habe ich das Gefühl, wieder sieben Jahre alt zu sein, wenn ich mich in der Gegenwart meines Dads und seiner Freunde befinde.«

Frankie strich ihr mit einer Hand über das Haar, dann legte er seine Handfläche in ihren Nacken und drückte leicht zu.

Annie zitterte voller Erwartung. Wenn man sie ansah, würde niemand vermuten, dass Frankie sich im Schlafzimmer von einem sanftmütigen, leicht streberhaften Kerl, der sich gern im Hintergrund hielt, in einen Mann verwandelte, der die volle Kontrolle übernahm. Der es vorzog, das Sagen zu haben, wenn es um ihr Liebesspiel ging.

Annie hätte nie gedacht, dass ihr so etwas einmal

gefallen würde. Aber da sie ihre Tage damit verbrachte, Entscheidungen zu treffen, und alle in Situationen, in denen es um Leben und Tod ging, auf sie angewiesen waren, überließ sie Frankie gern das Sagen, wenn es um Sex ging. Sie war nicht gerade unterwürfig und glaubte nicht, dass sie sich jemals zurücklehnen und jemanden, sogar Frankie, alle Entscheidungen für sie treffen lassen könnte. Aber im Bett? Auf jeden Fall, ja. Frankie hatte sie noch nie enttäuscht. Kein einziges Mal. Er war aufmerksam und sorgte immer dafür, dass sie an erster Stelle kam. Jedes einzelne Mal.

Sie hatte niemanden, mit dem sie Frankie vergleichen konnte, aber sie hatte Geschichten von den Männern und Frauen gehört, die sie im Laufe der Jahre befehligt hatte. Sie wusste, dass Frankie in gewisser Weise einzigartig war, wenn es um sein intensives Bedürfnis ging, sie zu befriedigen, noch bevor er seine eigenen Bedürfnisse erfüllte.

Frankie blickte über seine Schulter auf das Bett hinter ihnen. Zwei Einzelmatratzen waren zu einem Bett zusammengeschoben worden, das etwas kleiner war als ein normales Doppelbett. Auf der einen Seite war etwa ein halber Meter Platz, während das Bett auf der anderen Seite bündig an der Wand stand. Am Fußende des Bettes, wo sie standen, war nur noch etwa ein Meter Platz. Das Zimmer war ... gemütlich. Es gab zwei Fenster auf einer Seite der Wand und ein kleines Badezimmer mit einer Dusche. Ihre Koffer waren noch nicht geliefert worden und Annie wusste, dass das Zimmer ziemlich voll sein würde, sobald sie alle ihre Sachen verstaut hatten.

Ein größeres, geräumigeres Zimmer wäre zwar schön

gewesen, aber das war Annie jetzt egal. Sie hatte zwei Wochen Zeit mit ihrem Verlobten auf diesem Schiff. Sie konnte es nicht erwarten.

Frankies Hand lag noch immer in ihrem Nacken und er griff mit der anderen nach dem Saum ihres T-Shirts und ließ sie darunter gleiten. Er ließ die Hand nach oben gleiten und legte sie besitzergreifend auf eine ihrer Brüste. Er drückte mit beiden Händen gleichzeitig zu und Annie erschauderte vor Verlangen.

Sie ließ ihre Hände zur Vorderseite seiner Jeans wandern und machte sich an seinem Knopf zu schaffen.

»Nein«, sagte Frankie mit leiser, rauer Stimme.

Annies Hände erstarrten und ein leises Wimmern drang aus ihrer Kehle.

Frankie lächelte träge, während er die Körbchen ihres BHs zur Seite schob und mit einem Finger ihre Brustwarze umspielte.

Annie schloss die Augen, seufzte und wölbte den Rücken, weil sie mehr wollte. So viel mehr. Sie spürte Frankies Mund auf der empfindlichen Haut ihres Halses, während er sie küsste, und ihr Körper war bereit für ihn.

Gerade als er mit den Händen vom Necken zu einer intensiveren Berührung überging, klopfte es laut an ihrer Tür und eine Stimme rief: »Zimmerservice. Ihre Koffer sind da.«

Annie fuhr erschreckt in Frankies Armen zusammen und er murmelte: »Ganz ruhig, mein Schatz.« Und lauter rief er: »Wir kommen!«

»Das ist hier ja fast wie im Gästezimmer meines Vaters«, grummelte Annie. »Man muss immer Angst haben, dass man unterbrochen wird.«

Frankie lächelte, lehnte sich zu ihr und gab ihr einen kleinen Kuss. »Zwei Wochen«, rief er ihr ins Gedächtnis. »Wir haben zwei Wochen nur für uns.«

Annie lächelte, als er mit dem Daumen über die empfindliche Haut an ihrem Nacken streichelte. »Vielleicht sollten wir heute nach dem Abendessen früh zu Bett gehen.«

»Oh, auf jeden Fall«, erklärte Frankie eifrig.

Annie erschauerte, als er ihr den BH wieder zurechtrückte und seine Hand unter ihrem Hemd hervorzog. Sie blieb stehen, wo sie war, während Frankie zur Tür ging. Der Zimmerservice brachte ihre Koffer herein, und mit den dreien im Zimmer und den zwei großen Seesäcken blieb kaum noch Platz.

Annie bemühte sich, ihre Libido unter Kontrolle zu halten, während der Concierge ihnen die geplanten Aktivitäten für den Rest des Tages erläuterte und ihnen erklärte, dass sie in etwa einer Stunde von der Anlegestelle ablegen würden und das Abendessen um neunzehn Uhr serviert würde. Der Mann begrüßte sie noch einmal, dann ging er endgültig.

So sehr Annie sich auch nach Frankie sehnte, die Stimmung war gebrochen.

»Womit kann ich dir helfen?«, fragte Frankie.

Annie lächelte. Ihr Mann kannte sie wirklich gut. Er wusste, dass es ihr lieber war, die Koffer für sie beide selbst zu packen und auszupacken. Sie mochte es, wenn sich alles an seinem Platz befand, sogar im Urlaub. Frankie war natürlich dazu in der Lage, seine eigenen Sachen aufzuräumen, doch da das Zimmer so klein war, wusste er, ohne nachfragen zu müssen, dass es für Annie leichter war, sich selbst darum zu kümmern.

»Könntest du mir vielleicht einen Kaffee oder eine Tasse Tee holen, während ich schon mal anfange? Und vielleicht etwas Gebäck?«, bat sie ihn.

»Wird gemacht«, entgegnete Frankie, ohne zu zögern. Er hob die Taschen auf und stellte sie für sie auf das Fußende des Bettes. Dann küsste er sie und machte sich auf den Weg zur Tür.

Nachdem sie sich hinter ihm geschlossen hatte, stand Annie noch lange da und entspannte sich in der Stille. Zum ersten Mal seit Langem war sie wirklich zufrieden. Obwohl sie die Armee und alles, was sie erreicht hatte, liebte, wurde ihr erst in diesem Moment bewusst, wie anstrengend ihr Leben geworden war. Nicht weil sie Angst hatte, ihren Job nicht zu bewältigen, sondern weil er sie so oft von Frankie trennte.

Sie war ohne ihn aufgewachsen, hatte eine andere Universität besucht als er, und selbst seit ihrer Verlobung und seitdem sie zusammengezogen waren, hatte sie nicht annähernd genügend Zeit mit ihm verbracht. Aber diese zweiwöchige Reise könnte der Beginn eines ganz anderen gemeinsamen Lebens sein, und Annie wurde fast schwindelig bei dem Gedanken, dass sie zwar immer noch viel arbeiten würde, wenn sie sich für Medizin entschied, und dass es Tage geben würde, an denen sie es bedauerte, nicht bei ihm sein zu können, aber die gefährlichen Einsätze könnten bald der Vergangenheit angehören.

Lächelnd wandte sie sich dem ersten Seesack zu und machte sich an die Arbeit.

Frankie legte seine Hand auf Annies Oberschenkel und drückte kräftig zu. Sie waren beim Abendessen und saßen mit zwei anderen Paaren an einem Tisch. Die Sitzordnung war offen, das heißt, jeder konnte sitzen, wo er wollte. Da nur sechzig Gäste anwesend waren, war der Speisesaal nicht riesig, sondern gemütlich und diente gleichzeitig als Bibliothek. An den Wänden standen Bücherregale voller Romane über die Karibik, Piraten und schöne Bildbände mit bunten Bildern vom Inselleben.

Anfangs war das Verhältnis zwischen den sechs Personen am Tisch sehr herzlich gewesen. Dottie und Joseph waren aus Vermont und er war Anwalt. Megan und Bill kamen aus Kalifornien. Frankie wusste nicht genau, was sie machten, aber es hatte irgendetwas mit Import und Export zu tun. Nach einigen nicht ganz so subtilen Fragen und Erkundigungen war es offensichtlich, dass die Paare überrascht waren, dass er und Annie sich diese Reise überhaupt leisten konnten.

Es stimmte, dass sie nicht billig war, aber sie waren sparsam mit ihrem Geld. Annie bekam ein gutes Gehalt, vor allem mit all ihren Einsätzen und der Gefahrenzulage. Frankie war wirklich überrascht, wie sehr sich die Tischgäste um ihren finanziellen Status sorgten, aber andererseits verbrachte er die meiste Zeit mit bodenständigen Menschen wie seiner und Annies Familie und Freunden ... und den Soldaten, mit denen er im Veteranenamt arbeitete. Seiner Meinung nach sollten sich alle auf die Tatsache konzentrieren, dass sie im Paradies Urlaub machten, und sich nicht darüber Gedanken machen, wie ihre Mitreisenden sich den Platz auf dem Schiff leisten konnten.

Frankie konnte darüber hinwegsehen, dass sie von diesen Fremden beurteilt wurden, aber er hasste es, dass sie anscheinend abfällig über Annies Beruf dachten. Es war offensichtlich, dass sie sich auch mit seiner Behinderung unbehaglich fühlten. Im Raum war es laut und alle redeten gleichzeitig. Sein Implantat gab ihm zwar die Fähigkeit zu hören, aber in Situationen wie dieser war er von dem Lärmpegel überwältigt. Er konnte zwar von den Lippen ablesen, aber die Paare drehten häufig den Kopf oder schauten nach unten, wenn sie sprachen, sodass es schwierig war, sie zu verstehen. Er musste sie mehrmals bitten, ihre Fragen zu wiederholen, was sie offensichtlich bald irritierte.

Frankie war es egal, was diese Fremden von ihm dachten. Er hatte im Laufe der Jahre einiges an Diskriminierung erlebt; Blicke und böse Kommentare machten ihm nichts mehr aus. Aber Annie hasste es. Mehr als einmal musste er eingreifen und sie davon abhalten, auf jemanden loszugehen, der eine abfällige Bemerkung machte oder etwas aus Unwissenheit sagte. Er hatte den Verdacht, dass sie kurz davor stand, auf diese hochnäsigen Arschlöcher loszugehen. Deshalb drückte er jetzt ihren Oberschenkel so fest.

Als sie den Kopf drehte und ihn ansah, bestätigte sich Frankies Verdacht. Die Wut in ihren Augen und ein leichtes Erröten bedeuteten, dass sie nur noch wenige Sekunden davon entfernt war, die Fassung zu verlieren.

Er tat das Einzige, womit er ihre Aufmerksamkeit auf sich ziehen konnte.

Ich will dich.

Frankie hatte früher ein schlechtes Gewissen gehabt, wenn er in Gegenwart anderer die Zeichensprache benutzte; es war so, als würde er hinter dem Rücken der anderen reden. Aber das hatte er sich schnell abgewöhnt. Es war praktisch, wenn er mit Annie, seinem Vater oder seinen Pateneltern sprechen wollte, ohne dass jemand wusste, was er sagte.

»Das meinst du doch jetzt nicht ernst?«, platzte Annie vor Überraschung laut heraus.

Frankie lächelte. Es war ihm erfolgreich gelungen, sie davon abzulenken, was sie gerade den anderen Paaren am Tisch hatte sagen wollen. Er wusste, dass die anderen zusahen, doch es war ihm egal, und so sagte Frankie in Zeichensprache: *Du trägst nicht oft ein Kleid und du siehst heute Abend wunderschön aus. Ich kann es kaum erwarten, dich wieder auf unser Zimmer zu bringen und herauszufinden, was du darunter trägst.*

Ich weiß, was du vorhast, entgegnete Annie in Zeichensprache. *Du versuchst, mich davon abzuhalten, über den Tisch zu springen und diesen Idioten zu sagen, wie beleidigend sie sind und dass sie bald ein blaues Auge bekommen, wenn sie uns weiterhin von oben herab behandeln.*

Frankie lachte leise.

»Äh, wir haben wohl den Witz verpasst«, bemerkte Bill.

»Allerdings«, entgegnete Annie, ohne den Blick von Frankie abzuwenden. *Wenn alle anderen auf diesem Schiff auch so sind wie sie, springe ich über Bord und schwimme nach Hause.*

Nein, das tust du sicher nicht, bemerkte Frankie. *Du hasst es zu schwimmen.*

Na gut, dann schwimmst du eben. Und ich liege auf einer Luftmatratze hinter dir und du kannst mich ziehen.

Ich bin mir sicher, dass nicht alle so spießig sind wie die hier, versuchte Frankie, sie zu beruhigen.

Annie sah ihn skeptisch an.

»Es ist ja schön, dass ihr beide euch so unterhalten könnt«, trällerte Dottie, die sich überhaupt nicht so anhörte, als würde sie es schön finden. »Aber es ist doch ein bisschen unhöflich, weil wir euch nicht verstehen.«

Annie drehte sich um und ihr Blick sprühte praktisch Funken, sodass Frankie den Atem anhielt.

»*Unhöflich?* Dass Sie meinem Verlobten gesagt haben, er spreche ›ziemlich gut dafür, dass er taub ist‹, war unhöflich. Genauso wie die Tatsache, dass sie Ihre Nase gerümpft haben, als Sie hörten, dass ich bei der Armee bin. Es tut mir leid, dass mein Beruf nicht gut genug für Sie ist. Aber wegen der Dinge, die ich beim Militär getan habe, können Sie heute hier sitzen und mit dem Geld, das Ihr Mann verdient hat, ein köstliches Abendessen genießen. Meine Arbeit sorgt für Ihre Sicherheit und verhindert, dass Terroristen ihre Pläne für einen weiteren Anschlag wie den vom elften September durchziehen. Und wenn es Sie stört, dass Sie nicht wissen, was wir sagen? Versuchen Sie einmal, Ihr ganzes Leben als Gehörloser zu verbringen. Oder blind. Bis Frankie sein Cochlea-Implantat bekam, war es für ihn schwierig, der hörenden Gemeinschaft auch nur seine geringsten Bedürfnisse mitzuteilen. Es ist nicht schwer, die Gebärdensprache zu lernen. Es gibt viele Internetseiten, auf denen Sie die Grundlagen erlernen können.«

Sie holte tief Luft, um weiterzusprechen, aber Frankie unterbrach sie. »Es tut uns leid, dass wir Sie von unserem Gespräch ausgeschlossen haben«, erklärte er. »Wir sind so sehr daran gewöhnt, uns in Gebärdensprache zu unterhalten, dass wir manchmal vergessen, dass Hörende uns nicht verstehen können.« Das war gelogen, aber er sprach trotzdem weiter. »Wir haben uns darüber unterhalten, wie lecker das Abendessen heute ist und dass es erstaunlich ist, dass es dem Koch gelungen ist, ein solches Abendessen in der winzigen Küche zuzubereiten, die wir bei unserem Besichtigungsrundgang vorhin gesehen haben.«

Dottie hatte knallrote Wangen. Frankie wusste nicht, ob aus Verlegenheit – was sie verdient hatte – oder ob sie sauer war, aber da sie seinem Blick nicht begegnen konnte, tippte er eher auf Ersteres.

Die anderen am Tisch nickten und stimmten ihm zu, wie köstlich das Essen war, und Frankie seufzte innerlich erleichtert auf. Es war ihm egal, was die anderen von ihm dachten, aber er wollte auch nicht die nächsten zwei Wochen damit verbringen, auf Zehenspitzen auf dem Boot herumzuschleichen, um hoffentlich diesen Paaren nicht zu begegnen.

Der Kellner erschien an ihrem Tisch, um allen die Weingläser nachzufüllen, ein perfektes Timing, wie Frankie fand.

Sie ist eine blöde Zicke, erklärte Annie in Gebärdensprache.

Frankie tat sein Bestes, um sich das Lächeln zu verkneifen, aber es gelang ihm nicht so recht. Annie hatte recht, aber er hielt es für das Beste zu versuchen, die Wogen zu glätten. »Also, Joseph, was war Ihr denkwürdigster Fall? Oder dürfen Sie es uns nicht sagen?«

Es war die richtige Frage. Während sie ihr Essen beendeten, erzählte Joseph immer wieder von einigen seiner, seiner Meinung nach, prestigeträchtigsten Fälle. Er nannte keine Namen, aber Frankie lachte ein paarmal über die Beschreibungen seiner Klienten und einige der Dinge, die sie getan hatten.

Frankie und Annie lehnten das Dessert ab und waren die Ersten, die den Speisesaal verließen. Sobald sie auf das Deck traten, seufzte Frankie erleichtert auf. Der Lärm der anderen wurde gedämpft, als sich die Tür hinter ihnen schloss. Er legte seine Hand auf Annies Rücken und entspannte sich, als sie sich an ihn lehnte. Anstatt direkt zurück in ihr Zimmer zu gehen, gingen sie zur Reling hinüber. Annie schmiegte sich an ihn, ihren Rücken an seine Brust, während sie dem Wasser zusahen, das gegen die Bordwand schlug, während sie zu ihrer ersten Insel segelten.

»Entschuldigen Sie bitte.«

Sofort verstärkte er seinen Griff um Annie, während sie sich umdrehten, um nachzusehen, wer sie da angesprochen hatte.

Dort stand einer der Seemänner und sah nervös aus. »Ich wollte Sie nicht unterbrechen, aber ich habe gehört, Sie sind taub?«

Frankie spürte, wie Annie sich in seinem Arm versteifte. »Das bin ich«, bestätigte er. »Ich habe vor ein paar Jahren ein Cochlea-Implantat bekommen und kann Sie hören, solange ich das Hörgerät trage«, erklärte er, drehte sich zur Seite und zeigte auf das Gerät hinter seinem Ohr. »Ich kann ebenfalls Lippen lesen, falls es also einen Notfall geben sollte, werde ich nicht zur Belastung.«

Der Seemann schüttelte den Kopf und lächelte entschuldigend. Dann überraschte er Frankie, indem er in Gebärdensprache sagte: *Meine Schwester ist auch taub, aber ich habe sie seit über einem Jahr nicht mehr gesehen. Sie fehlt mir und ich befürchte, dass ich viel von der Gebärdensprache vergesse. Ich hatte gehofft, dass ich vielleicht mit Ihnen üben kann, während Sie an Bord sind.*

Annie richtete sich in seinen Armen auf. *Aber natürlich*, entgegnete sie in Gebärdensprache und strahlte den jungen Mann an. *Wie heißen Sie denn?*

Manuel.

Ich bin Annie und das ist Frankie. Wir können uns ruhig duzen.

Bist du ebenfalls taub?, wollte Manuel wissen.

Annie schüttelte den Kopf. *Nein. Aber mir ist schon vor Langem klar geworden, dass ich die Zeichensprache lernen musste, wenn ich mich mit dem Typen, den ich liebe, unterhalten möchte.*

Manuel nickte. *Ich wollte euch nicht stören. Ich habe mich nur so gefreut, als ich erfahren habe, dass ein Gehörloser an Bord ist. Ich konnte es kaum erwarten, dich zu finden und mich mit dir zu unterhalten.*

Wann immer du dich unterhalten möchtest, stehe ich dir gern zur Verfügung, erklärte Frankie ihm.

Vielen Dank. Wir haben hier ziemlich viel zu tun, aber

wenn es dir wirklich nichts ausmacht, würde ich gern auf das Angebot zurückkommen, erklärte Manuel.

Natürlich, sehr gern, versicherte Frankie ihm.

Manuel nickte ihnen zu. »Ich wünsche euch einen schönen Abend. Das Meer sollte heute Abend ruhig sein und die Bedingungen morgen perfekt zum Segeln«, sagte er laut.

»Kletterst du auch in die Takelage?«, wollte Annie wissen.

Manuel lächelte. »Ja, bis ganz nach oben. Ich bin für die oberen Segel und Leinen verantwortlich.«

»Wow, das ist ja mutig.«

Der junge Mann zuckte mit den Achseln. »Ich bin schon immer gern auf Bäume geklettert. Ich wünsche euch einen schönen Abend.« Und dann ging er.

Jetzt, wo ich gerade über Bord springen und alle hassen wollte, kommt jemand und überzeugt mich vom Gegenteil, bemerkte Annie in Gebärdensprache.

Frankie lächelte. Seine Annie war bei allem, was sie tat, mit Herz und Seele bei der Sache. Wenn sie jemanden mochte, so ließ sie denjenigen das unverhohlen spüren. Und wenn jemand sie enttäuschte oder unhöflich war, zögerte sie nicht, das demjenigen mitzuteilen. Er spürte erneut, wie sie sich wieder entspannte, und war Manuel dankbar, dass er ihm geholfen hatte, sie zu beruhigen.

»Wie spät ist es?«, fragte sie und sah zu ihm auf.

Frankie lächelte. Er liebte es, an der frischen Luft zu sein und das Wasser vorbeiziehen zu sehen, während sie auf diesem schönen Segelboot standen, aber im Moment konnte er nur daran denken, Annie zurück in ihr Zimmer zu bringen und ihr zu zeigen, wie sehr er sie liebte. Niemand setzte sich so für ihn ein wie sie. Niemand war ein so großer Verfechter seiner Sache wie sie. Er hatte verdammtes Glück, und das wusste er auch.

Er war nicht reich. Er würde nie der beliebteste oder schönste Mann im Raum sein. Er würde es wegen seiner Behinderung immer schwer haben, aber Annie hatte ihm nie, kein einziges Mal das Gefühl gegeben, dass er weniger wert war, weil er so war, wie er war, oder weil er seinen Lebensunterhalt mit dem verdiente, was er tat. Wenn überhaupt, dann war sie dafür verantwortlich, dass er ein gesundes Selbstwertgefühl hatte. Von der Zeit, als sie noch Kinder waren, bis heute, sagte sie ihm ständig, wie toll, klug, gut aussehend und stark er sei.

Es ist an der Zeit, dass ich mich selbst davon überzeuge, ob du wieder ganz gesund bist oder nicht, sagte er zu ihr, und das Verlangen stieg in ihm auf.

Er spürte die sofortige Veränderung in ihrem Verhalten. Ihr Körper verschmolz mit seinem und sie lächelte. »Tatsächlich?«, fragte sie ihn.

»Allerdings.«

»Ich bin *wirklich* wieder ganz gesund«, sagte sie mit verführerischer Stimme.

»Ich werde dich ganz genau untersuchen müssen, um festzustellen, ob das tatsächlich der Fall ist«, entgegnete Frankie.

Annie strahlte, dann griff sie nach seiner Hand und drehte sich um. Sie zog ihn hinter sich her, als sie die Treppe hinunter und zu ihrem Zimmer ging.

Frankie lachte und folgte ihr. Er würde dieser Frau überallhin folgen. Und zwar fraglos.

KAPITEL NEUN

Frankie schloss und verriegelte die Tür hinter sich und starrte Annie an. Er hatte beim Abendessen nicht gelogen. Sie sah heute Abend absolut atemberaubend aus. Sie trug ein einfaches Sommerkleid mit Spaghetti-Trägern. Das schwarze Kleid mit den gelben Blumen hatte ein enges Oberteil, bevor es an den Hüften weit auslief und knapp über dem Knie endete. Der Rock war locker und fließend, und es juckte ihn in den Händen, sie auszuziehen.

Seine Annie war atemberaubend. Ihr Körper war muskulös und durchtrainiert, aber sie war immer noch ganz Frau, kurvig an den richtigen Stellen. Sie beschwerte sich oft, dass ihre Oberschenkel und ihr Hintern zu dick waren, aber Frankie würde nichts an ihr ändern. Es war ihm egal, ob sie fünfzig oder hundertfünfzig Kilo wog, er würde sie nie weniger lieben. Ihm war klar, dass einige Männer behaupten würden, er hätte etwas verpasst, da er mit keiner anderen Frau zusammen gewesen war, aber Frankie wusste, dass sie sich irrten.

Die einzige Frau, die er je gewollt hatte und je wollen *würde*, war die, die jetzt vor ihm stand.

Als wäre ein Schalter in ihm umgelegt worden, richtete Frankie sich auf und schritt auf sie zu. Er konnte sehen, wie Annies Puls in ihrem Hals pochte. Sie wollte ihn. Brauchte ihn. Vielleicht sogar mehr, als er sie im Moment brauchte. Während des letzten Monats hatte er absichtlich seine Hände bei sich behalten, während sie gesund wurde. Der Versuch, mit ihr zu schlafen, wenn sie gebrochene Rippen hatte, wäre zu schmerzhaft gewesen. Es war für keinen von ihnen leicht gewesen, aber wenn es eine Sache gab, die er während ihrer Jahre beim Militär gelernt hatte, dann war es, dass Vorfreude ihren Liebesakt so viel intensiver machte.

»Nur zu, geh ins Bad«, sagte Frankie. Sie lebten lange genug zusammen, dass er wusste, dass sie sich gern zuerst fürs Bett fertig machte. Annie stellte sich auf die Zehenspitzen und küsste ihn sanft, dann drehte sie sich um und ging in das kleine Bad in ihrer Kabine.

Frankie ging zum Bett und schlug die Decke zurück, dann zog er alles bis auf seine Boxershorts aus. Er packte seine schmutzige Kleidung in einen der Seesäcke, die Annie weggeräumt hatte, und schaltete dann alle Lichter aus, außer dem neben dem Bett. Er wünschte, er hätte vorausgedacht und ein paar hübsche Blumen oder so etwas gekauft, irgendetwas, um das Zimmer weniger ... spartanisch zu gestalten. Aber er wusste, dass Annie sich nicht darum scherte, geschweige denn ihm so etwas übel nehmen würde.

Es dauerte nicht lange, da kam Annie aus dem Bad. Sie trug das übergroße T-Shirt, in dem sie gern schlief, und ihre Wangen waren vor Erwartung rosig. Gott, wie er sie liebte. In einem alten T-Shirt war sie genauso schön und verführerisch wie in einem sexy Nachthemd. Sie brauchte ihn gar nicht zu verführen; sie tat es einfach, indem sie sie selbst war.

Frankie lächelte sie an und ging ins Bad, um sich selbst die Zähne zu putzen. Er überlegte, ob er die äußere Vorrichtung seines Implantats abnehmen sollte, entschied aber, dass er jedes Seufzen und Stöhnen aus Annies Mund hören wollte. Er würde es abnehmen, bevor er einschlief.

Er verließ das Bad und legte sich zu ihr unter die Decke. Er seufzte zufrieden, als Annie sich sofort an ihn kuschelte. Sie legte ihren Kopf auf seine Schulter und schlang einen Arm um seine Brust.

»Ich wäre nirgends lieber als hier bei dir«, bemerkte Frankie nach einem Moment.

Er spürte, wie ihr Atem sanft seine Brust streichelte. »Geht mir genauso«, antwortete sie. Dann stützte Annie ihr Kinn auf die Hand und sah ihn in dem schwach beleuchteten Zimmer an. »Ich hasse es, dass andere all diese vorgefassten Meinungen über dich haben, nur wegen deines Implantats und der Tatsache, dass du taub bist.«

Frankie zuckte mit den Achseln. »Du weißt doch, dass mir das egal ist.«

»Das *weiß* ich«, sagte sie mit gerunzelter Stirn. »Aber Leute wie diese arroganten Arschlöcher beim Abend-essen machen mich immer noch so verdammt wütend.«

»Wenn ich mir mein Leben lang jedes Mal, wenn ich das Haus verlasse, darüber Gedanken mache, was andere

Leute denken, ginge es mir denkbar schlecht«, erklärte Frankie ihr. »Mir sind nur meine Freunde und meine Familie wichtig. Solange die stolz auf mich sind, ist alles in Ordnung.«

»Ich bin stolz auf dich«, sagte Annie sofort.

Frankie lächelte. »Das weiß ich doch.«

»Und ich weiß, dass du intelligenter bist als achtzig Prozent der Bevölkerung«, fügte sie hinzu.

»Nur achtzig Prozent?«, neckte Frankie.

Annie zuckte mit den Achseln. »Es gibt immer solche Leute wie Brain und seinen Sohn, die super, *super*schlau sind. Du bist einfach nur superschlau«, scherzte sie.

»Damit kann ich leben«, sagte Frankie. »Ich liebe dich. Bei niemandem habe ich mich je so gewollt und geliebt gefühlt wie bei dir.«

»Nicht mal bei Jenny?«, fragte Annie leise.

Jenny war ein Mädchen, das er schon sein ganzes Leben lang kannte, schon damals in Kalifornien. Sie waren seit Schulbeginn in derselben Klasse, und sie war schon immer in ihn verknallt gewesen. Annie mochte sie nicht. Es gab keinen guten Grund für ihre Gefühle, denn Jenny war immer sehr nett gewesen und hatte sich nicht danebenbenommen, aber Frankie verstand sie. Während ihrer Jugend war Annie aufgebracht darüber gewesen, dass Jenny immer in seiner Nähe war, Tag für Tag zusammen in der Schule, und sie nicht. Ihre Eifersucht war echt, und egal, wie oft Frankie ihr versicherte, dass er nie mehr als Freundschaft für Jenny empfunden hatte, konnte er ihre Abneigung gegen das andere Mädchen nicht vertreiben.

»Nicht mal Jenny«, erklärte Frankie ernst.

Annie seufzte erneut und legte ihren Kopf wieder an seine Schulter. »Ich weiß, ich mache mich lächerlich. Aber sie hat so *viel* von deiner Zeit abgekriegt. Ich kann nur sagen, dass es gut ist, dass sie nicht auf dieselbe Universität wie du gegangen ist. Ich bin mir nicht sicher, ob ich in der Lage gewesen wäre, damit umzugehen.«

Das war ein weiterer Pluspunkt für Annie, wie er fand. Sie hatte keine Angst, ihre Unzulänglichkeiten offen zuzugeben. Jenny war schon immer ein wunder Punkt bei ihr gewesen, und sie wusste das.

Da er nicht über eine andere Frau sprechen wollte, während sie im Bett lagen, selbst wenn es jemand war, den er seit fast einem Jahrzehnt nicht mehr gesehen hatte, fuhr Frankie mit seinen Fingern sanft an Annies Arm auf und ab. Ihre Haut war seidenweich und er wusste, dass sie am Ende ihres zweiwöchigen Urlaubs braungebrannt sein würde und die Stressfalten um ihre Augen hoffentlich verschwunden sein würden. Er hatte vor, seine Frau zu verwöhnen und jeden gemeinsamen Moment ihrer Auszeit zu genießen. Zwei Wochen am Stück zusammen zu sein, ohne dass einer von ihnen arbeiten musste und ohne die ständige Gefahr, dass sie zu einem Einsatz gerufen wurde, war einfach himmlisch.

So sehr er sich auch darauf freute, mit Annie zu schlafen, so sehr genoss er dies. Die Intimität. Die Nähe. Einfach mit ihr über nichts zu reden. »Du hast dich wohl im Haus deiner Eltern sehr wohlgefühlt.«

Annie nickte. »Wenn ich mit Mom und Fletch zusammen bin, lädt das meine Batterien irgendwie auf. Mit ihnen und ihren Freunden. Sie lieben einander alle so sehr, selbst nach all den Jahren.«

»Das stimmt«, fügte Frankie hinzu.

»Und auch wenn ihre Zusammenkünfte verrückt sind, machen sie so viel Spaß. Ich kann es kaum erwarten zu sehen, was für einen Unsinn alle auf unserer Hochzeit machen werden.«

Frankie versteifte sich kurzzeitig, zwang sich dann aber, sich wieder zu entspannen ... was Annie allerdings nicht entging.

»Was? Was ist denn?«

»Nichts«, beruhigte Frankie sie.

Sie sah ihn verwirrt an, dann schloss sie die Augen kurz und schüttelte den Kopf. »Verdammt, ich bin eine Närrin«, sagte sie leise.

»Nein, bist du nicht«, entgegnete Frankie. Er hasste es, wenn sie sich selbst herabsetzte, selbst wenn sie nur einen Scherz machte.

Annie stützte sich auf einen Ellbogen neben ihm und legte eine Hand an seine Wange. »Bin ich doch. Ich habe mit meinem Vater darüber gesprochen und mit meiner Mutter und sogar mit einigen der anderen Frauen ... aber ich habe nie etwas zu dir gesagt, was schrecklich ist. Frankie ... ich bin bereit. Ich will ein Datum für die Hochzeit festlegen. Dich heiraten. Fletch sagte, wir könnten den Hochzeitsempfang in ihrem Haus abhalten, wenn du einverstanden bist. Er versprach, er würde sogar Wachen aufstellen, damit sich das, was bei seiner eigenen Feier passierte, nicht wiederholt.«

Frankie schluckte schwer. *Genau das.* Das war es, was er sich gewünscht hatte, seit er sieben Jahre alt war. Annie zu heiraten. Er hatte getan, was sein Patenonkel vorgeschlagen hatte, er hatte ihr Freiraum gelassen. Er hatte nie versucht, sie zu etwas zu drängen, wozu sie noch nicht bereit war. Er hätte sein ganzes Leben lang gewartet, und wenn sie es nie offiziell hätte machen wollen, wäre das auch in Ordnung gewesen.

Aber seine Annie zu sehen, wie sie zum Altar auf ihn zuging? Die ihm versprach, ihn zu lieben, bis dass der Tod sie scheidet? Das wäre buchstäblich ein Lebenstraum, der in Erfüllung geht.

»Frankie?«, fragte Annie und er konnte ihr die Sorge an der Stimme anhören.

Er rollte sie herum, bis sie unter ihm lag, und sah sie dann liebevoll an. »Es wäre perfekt, den Hochzeitsempfang bei deinen Eltern abzuhalten«, erklärte er ihr. »Ich liebe dich so sehr, Annie. Das habe ich immer getan. Ich habe nie wirklich verstanden, warum du mich gewählt hast, aber ich werde dafür sorgen, dass du es nie bereuen wirst.«

Annie grinste ihn an. »Meine Mutter wird wieder maßlos übertreiben«, warnte sie ihn.

»Das ist mir egal.«

»Du wirst einen Smoking tragen müssen. Und auf Hochglanz polierte schwarze Schuhe. Und weil ich keine engen Freundinnen habe, hat sie bereits vorgeschlagen, dass alle *ihre* Freundinnen Brautjungfern sein sollen.«

»Kein Problem.«

»Und das bedeutet, dass ihre Ehemänner wahrscheinlich deine Trauzeugen sein werden.«

»Annie, du und deine Mutter könntet siebenundvierzig Leute organisieren, die mit uns am Altar stehen, und es wäre mir immer noch egal. Solange du an meiner Seite bist, wird mich alles andere nicht stören.«

»Das sagst du jetzt«, sagte Annie und verdrehte die Augen. »Fletch hat schon darüber nachgedacht, meinen Panzer so umzubauen, dass er unsere Ringe ferngesteuert zum Altar fahren kann, wenn es so weit ist.«

Frankie lachte. Das würde er Fletch durchaus zutrauen.

»Und ich bin mir sicher, dass meine Mutter versuchen wird, diese blöden Spielzeugsoldaten unter die Blumenblätter zu mischen, die in den Gang geworfen werden. Ich werde wahrscheinlich über einen davon stolpern.«

Frankie konnte nicht aufhören zu lächeln. Er hatte die Bilder gesehen und die Geschichte gehört, wie Annie als Blumenmädchen bei der Hochzeit ihrer Mutter und Fletch ihre kostbaren Plastiksoldaten in ihren Korb geschmuggelt hatte. »Wahrscheinlich«, stimmte er zu.

Annie atmete tief durch. »Wahrscheinlich sollten wir einfach zum Standesamt gehen oder nach Vegas fahren oder so.«

Frankie schüttelte den Kopf. »Kommt gar nicht infrage. Du bist der Liebling aller, und das weißt du auch. Du würdest alle am Boden zerstören, wenn du das tust. Truck würde wahrscheinlich weinen. Und niemand will sehen, wie der große böse Truck wie ein Baby heult.«

Annie grinste. »Das stimmt. Ich weiß allerdings nicht, wie lange die Planung der Hochzeit dauern wird«, warnte sie.

Frankie wurde ernst. »Das spielt keine Rolle. Ein Monat, zwei ... drei Jahre. Es wird nichts an der Tatsache ändern, dass ich mit dir für immer zusammen sein will. Als ich um deine Hand anhielt, versprach ich dir, dich für immer zu lieben. In guten und in schlechten Zeiten, in Reichtum und in Armut, in Krankheit und in Gesundheit. Daran hat sich nichts geändert, Annie. Wenn überhaupt, dann fühle ich es sogar noch stärker. Ich brauche keine große Zeremonie, um meine Liebe zu dir zu beweisen, aber ich weiß, wie viel dieser Tag deiner Familie bedeuten wird. Also bin ich gern bereit, alles zu tun, was du und sie wollen. Aber wenn wir dann am Ende des Tages nur zu zweit sind, so wie jetzt, möchte ich, dass du mit dem Wissen einschläfst, was am wichtigsten ist – dass du einen Mann hast, für den du immer an erster Stelle stehen wirst. Der alles tun wird, damit du glücklich und zufrieden bist. Der dich mit seinem letzten Atemzug beschützen wird, wenn es sein muss.«

»Frankie«, flüsterte Annie, der das offensichtlich zu viel war.

»Du weißt wirklich nicht, wie großartig du bist. Du siehst nicht, wie andere Männer dich voller Begierde anstarren. Ich weiß, dass du dich für ein wenig merkwürdig und nicht sehr weiblich hältst, aber da liegst du so verdammt falsch, dass es beinahe schon witzig ist. Ich bin unglaublich glücklich darüber, dass du mit mir zusammen bist, und werde es nie als selbstverständlich hinnehmen. Ich liebe dich genau so, wie du bist, mit all deinen Besonderheiten und allem Drum und Dran. Mir gefällt an dir, dass du es für eine angenehme Beschäftigung hältst, den Hindernisparcours eines jeden Armeestützpunktes, in dessen Nähe wir uns befinden, zu überwinden und dabei einen Haufen Kinder mitzuschleppen. Du hast eine wunderschöne Seele, Annie, und du bist mir so unheimlich wichtig.«

»Okay, und jetzt hör schon auf zu reden«, bat sie ihn. »Ich fühle mich immer noch wie eine Närrin, weil ich mit jedem außer dir über unsere Hochzeit geredet habe. Das war so unhöflich.«

Frankie lachte. »Du könntest mich sogar mit meiner eigenen Hochzeit überraschen und ich würde es dir nicht übel nehmen. Aber ich möchte dir helfen, wo ich nur kann. Wenn du die Planung ganz deiner Mutter überlassen möchtest, ist mir das recht. Wenn du selbst einen Teil der Planung übernehmen möchtest, auch in Ordnung. Ich werde mir bücherweise Hochzeitseinladungen ansehen und überall mit dir hingehen, um Blumen auszusuchen und Kuchen zu kosten, wenn du möchtest. Ich möchte einfach nur, dass du glücklich bist, mein Schatz. Mehr nicht.«

»Ich bin glücklich«, versicherte sie ihm. »Obwohl …« Dann begann sie, sich unter ihm zu winden, und Frankie runzelte verwirrt die Stirn und stützte sich ein wenig ab, um ihr mehr Platz zu geben. Als sie sich aus ihrem T-Shirt gewunden hatte und nackt unter ihm lag, nahm Frankie sich ausgiebig Zeit, sie anzusehen.

Sie war immer wunderschön. Aber nackt? Da raubte sie ihm den Atem.

»Bitte rede nicht zu viel und lass stattdessen Taten sprechen«, erklärte sie frech.

Frankie hatte nichts dagegen einzuwenden. »Mach die Augen zu«, befahl er ihr.

Sie tat sofort, was er verlangte.

Es verblüffte ihn, dass Annie ihm die Kontrolle über ihr Liebesspiel überließ. Sie hatte mehr als einmal zugegeben, dass es befreiend war, im Schlafzimmer nicht die

Führung übernehmen zu müssen, weil sie die schwierigen Entscheidungen in ihren Teams selbst traf. Umgekehrt war Frankie in seinem Alltag so entspannt, dass es sich erfrischend anfühlte, beim Sex die Zügel in die Hand zu nehmen.

Er sagte sich, dass er es wegen ihrer Rippen ruhig angehen lassen sollte, obwohl es schon so verdammt lange her war, dass er mit seiner Frau geschlafen hatte, und atmete tief durch. Er hatte vor, ihr genau zu zeigen, wie viel sie ihm bedeutete. Und wenn es sie dabei beide in den Wahnsinn trieb, umso besser.

Ganz langsam beugte er sich vor und küsste ihr Schlüsselbein. Dann den Puls, der in ihrem Hals hämmerte. Er bewegte sich an ihrem Körper hinunter, liebkoste sie dabei immer weiter. Er gab ihr einen Kuss auf den Bauch und genoss es, wie sie tief einatmete. Sie war kitzelig, und das war nur noch etwas, von dem er wusste, dass nur er sich darüber im Klaren war, und das gefiel ihm außerordentlich.

Frankie spreizte sanft ihre Beine und küsste die Innenseite ihres Oberschenkels. Dann den anderen. Er schaute an ihrem Körper hinauf und sah, dass er Annies ungeteilte Aufmerksamkeit hatte. Das war gut.

Entschlossen, dafür zu sorgen, dass sie es genoss, schloss er die Augen und machte sich daran, die Frau zu befriedigen, die er mehr liebte, als er es je in Worte fassen konnte.

Annie wachte am nächsten Morgen auf und fühlte sich völlig entspannt. Es war sehr lange her, dass sie nichts Dringendes zu tun hatte, dass sie aufstehen und es erledigen musste. Sie brauchte nicht zum Training zu gehen. Sie brauchte nicht darüber nachzudenken, an welchen Besprechungen sie an diesem Tag teilnehmen würde. Sie musste sich keine Gedanken darüber machen, ob sie zum Dienst einberufen oder auf einen Einsatz geschickt wurde.

Als sie sich träge streckte, stellte sie fest, dass sie allein im Bett lag. Sie öffnete die Augen und sah, dass Frankie in der Nähe des Badezimmers stand und sie anstarrte. Annie errötete, als sie sich an ihr Liebesspiel in der Nacht zuvor erinnerte, und lächelte. »Guten Morgen.«

»Guten Morgen, meine Schöne«, sagte Frankie.

»Was machst du da?«

»Ich sehe dich an«, erklärte ihr Mann, ohne zu zögern. »Und ich kann es kaum fassen, dass du mir gehörst.«

Ab und zu sagte Frankie etwas, das sie so sehr an ihren Vater und seine Freunde erinnerte. Sie machten nie einen Hehl aus ihrer Liebe zu ihren Frauen, und es gefiel ihr verdammt gut, dass Frankie auch so war. Sie liebte auch seine Dominanz im Schlafzimmer. Das machte sie so an, und letzte Nacht war es auch nicht anders gewesen. Er hatte sich viel Zeit gelassen, jeden Zentimeter ihres Körpers geküsst und gestreichelt, bevor er sie sanft, langsam und zärtlich geliebt hatte.

Dann, nachdem er sich vergewissert hatte, dass sie keine Schmerzen mehr von ihren jüngsten Verletzungen hatte, hatte er sie erneut genommen, heftig und rau. Er verwandelte sich in den dominanten, kraftvollen, wilden Liebhaber, als den sie ihn auch kannte.

»Ich gehöre dir, sowie du mir gehörst«, erklärte Annie.

»Genau. Ich dachte, ich ziehe los und hole uns etwas, damit wir im Bett frühstücken können. Du weißt schon, nur um sicher zu gehen, dass wir Dottie, Megan oder ihren Ehemännern nicht wieder begegnen. Ich möchte mir den Tag nicht gleich wieder vermiesen lassen.«

Annie grinste. »Das hört sich toll an. Wie lange haben wir noch Zeit, bevor die Seemänner in die Takelage klettern und die Segel hissen?«

»Johnny hat gesagt, sie würden es so um neun Uhr versuchen.«

Johnny war für die Gästebetreuung an Bord verantwortlich. Annie würde sagen, dass er eine Art Kreuzfahrtdirektor war. Auch wenn es sich um ein kleines Schiff handelte, musste doch jemand alles organisieren und dafür sorgen, dass die Passagiere zufrieden waren.

Als Annie auf die Uhr schaute, sah sie, dass es erst sieben war. Was für sie an einem normalen Tag sehr spät gewesen wäre, aber sie fühlte sich extrem faul. »Da mich gestern Abend jemand auf Trab gehalten hat, schlafe ich vielleicht noch ein Stündchen oder so«, erklärte sie Frankie.

Daraufhin setzte er sich in Bewegung und kam zu ihr ans Bett. Er setzte sich und beugte sich vor, um sie zu küssen. »Bleib im Bett, so lange du willst. Heute sind wir den ganzen Tag auf dem Meer. Es gibt nichts, was wir tun müssen, und ich bin mir sicher, dass du während der nächsten zwei Wochen genügend Gelegenheit dazu haben wirst, dabei zuzusehen, wie die Segel gesetzt und wieder eingeholt werden.«

Lange im Bett zu bleiben hörte sich großartig an. »Okay.«

»Okay«, wiederholte Frankie. »Ich gehe nach unten und bringe dir einen Kaffee und vielleicht etwas Obst oder so zum Frühstück.«

»Danke. Und lass dir von niemandem etwas gefallen«, erklärte Annie.

»Mach dir keine Sorgen um mich, ich komme schon klar.«

Doch sie machte sich natürlich trotzdem Sorgen. Annie machte sich immer Sorgen um Frankie. Nicht weil sie ihm nicht zutraute, auf sich selbst aufzupassen, sondern weil der Gedanke, dass jemand auf ihn herabsehen könnte, sie völlig wahnsinnig machte. Das war schon immer so gewesen.

Frankie küsste sie noch einmal auf die Stirn, bevor er sich aufrichtete. Heute trug ihr Mann ein kurzärmeliges grünes Hemd und eine kurze Hose. Er sah entspannt und glücklich aus.

»Ich liebe dich«, sagte er auf dem Weg zur Tür.

»Ich dich auch«, erklärte Annie.

Er lächelte sie an, bevor sie hörte, wie sich die Tür hinter ihm schloss. Sie hörte, wie er mit jemandem auf dem Flur sprach, und sie nahm an, dass er wahrscheinlich dem Hauspersonal mitteilte, dass sie drinnen noch schlief. Das war ihr Frankie. Immer so rücksichtsvoll, immer auf sie bedacht. Er ließ sie ausschlafen, wenn sie konnte, machte ihr Frühstück, hinterließ ihr kleine Liebesbriefe im Haus und eine Million anderer Dinge.

Annie war im letzten Jahr so sehr damit beschäftigt gewesen, neue Männer in ihrem Team auszubilden und dafür zu sorgen, dass alle bei ihren Einsätzen am Leben blieben, dass ihr klar wurde, dass sie sich der Dinge, die Frankie für sie tat, gar nicht mehr bewusst war. Die Wäsche war immer gewaschen und gefaltet, wenn sie nach Hause kam. Er kochte. Er putzte. Brachte jede Woche den Müll raus. Er mähte den Rasen, bezahlte ihre Rechnungen und holte Geburtstagskarten für all ihre sogenannten Cousins und Cousinen. Und das alles tat er, während er selbst noch arbeitete.

Er war nicht perfekt. Er ließ immer das Licht an, was sie wahnsinnig machte; sie schaltete hinter ihm ständig das Licht aus. Er schaute selten eine Sendung am Stück, er schaltete ständig zwischen den Kanälen hin und her, anstatt ein Programm ganz zu Ende zu sehen. Der Digitalrekorder war voll mit Sendungen, die er aufnahm, sich aber nie ansah. Und es ärgerte sie *sehr*, wenn er schlecht gelaunt war und seinen Sprachprozessor ausschaltete und sich dann weigerte, sie anzusehen, sodass sie nicht mit ihm kommunizieren konnte. So etwas würde ein Dreijähriger vielleicht tun, aber er tat es Gott sei Dank nur sehr selten. Trotzdem machte es Annie wahnsinnig.

Aber sie konnte mit all seinen kleinen Fehlern absolut umgehen, denn sie hatte genauso viele. Er war so gut zu ihr und Annie wusste, dass sie nie jemanden finden würde, dem sie mehr vertraute. Als sie heranwuchs, hatten sie und Frankie so viel gemeinsam erlebt. Sie hatten sich Briefe geschrieben und sich online ausgetauscht, so oft ihre Eltern es erlaubten. Er war wirklich ihr bester Freund, und sie war seine beste Freundin.

Annie grinste und streckte sich. Sie spürte diese erotischen Schmerzen, die sie schon lange nicht mehr gespürt hatte. Ja, man konnte mit Sicherheit sagen, dass sie Frankie behalten würde. Für immer.

Ein Verlangen, ihn zu heiraten, überkam sie. Sie hatten es so lange vor sich hergeschoben, dass die Intensität ihres Bedürfnisses, Mrs. Annie Sanders zu werden, nicht allzu überraschend war. Sie wollte sich so fest an ihn binden, dass er sie nie wieder loswerden würde. Es war ein kleines Wunder, dass er so lange zu ihr gehalten hatte, wenn man die Herausforderungen ihrer Karriere bedachte. Sie würde nicht riskieren, ihn jetzt zu verlieren. Nicht dass sie dachte, sie würde ihn verlieren, aber ein kleines bisschen Angst war immer da, in ihrem Hinterkopf.

Wie sie ihre Mutter kannte, würde sie die gesamte Hochzeit schon geplant haben, wenn Annie und Frankie aus dem Urlaub zurückkamen. Der Gedanke war nicht unangenehm.

Annie rollte sich auf die Seite und zog Frankies Kopfkissen in ihre Arme. Sie atmete tief ein und ließ seinen Moschusduft in ihre Lunge strömen. Sie schloss die Augen und ließ sich in einen leichten Schlummer fallen, zutiefst glücklich und zufrieden.

KAPITEL ZEHN

Die Tage vergingen wie im Flug. Eine Woche war im Handumdrehen um. Fast jeden Tag legte das Schiff an einer anderen kleinen Insel in der Karibik an. Annie hatte keine Lust, im Meer zu schwimmen oder zu schnorcheln, also erkundeten sie die Inseln lieber zu Fuß. Manchmal nahmen sie mit einer Gruppe an den geplanten Aktivitäten teil, ein anderes Mal waren sie auf eigene Faust unterwegs.

Sie aßen in lokalen Restaurants, nahmen an einem Fußballspiel teil, als sie eines Tages an einer kleinen Schule vorbeikamen, und besichtigten alte Ruinen und Festungen. Annie konnte sich nicht erinnern, wann sie sich jemals so unbeschwert gefühlt hatte. Schon gar nicht, seit sie der Armee beigetreten war.

Die Reise machte ihr umso mehr klar, dass es die beste Entscheidung war auszusteigen. Sie war stolz auf das, was sie erreicht hatte, aber sie wollte mehr, als von Land zu Land zu reisen und dabei vermeiden, getötet zu werden, während sie gleichzeitig versuchte, andere umzubringen. Sie wollte sich ein Leben mit Frankie aufbauen, Zeit mit ihrer Familie verbringen und einfach die Zukunft im Allgemeinen genießen.

Trotz einiger scheinbar überheblicher oder einfach nur unhöflicher Passagiere auf dem Schiff hatten sie ein paar Leute kennengelernt, die etwas bodenständiger waren. Beim Mittag- und Abendessen konnten sie sich mit einigen der Gäste gut unterhalten. Auch Manuel und Frankie hatten Zeit miteinander verbracht, und Annie konnte sehen, dass Manuel selbst nach diesen relativ kurzen Besuchen etwas von seiner Unsicherheit verloren hatte, und die Gebärdensprache fiel ihm von Mal zu Mal leichter.

Für heute war ein Ausflug zu einer großen unbewohnten Insel auf den Bahamas geplant, von der sie den Freundinnen ihrer Mutter erzählt hatte. Annie kannte den Namen nicht genau, nur dass die Kreuzfahrtgesellschaft den Strand an der Südseite der Insel besaß. Die meisten Gäste freuten sich zwar auf den heutigen Zwischenstopp, weil der Strand absolut malerisch war, aber Annie zog Inseln mit Städten vor, um mit den Einheimischen ins Gespräch zu kommen und abgelegene Cafés zu finden. Sie wollte die verschiedenen Kulturen kennenlernen.

Johnny versprach, dass das Schnorcheln am Strand unvergleichlich war und das türkisfarbene Wasser wunderschöne Fotomotive bot. Annie hatte versucht, Frankie zu überreden, mit der Gruppe zu schnorcheln, aber er hatte abgelehnt und gesagt, er wolle seine Zeit lieber mit ihr verbringen.

Und da Annie nicht gern schwamm, hatte sich das erledigt.

Zum Glück sagte Johnny, dass es auf der Insel auch eine Wanderroute durch den Regenwald gäbe, die die Gäste erkunden könnten. Es waren allerdings nur zwei Kilometer hin und zurück, und obwohl die Hitze und die Luftfeuchtigkeit ziemlich hoch waren, sehnte Annie sich nach einem intensiveren Work-out. Sie war nicht mehr in der Lage, so wie früher zu laufen, und obwohl sie fast sicher war, dass sie ihrem Kommandeur sagen würde, dass sie aus der Armee ausscheiden würde, wenn ihre Wiederverpflichtung anstand, war sie noch nicht ausgeschieden. Deshalb musste sie in Form bleiben. Es war sehr wahrscheinlich, dass sie bis dahin mindestens einmal auf einen Einsatz geschickt wurde, vielleicht auch öfter.

Die Passagiere mussten warten, bis sie an Bord der kleineren Schlauchboote gehen konnten, die sie an Land brachten, aber das machte Annie nichts aus. Sie hatte kein Problem damit, dass sich die ungeduldigeren Gäste in die ersten Boote drängten. Als sie an der Reihe waren, schwitzte sie bereits. Es war drei Uhr nachmittags und die Sonne stand immer noch hoch am Himmel, sodass die sengenden Strahlen auf sie fielen, als sie zum Ufer fuhren.

Als sie am Strand ankamen, waren die meisten Gäste bereits im Wasser und schnorchelten oder lagen in der Sonne, um sich zu bräunen.

»Das letzte Boot fährt um fünf«, erklärte Manuel ihnen. Er gehörte zu den Seeleuten, die dazu ausgewählt worden waren, die Gäste vom und zum Segelboot zu transportieren.

Kein Problem, erklärte Frankie ihm in Zeichensprache.

»Viel Spaß!«, erklärte der andere Schlauchbootfahrer. »Da es nicht so aussieht, als wären Sie zum Schwimmen angezogen: Der Wanderweg ist gleich da drüben auf der rechten Seite. Er schlängelt sich durch einen Teil des Dschungels und führt am anderen Ende des Strandes wieder heraus. Sie können entweder am Strand zurückgehen oder umkehren und durch den Dschungel zurückkehren. Nach etwa einem Kilometer gibt es eine Abzweigung, an der Sie links abbiegen müssen.«

»Und wohin führt der andere Weg?«, fragte Annie, die ihre Neugier nicht beherrschen konnte.

»Nach einer gewissen Zeit zur Nordseite der Insel, aber der Weg ist nicht gerade und er wird auch nicht gepflegt. Es gibt viele unwegsame Stellen und man kann sich leicht verirren. Denken Sie also daran, bei der Abzweigung links zu gehen. Schließlich wollen Sie nicht hier zurückgelassen werden«, riet der Seemann ihnen.

»Obwohl«, erklärte Frankie lächelnd, »hier ist es wirklich verdammt schön.«

»Das stimmt. Aber wahrscheinlich hängen Ihnen die Kokosnüsse schon bald zum Hals raus«, erklärte der andere Kerl lächelnd. »Und außerdem«, sagte er und senkte die Stimme, »wollen Sie doch nicht von Piraten entführt werden. Oder auf Dinosaurier treffen, die heimlich gezüchtet werden und süß aussehen, aber absolut tödlich sind, oder?«

Annie brach in Lachen aus. »Beziehen Sie sich etwa auf den zweiten Teil von *Jurassic Park*? Wo die schicke

Jacht vor einer Insel haltmacht und das junge Mädchen von den Compies angegriffen wird ... diesen winzigen Dinosauriern?«

»Natürlich«, erklärte der Seemann und zwinkerte ihr zu. »Also bleiben Sie besser auf dem Weg.«

»Wir passen schon auf uns auf«, erwiderte sie leichthin und zog an Frankies Hand. »Und falls wir tatsächlich irgendwelche Dinosaurier sehen, sagen wir Ihnen Bescheid.«

Der Seemann lachte leise und winkte ihnen zu. Annie konnte es kaum erwarten, loszulegen und aus der heißen Sonne herauszukommen. Im Wald wäre es zwar genauso feucht, aber wenigstens konnten sie im Schatten wandern.

Sie hörte, wie Frankie leise hinter ihr lachte, als sie ihn in Richtung des Pfades zog.

»Hast du es eilig?«, fragte er sie.

»Manchmal vergesse ich, wie sehr manche Leute mich nerven«, neckte Annie ihn.

Frankie lachte daraufhin nur noch mehr. »Ich frage mich, wie viele Leute sich hier draußen wohl verloren haben«, entgegnete er nachdenklich.

»Meine Frage ist, wenn sie nicht wollten, dass die Leute über die Insel auf die andere Seite gehen, warum gabelt sich der Weg dann überhaupt? Sie hätten einen neuen Weg anlegen sollen, bei dem man nicht einmal die Möglichkeit hat, falsch abzubiegen.«

»Stimmt auch wieder«, erklärte Frankie und drückte ihre Hand.

Sie gingen einige Minuten lang schweigend durch den Wald, bevor Frankie trocken feststellte: »Aber könnten wir uns bitte nicht im Eilmarschtempo fort-bewegen?«

Annie wurde sofort langsamer. »Entschuldige«, sagte sie und zog die Nase kraus. »Es tut einfach nur so verdammt gut, mir die Beine zu vertreten und ein wenig sportliche Betätigung zu bekommen.«

Frankie hielt abrupt inne und zog sie in seine Arme. Annie wäre verärgert gewesen, weil sie beide schon ziem-lich verschwitzt waren, und er wusste, dass sie es nicht mochte, jemanden beim Training zu berühren, aber seine Umarmung erinnerte sie sofort an den vorherigen Abend. Die Hitze, die sie im Bett erzeugten ... wie er unerbittlich dafür gesorgt hatte, dass sie zutiefst befrie-digt wurde, bevor er an seine eigenen Bedürfnisse dachte. Sie hatte genügend Horrorgeschichten aus dem Schlaf-zimmer von anderen Frauen gehört, um zu erkennen, wie gut sie es mit Frankie hatte.

»Entspann dich, mein Schatz«, erklärte er ihr. »Wir sind im Urlaub. Wir stürmen nicht die Strände der Normandie oder ein Versteck der Taliban.«

»Ich weiß«, seufzte sie. »Ich brauche eben nur ein anständiges Training.«

Frankie zog eine Augenbraue hoch und grinste, als Annie klar wurde, was sie da gerade gesagt hatte. »Ich meine, das Training, das ich gestern Abend bei uns im Bett bekommen habe, war gut, aber ...«

Er küsste sie schnell. »Ich weiß, was du gemeint hast. Aber gehen wir es einfach etwas langsamer an und sehen, wohin uns dieser Pfad führt. Wenn wir ihn mehr als einmal gehen müssen, damit du erschöpft genug bist, tun wir das eben.«

Annie lächelte. »Habe ich dir heute eigentlich schon gesagt, dass ich dich liebe?«, fragte sie ihn.

»Ja, aber ich bekomme nie genug davon, also sag es ruhig, so oft du willst«, erklärte er ihr.

»Ich liebe dich, Frankie. Ich weiß wirklich nicht, wie du es manchmal mit mir aushältst, aber ich weiß es trotzdem sehr zu schätzen.«

»So schlimm bist du nun auch wieder nicht«, versicherte er ihr grinsend. »Auch wenn du mir die Bettdecke klaust, deine Schuhe überall im Haus herumliegen lässt und nicht mal Wasser kochen kannst.«

Annie lachte. »Warum gehst du nicht voran? Dann wird das Ganze nämlich ein entspannter Spaziergang und kein superanstrengendes Training.«

»Du kannst schon mal vorlaufen und dann umdrehen und dich wieder mit mir treffen«, schlug Frankie ihr vor.

Annie schüttelte den Kopf. »Nein. Ich möchte lieber mit dir zusammenbleiben. Schließlich bin ich im Urlaub. Es wird mich schon nicht umbringen, wenn ich nicht Hunderte von Kilometern mit einem zwanzig Kilogramm schweren Rucksack auf dem Rücken zurücklege.«

»Du gerätst schon nicht außer Form«, versicherte Frankie ihr.

»Ich weiß. Und außerdem werde ich einen Haufen Sachen verpassen, wenn ich vorangehe. Du bist wirklich wahnsinnig gut darin, mir Vögel und andere interessante Insekten und solche Sachen zu zeigen.«

»Okay. Aber wenn ich zu langsam bin, sag mir bitte Bescheid.«

Sie machten sich wieder auf den Weg, dieses Mal mit Frankie an der Spitze. Er ging in einem halbwegs gemächlichen Tempo und hielt oft an, um sich coole Pflanzen und Blumen anzuschauen.

Annie hatte keine Ahnung, wie viel Zeit vergangen war, aber es dauerte nicht lange, bis sie an die Weggabelung kamen, vor der sie gewarnt worden waren.

Frankie stand davor und schaute erst nach rechts – wo sie eindeutig nicht hingehen sollten – und dann nach links. Jemand hatte ein dünnes Seil über den Weg nach rechts gespannt. Annie sah es sehnsüchtig an. In der Ferne konnte sie einen leichten Anstieg durch die Bäume erkennen, der ein etwas besseres Training ermöglichen würde, und sie konnte sich des Eindrucks nicht erwehren, dass es einfach ein wenig aufregender wäre, den verbotenen Pfad zu erkunden. »Weißt du, sie haben gesagt, die Insel sei unbewohnt«, sagte Frankie nachdenklich.

Annie grinste und sah zu ihm hoch. »Das haben sie«, stimmte sie ihm zu.

Er sah auf die Uhr. »Und wir haben noch viel Zeit. Besonders wenn wir in deinem Tempo gehen. Wahrscheinlich könnten wir bis zu dem anderen Strand gehen und wären trotzdem noch rechtzeitig zurück, um das letzte Schlauchboot zum Schiff zu erwischen.«

»Seit wann bist du denn so abenteuerlustig?«, fragte Annie.

»Seit ich mit dir zusammen bin«, erklärte Frankie, ohne zu zögern.

»Aber eigentlich sollten wir auf dem linken Pfad bleiben«, rief sie ihm ins Gedächtnis, ohne sich eigentlich bewusst zu sein, warum sie halbherzig versuchte, ihm den verbotenen Pfad auszureden. Sie wollte nämlich auf jeden Fall den Pfad nach rechts nehmen.

Frankie zuckte mit den Achseln. »Was soll ich sagen, ich fühle mich heute ein bisschen rebellisch?«

»Das gefällt mir. Und falls der andere Strand verlassen ist ... können wir ja vielleicht herausfinden, ob Sex am Strand wirklich so toll ist, wie alle behaupten«, entgegnete sie grinsend.

Frankie machte große Augen. »Ähm ... nein. Ich liebe dich, aber Sand auf meinem Schwanz zu haben steht nicht gerade auf meiner Liste der Dinge, die ich erleben möchte. Außerdem könnte der Mist auch für dich höchst unangenehm sein. Kannst du dir vorstellen, zum Schiffsarzt zu gehen und erklären zu müssen, warum du einen fiesen Ausschlag an deiner Muschi hast?«

Annie brach in Lachen aus, nickte aber. »Schon gut, schon gut, du hast ja recht.«

»Wenn wir ein Handtuch dabeihätten, dann vielleicht«, erklärte Frankie. »Und ich habe auch keine Lust, das Risiko einzugehen, Blätter und solche Sachen zu finden, auf die wir uns legen können, denn bei meinem Glück versteckt sich darin eine riesige, tödliche Spinne, die mich in den Hintern beißt. *Dann* müsste *ich* dem Schiffsarzt erklären, wie es eine tropische Spinne geschafft hat, in meine Shorts und Unterwäsche zu gelangen und mich zu beißen.«

Annie konnte vor Lachen kaum sprechen. »Ich habe doch gesagt, schon gut!«, brachte sie schließlich hervor.

»Es gefällt mir, dich so lachen zu sehen«, bemerkte Frankie zärtlich.

»Komm schon, bevor ich noch ganz heiß und wuschig

werde von all dem Gerede von Sand und Spinnen«, erklärte Annie, griff nach seiner Hand und zog ihn vom Pfad, damit sie um das Seil, das ihnen den Weg versperrte, herumgehen konnten.

»Oh, heiß bist du ja jetzt schon«, scherzte Frankie.

Annie verdrehte die Augen. Ihr Mann war ein Spinner, aber anders hätte sie ihn auch nicht haben wollen.

Sie gingen weiter und Annie gefiel das Gefühl, dass sie die Einzigen auf der Insel waren. Die Vögel zwitscherten über ihnen und die Blätter wehten in der leichten Brise. Der erdige Geruch von Erde und Sand unter ihren Füßen trug zu dieser Atmosphäre bei.

Der Weg, den sie gewählt hatten, verzweigte sich mehrere Male. Einige der Pfade, denen sie folgten, waren kaum mehr als Tierpfade, aber Annie hatte keine Angst, sich zu verlaufen. Erstens befanden sie sich auf einer Insel, da konnten sie nicht so weit vom Weg abkommen. Und zweitens hatte sie schon immer einen ausgezeichneten Orientierungssinn gehabt. Sie wusste, dass sie sie ohne Probleme zum Strand auf der anderen Seite der Insel zurückbringen konnte. Aber sie konnte sich gut vorstellen, dass andere sich verirren mochten.

»Hier ist es wunderschön«, erklärte Annie, nachdem sie eine Weile gewandert waren.

»Das stimmt«, erklärte Frankie hinter ihr. Sie ging erneut vorneweg.

»Wie viel Zeit bleibt uns noch?«, wollte sie wissen.

Frankie sah auf seine Armbanduhr. »Wir haben noch reichlich Zeit«, versicherte er ihr. »Wir sind seit noch nicht mal einer Stunde unterwegs.«

»Okay.« Annie hob den Kopf und atmete tief ein. »Riechst du das?«, fragte sie.

»Ja. Wir sind wohl schon fast auf der anderen Seite der Insel.«

Annie nickte zustimmend. Der Geruch des Meeres war stärker. Sie waren über einen Bergrücken gestiegen, der die Insel wahrscheinlich in eine Nord- und eine Südseite teilte. Während auf der Südseite, wo das Boot in der Nähe des Privatstrands geankert hatte, das Wasser ruhig war und nur eine leichte Brise wehte, war die Nordseite viel wilder und stürmischer.

Eben noch waren sie von Bäumen umgeben, und im nächsten Moment standen sie am Anfang eines langen Strandabschnitts. Annie pflichtete innerlich ihrer früheren Einschätzung bei. Diese Seite der Insel eignete sich nicht so gut für Touristen, die herumliegen und sich entspannen wollten. Und zum Schnorcheln war sie definitiv nicht geeignet. Die Brandung war rau und peitschte auf den Sand. Der Strand selbst war sehr felsig, nicht zu vergleichen mit dem weichen Sand auf der anderen Seite der Insel.

Aber aus irgendeinem Grund gefiel Annie dieser Strand besser. Er war rauer, echter. »Hier ist es wunderschön«, hauchte sie.

»Das stimmt«, pflichtete Frankie ihr bei.

Annie ging langsam am Strand entlang und nahm alles in sich auf. Der Wind peitschte die Haarsträhnen, die sich aus ihrem Pferdeschwanz gelöst hatten, auf ihre Wangen und ihren Nacken, und sie spürte, wie das Salz in der Luft ihre Haut benetzte. Sie atmete tief ein und konnte sich ein Lächeln nicht verkneifen. Sie fühlte sich in diesem Moment so lebendig wie schon lange nicht mehr.

Frankie stand etwa drei Meter hinter ihr und ließ sich Zeit, während er die Gegend betrachtete. Keiner von beiden sprach, sie genossen einfach die Atmosphäre des Augenblicks und die schöne Landschaft.

Etwa auf halber Strecke am Strand entlang sah Annie etwas vor sich, nahe der Baumgrenze. Sie konnte sich nicht erklären, was sie da sah. Es sah aus wie ein Haufen Kisten ... aber das ergab keinen Sinn. Sie waren ganz allein und die Insel war unbewohnt, also was zum Teufel hatte sie da gesehen?

Sie ging ein wenig schneller, begierig darauf, das Rätsel zu lösen. Als sie sich den geheimnisvollen Behältern bis auf etwa einen Meter genähert hatte, blieb sie stehen.

Ein Mann stand plötzlich hinter den Kisten auf, direkt hinter den Bäumen – und für eine kurze Sekunde starrten sie sich einfach an. Es schien, als wäre der Mann genauso überrascht, sie zu sehen, wie sie ihn.

Instinktiv wich Annie einen Schritt zurück. Dieser Mann hatte etwas an sich, das ihr die Haare auf den Armen zu Berge stehen ließ. Er hatte blondes Haar und einen sehr struppigen Bart, als hätte er sich seit mindestens einer Woche nicht rasiert. Sein Hemd war schmutzig und seine Shorts zerrissen. Er sah ... verdammt nervös aus. Ähnlich wie die Leute, die sie auf Missionen gesehen hatte, die versuchten, sich in ihre Umgebung einzufügen, aber viel zu aufgeregt und nervös waren, um irgendjemanden davon zu überzeugen, dass sie ganz normalen, alltäglichen Dingen nachgingen.

Aber es war das, was er in der Hand hielt, das sie dazu brachte, sich Frankie zuzuwenden.

Sie hatte die Absicht, ihm zu sagen, er solle fliehen, aber Frankie lief bereits auf sie zu.

Annie wandte den Blick wieder dem Mann zu, den sie überrascht hatten, aber sie sah nur, dass er nicht mehr dort war, wo sie ihn zuletzt gesehen hatte, als er plötzlich neben ihr stand und ihr die Waffe in seiner Hand an den Kopf drückte.

»Keine Bewegung«, knurrte er.

Annie erstarrte. Sie wollte diesen Mistkerl entwaffnen, aber für den unwahrscheinlichen Fall, dass es ihr nicht gelang, wollte sie sich nicht ausmalen, was er ihr oder Frankie antun würde. Außerdem wusste sie nicht, ob er allein war oder nicht. Sie brauchte mehr Informationen, bevor sie etwas unternahm.

»Was zum Teufel?«, rief Frankie, als er näher kam.

»Komm nicht näher oder ich schieße!«, rief der Typ.

Frankie ignorierte ihn und lief weiter auf sie zu.

»Ich meine es ernst!«, warnte ihn der Mann.

»Er ist taub«, rief Annie.

»Was?«

»Er ist taub«, wiederholte sie. »Aber er kann Zeichensprache. Ich kann übersetzen, was du ihm sagst, aber dazu muss ich meine Hände benutzen. Bitte erschieß mich nicht.« Annie war besorgt, dass sie ein bisschen zu viel schauspielerte, aber wenn dieser Mistkerl nicht wusste, dass Frankie tatsächlich hören konnte, könnte das zu ihren Gunsten sein.

»Sag ihm, er soll verdammt noch mal stehen bleiben«, sagte der Typ und drückte den Lauf der Pistole stärker gegen ihren Kopf.

Du hättest in die andere *Richtung laufen sollen,* erklärte Annie Frankie.

Frankie blieb drei Meter vor ihr stehen. *Glaubst du, ich würde dich alleine lassen? Kommt überhaupt nicht infrage,* erwiderte er in Zeichensprache.

Und obwohl er nichts sagte, konnte Annie an seinem Gebärden sehen, wie verärgert er war.

»Ich dachte, diese Insel sei unbewohnt«, erklärte sie dem Mistkerl.

»Falsch gedacht«, erwiderte dieser. »Auf der Nordseite, nicht allzu weit von hier, stehen ein paar verfallene alte Hütten. Soweit wir das beurteilen können, ist jemand aus Nassau herübergekommen und hat wahrscheinlich auf der Insel gehaust.« Dann senkte der Mann die Stimme und murmelte leise: »Von all den verdammten Inseln mussten wir uns ausgerechnet diese aussuchen.«

Wir. Da hatte sie die Antwort auf ihre Frage, ob dieser Mistkerl alleine war oder nicht. Und er war Amerikaner. Annie konnte bei ihm keinerlei Akzent erkennen.

»Pass auf, lass uns einfach gehen und wir kehren zur anderen Seite der Insel zurück«, bat sie leise. »Es ist uns egal, was ihr macht. Wir sind im Urlaub. Wir wollen keinen Ärger.«

»Tja, aber es sieht wohl so aus, als hättet ihr den trotzdem bekommen«, entgegnete der Mann. »Wir können nicht zulassen, dass ihr geht und jemandem erzählt, dass wir hier sind. Und wir können euch auch nicht erschießen, denn die Idioten in den Hütten könnten uns hören und kommen, um nachzusehen, was los ist. Und davon mal ganz abgesehen nehme ich an, dass ihr mit diesem verdammt schicken Boot gekommen seid. Und *diese* Idioten könnten die Schüsse ebenfalls hören und nachsehen. Vorläufig müssen wir also alle still sein und ihr müsst tun, was ich sage.«

»Was zum Teufel ist hier los, Garrett?«, fragte der andere Mann, der gerade zwischen den Bäumen hervortrat und auf sie zustürmte.

Annie wurde verdammt nervös. Der Mistkerl – Garrett – hatte zwar schon gesagt, dass er nicht allein auf der Insel war, aber Annie hatte gehofft, dass der andere schlafen würde oder so was. Mit einem einzelnen Mann konnte sie es problemlos aufnehmen, zwei hingegen waren schon schwieriger. Besonders weil der zweite Mann ebenfalls eine Waffe trug. *Verdammt, verdammt, verdammt.*

»Wir haben Gesellschaft«, erklärte Garrett.

»Was du nicht sagst, du Schlaumeier«, erklärte der Mann angewidert. Dann kam er auf Annie zu und ließ den Blick lüstern über ihren Körper wandern.

»Lass sie in Ruhe«, erklärte Frankie mit harter Stimme.

»Hat der einen an der Klatsche?«, fragte der zweite Mann, nachdem er Frankies Stimme gehört hatte.

Annie sah rot. »Nein, er hat keinen an der Klatsche. Und das ist ja wohl die schlimmste Beleidigung, die es gibt.«

»Er *hört* sich aber so *an*, als hätte er einen an der Klatsche«, erklärte Garrett.

Annie straffte sich, bereit, beide Männer zu töten.

Ganz ruhig, Annie. Konzentrier dich, erklärte Frankie in Gebärdensprache.

»Was macht er da? Hat er einen Anfall?«

»Er ist taub«, informierte Garrett seinen Freund. »Oder zumindest behauptet sie das.«

»Das ist er«, bestätigte Annie. »Er hört sich anders an, weil er sich nicht selbst hören kann. Es ist unmöglich, die Betonung von Worten zu lernen, die man nicht gehört hat. Wenn jemand dir ein Buch gäbe, das auf Französisch oder Spanisch oder jeder x-beliebigen anderen Sprache geschrieben ist, würdest du dich auch ziemlich merkwürdig anhören, wenn du versuchst, es zu lesen.«

»Hä? Also kann er uns nicht hören?«, fragte der zweite Mann.

»Nein.«

»Und du sprichst mit deinen Händen mit ihm?«

»Ja«, erwiderte Annie knapp.

»Sag ihm, er soll seinen Hintern hierher bewegen und sich hinter die Kisten setzen«, befahl er.

Tu es nicht, sagte Annie zu Frankie. *Dreh dich einfach um und flieh. Der Überraschungseffekt ist auf deiner Seite, aber dafür hast du einen Vorsprung. Und vielleicht schaffen sie es nicht aufzuholen. Du kannst zum anderen Strand zurückkehren und Hilfe holen.*

Ich lasse dich hier nicht allein, erklärte Frankie und machte ein böses Gesicht.

Annie liebt ihren Mann sehr, doch im Moment war sie wütend über seine Sturheit.

»Was hat er gesagt?«, fragte Garrett.

»Er will wissen, was ihr mit uns vorhabt«, log Annie.

»Wenn ihr das tut, was wir euch sagen, wird euch

nichts passieren«, erklärte der zweite Typ. »Wir müssen nur noch einen Tag auf dieser blöden Insel bleiben, bevor wir abgeholt werden.«

Wie lautet der Plan?, wollte Frankie wissen.

Ich weiß es noch nicht, erklärte Annie ihm. *Es hört sich nicht so an, als würden sie uns töten wollen. Wahrscheinlich müssen wir einfach abwarten, bis sie verschwunden sind.*

Sie wollen uns nicht töten? Dieser Mistkerl hält dir eine Waffe an den Kopf, Annie!

»Was sagt er?«

»Er will wissen, wo er sich hinsetzen soll. Und was in den Kisten ist.« Annie war sich nicht sicher, ob sie es wirklich wissen wollte. Aber wenn es sich um Waffen handelte, konnte sie sich vielleicht eine schnappen, um ihre Chancen ein bisschen zu erhöhen.

»Sollen wir es ihr sagen, Travis?«, fragte Garrett belustigt, während er weiterhin die Waffe auf ihren Kopf gerichtet hielt und Frankie langsam dorthin ging, wo er sich hinsetzen sollte.

Travis folgte ihm. »Du willst wissen, was in den Kisten ist?«, fragte er ihn.

Annie wusste nicht, ob er sich absichtlich wie ein Vollidiot benahm oder ob er vergessen hatte, dass Frankie ihn eigentlich nicht hören konnte. Sie tippte auf Ersteres. *Du darfst nicht reagieren,* warnte sie Frankie, als er einen Blick in ihre Richtung warf. Doch tief in ihrem Inneren wusste sie, dass er der Tolerantere der beiden war. Wenn überhaupt, musste sie sich selbst sagen, nicht zu reagieren, und nicht Frankie.

»Kokain«, erklärte Travis. »Wir werden verdammt reich sein, sobald diese Lieferung abgeholt wird. Wir sind hier, um persönlich dafür zu sorgen, dass die Lieferung reibungslos abläuft. Unsere Jungs kommen von Miami runter, um uns und den Stoff zu holen.«

Annie versteifte sich. Verdammt.

»Setz dich dorthin«, forderte Travis Frankie auf, winkte ihm mit der Waffe und zeigte damit auf den Boden neben den Kisten. Garrett hatte sie um die Kisten herumgeführt und sie sah, dass die beiden Männer weiter hinten im Wald eine Art kleines Lager errichtet hatten. Es gab eine kleine Feuerstelle und überall lag Müll herum. Zwei Hängematten waren zwischen den Bäumen aufgespannt und ein großer Krug, von dem Annie annahm, dass er Wasser enthielt, stand an einer Seite. Was sie nicht sah, waren irgendwelche anderen Waffen. Sie hatte gehofft, eine in die Hände zu bekommen.

Garrett griff nach ihrem Arm und zog daran, sodass Annie fast auf den felsigen Boden fiel. Frankie stieß ein Geräusch aus und wollte sich erheben, aber Travis hob seine Pistole und richtete sie auf seinen Kopf. »Setz dich wieder hin«, erklärte er drohend.

Alles in Ordnung, erklärte Annie Frankie.

Garrett lachte. »Anscheinend werden wir kein Problem damit haben, euch im Griff zu behalten. Wie wäre es damit: Wenn er irgendetwas versucht, erschieße ich dich, und wenn du irgendwas versuchst, ist er ein toter Mann. Sag ihm das.«

Garrett stupste sie mit dem Lauf seiner Pistole an und Hass stieg in Annie auf. *Deswegen* wäre es ihr lieber gewesen, wenn Frankie geflohen wäre. Wenn sie gewusst hätte, dass er in Sicherheit ist, hätte sie getan, was nötig war, um diese Mistkerle zu überwältigen. Aber sie hatte keinerlei Zweifel daran, dass sie Frankie erschießen würden, wenn sie auch nur zuckte. Sie musste diese Mistkerle denken lassen, dass sie die Oberhand hatten. Zumindest vorläufig.

»Sag es ihm«, wiederholte Garrett und stieß ihr mit der Waffe fester gegen den Schädel.

Wir müssen abwarten. Irgendwann müssen sie ja schlafen, erklärte Annie Frankie. *Bleib ruhig und gib ihnen keinen Grund, wütend auf uns zu werden.*

Sie unterschätzen mich, bemerkte Frankie.

Ich weiß. Und das kann von Vorteil für uns sein. Aber jetzt noch nicht, denn sie sind noch zu sehr alarmiert.

Frankie nickte und lehnte sich gegen die Kiste.

»Braver Junge«, erklärte Garrett grinsend. Dann führte er Annie zu einem Baum auf der anderen Seite des behelfsmäßigen Lagers und stieß sie zu Boden. Annie fiel auf die Knie und unterdrückte das Stöhnen, das ihr zu entweichen drohte, als sie mit dem Knie gegen einen scharfen Stein stieß. Wenn Frankie auch nur einen Moment lang dachte, dass sie verletzt war, würde er durchdrehen. Wenn die Kacke am Dampfen war, würde er sterben, um sie zu beschützen. Es spielte keine Rolle, dass sie eine Soldatin der Spezialeinheit war. Es spielte keine Rolle, dass sie auf sich selbst aufpassen konnte.

Frankie hatte nie vergessen, wie es sich angefühlt hatte, hilflos zu sein, als seine eigene Mutter versucht hatte, ihn zu entführen, als er ein Kind war. Jetzt hatte er einen riesigen Retterkomplex und die meiste Zeit hatte Annie nichts dagegen. Es fühlte sich gut an, wenn er sich für sie einsetzte ... aber jetzt war nicht der richtige Zeit-punkt, um den Kopf zu verlieren.

Mir geht's gut, sagte sie ihm zum gefühlt hundertsten Mal.

Wenn er seine verdammten Hände nicht von dir lässt, wird er sie verlieren.

Wir müssen nur ruhig bleiben, wiederholte sie.

»Wenn er sich bewegt, erschieß ihn«, befahl Travis Garrett, während er sich über eine Tasche lehnte.

»Und was ist mit dem Lärm? Es könnten Leute kommen, um nachzusehen, was los ist«, fragte Garrett.

»Verdammt«, fluchte Travis. Dann schüttelte er den Kopf. »Wir lassen es einfach darauf ankommen.« Dann sagte er an Annie gewandt: »Du und dein Freund, ihr solltet euch extrem leise verhalten. Falls ihr das nicht tut, wird euch nicht gefallen, was dann passiert.«

Es war ein kleines bisschen beruhigend, dass sie sie nicht bereits erschossen hatten und dass sie sich Sorgen darüber machten, die Aufmerksamkeit auf diese Seite der Insel zu ziehen.

Dann stand Travis auf und hielt ein Seil in den Händen, und schon war jedes beruhigende Gefühl verschwunden.

»Wie Garrett schon gesagt hat: Solange du wie ein braves kleines Mädchen dasitzt und dein Freund das Gleiche tut, ist alles in Ordnung. Morgen kommen unsere Freunde und holen uns ab, und dann seid ihr wieder allein. In der Zwischenzeit kann ich nicht zulassen, dass ihr uns davonlauft«, erklärte Travis und ging neben ihr in die Hocke.

Mit geübtem Griff band er das eine Ende des Seiles

um den Baum, das andere um Annies Taille, wobei er eine Reihe komplizierter Knoten verwendete. »Ich fessle dir nicht die Hände, damit du für deinen bekloppten Freund übersetzen kannst.«

Sie biss die Zähne zusammen. »Hör auf, so was zu sagen. Er ist genauso schlau wie jeder andere auch. Sogar schlauer.«

»Ja, klar. Er hört sich ziemlich dumm an«, murmelte Travis und zog das Seil um sie herum fest.

Annie versuchte zu atmen. »Das ist viel zu fest«, jammerte sie.

»Halt den Mund, du dumme Kuh«, erklärte Travis, aber Annie stellte erleichtert fest, dass er die Fessel ein klein wenig lockerte.

Dann drehte sich der Psycho-Drogendealer um und schlug ihr mitten ins Gesicht.

Sie stöhnte auf, als die Wucht seiner Faust ihre Wange traf. Es tat weh, aber sie hatte auf ihrem Weg zum Green Beret schon viel schlimmere Schmerzen erlebt.

Garrett und Travis lachten.

»Sag deinem Freund, dass er und du noch viel mehr abkommt, falls er irgendetwas Dummes tun sollte. Du bist zwar nicht mein Typ … aber es ist schon eine Weile her, dass ich meinen Schwanz in eine Muschi gesteckt habe. Dafür bist du gerade gut genug. Sag ihm das.« Und um seine Worte zu unterstreichen, trat er ihr gegen den Oberschenkel.

Alles in Ordnung, erklärte Annie Frankie, da sie sehen konnte, dass er kurz davor stand auszurasten. *Er schlägt wie ein Mädchen.*

Ich werde ihn töten, erklärte Frankie.

Er will, dass du die Beherrschung verlierst, erklärte Annie schnell. *Es geht mir wirklich gut.*

Frankie nickte, aber sie konnte sehen, dass er nicht glücklich war. Ganz und gar nicht.

Annies Adrenalinspiegel stieg ins Unermessliche und sie wünschte sich nichts sehnlicher, als es diesem Mistkerl zu zeigen, aber sie musste es klug anstellen. Und im Moment war die Zeit ihr bester Freund. Sie müssten bald wieder auf ihrem Schiff sein. Wenn sie nicht auftauchten, würde der Kapitän sicher nach ihnen suchen. Sie musste nur den Kapitän dazu bringen, die Behörden der Bahamas um Hilfe zu bitten. Wenn das geschah, war es nur eine Frage der Zeit, bis man sie finden würde.

Annie wusste ohne jeden Zweifel, dass die Kavallerie gerufen werden würde. Sie und Frankie mussten nur geduldig sein und durften Travis oder Garrett bis dahin nicht verärgern.

»Was hat er gesagt?«, fragte Travis.

»Er will wissen, was ihr als Nächstes vorhabt«, improvisierte Annie schnell.

»Alles, was wir wollen«, entgegnete Travis und unterstrich sein Argument mit der Pistole. »Sag ihm das.«

Ich liebe dich, Frankie, erklärte Annie ihm. *Wir stehen das durch.*

Es tut mir leid, dass ich vorgeschlagen habe, dass wir diesen verdammten Pfad entlanggehen sollen, erwiderte Frankie.

Annie schüttelte den Kopf. *Du weißt doch ganz genau, dass ich dich ohnehin dazu überredet hätte.*

Stimmt auch wieder. Und dann sagte er und bewies damit wieder einmal, wie sehr sie aufeinander abgestimmt waren: *In ungefähr einer Stunde sollten wir zurück sein. Dann werden sie anfangen, nach uns zu suchen.*

»Was zum Teufel sagt er denn?«, fragte Garrett.

»Er hat einfach Angst«, erwiderte Annie. »Genau wie ich.«

»Sag ihm, dass er den Mund halten soll. Verdammt! Wer hätte gedacht, dass ein Tauber so nervig sein könnte, weil er so viel redet?«

Wir müssen sie dazu bringen, ihre Deckung sinken zu lassen. Hilfe ist bestimmt schon bald auf dem Weg, aber wenn wir vorher etwas ausrichten können, tun wir es.

Sag mir, was ich tun soll, und ich tue es, erklärte Frankie ihr.

Annie nickte. Gott, er war so ein guter Mann. Er zögerte nicht einmal, sie wissen zu lassen, dass er ihrer Führung folgen würde. Sie wussten beide, dass sie die Expertin war, wenn es um solche Situationen ging, und obwohl Frankie für sie sterben würde, war er bereit, sie ihr Ding durchziehen zu lassen, um sie aus dieser Situation herauszuholen.

Ihre Liebe zu ihm überwältigte sie in diesem Moment fast ... bevor ihr der Ernst der Lage bewusst wurde.

Frankie könnte heute sterben.

Annie hatte keine Angst vor dem Tod. Sie hatte ihm schon so oft ins Gesicht geschaut, dass er sie kaum noch beunruhigte. Aber der Gedanke, dass Frankie etwas zustoßen könnte, lähmte sie fast. Sie durfte ihn nicht verlieren. Sie konnte sich ein Leben ohne ihn nicht vorstellen.

Und mit diesem Gedanken stieg die Entschlossenheit in ihr auf.

Sie *würde* ihn nicht verlieren. Nicht an diese Mistkerle.

Vorläufig warten wir einfach ab, sagte sie zu Frankie.

Er nickte, dann senkte er den Kopf, als würden sie sich geschlagen geben.

KAPITEL ELF

Frankie lehnte an den mit Drogen gefüllten Kisten und versuchte, sich einen Plan zurechtzulegen. Aber Strategien zu entwickeln war Annies Stärke. *Er* konnte nur ruhig bleiben, damit keiner der Männer ihr etwas antat. Er hatte vorhin auf die Uhr geschaut und gesehen, dass es schon weit nach der Zeit war, zu der sie wieder am Strand hätten sein sollen. Der Kapitän und die anderen Angestellten wussten sicher schon, dass sie verschwunden waren.

Wahrscheinlich suchten sie den Strand und den Weg nach ihnen ab. Er hatte keine Ahnung, was passieren würde, wenn sie nicht schnell gefunden wurden. Hoffentlich würden sie die Suche ausweiten.

Einige der anderen Gäste an Bord wären sicher sauer, dass ihr Urlaub unterbrochen wurde. Dass sie nicht zu ihrem nächsten Ziel aufgebrochen waren. Ein paar der Leute, die sie kennengelernt hatten, würden sich Sorgen machen. Vielleicht würden sie sich sogar freiwillig melden, um bei der Suche zu helfen. Aber es würde bald dunkel werden und Frankie glaubte nicht, dass die Kreuzfahrtgesellschaft wollte, dass zahlende Gäste im Dunkeln durch den Wald stapften. Wahrscheinlich würden nicht einmal ihre eigenen Angestellten das tun wollen.

Das war für ihn in Ordnung. Frankie wollte nicht, dass jemand anderes über Garrett und Travis stolperte. Er hatte das Gefühl, dass sie nicht zögern würden, jeden zu erschießen, der es wagte, ihnen bei der Auslieferung ihrer Drogen in die Quere zu kommen.

Annie hatte recht, sie mussten sich einfach bedeckt halten. Sie durften die Männer mit den Waffen nicht verärgern.

Während der letzten Stunde hatten Travis und Garrett in einiger Entfernung von ihm gesessen und sich unterhalten. Sie hatten ihre Waffen griffbereit, aber solange er keine plötzlichen Bewegungen machte, schienen sie ihn zu ignorieren.

Er hatte schon einiges von ihnen erfahren, da sie dachten, er könne nicht hören. Und jede Information, die er bekam, hatte er an Annie weitergegeben. Zuerst hatten die Männer wissen wollen, worüber er und Annie sprachen. Sie log nach Strich und Faden und erfand so viel dummes Zeug, dass sie aufhörten zu fragen. Das war ein kolossal dummer Zug von ihnen. Sie hätten wissen müssen, dass sie darüber reden würden, wie sie fliehen konnten. Aber stattdessen beschwerten sie sich hauptsächlich über die Insekten und diskutierten darüber, wie viel Geld sie machen würden, wenn sie die Kisten zurück in die Staaten brachten.

Sie sind Brüder, sagte Frankie zu Annie. *Travis ist älter.*

Sie machen sich Sorgen, dass ihr Dealer ungeduldig wird. Wenn ihre Freunde sie zu spät abholen, könnte das Geschäft platzen.

Nicht unser Problem, sagte Annie.

Es könnte aber zu unserem werden, wenn sie deswegen nervös werden, konterte Frankie. *Es wäre besser, wir wären nicht hier, wenn die anderen Drogentypen auftauchen.*

Finde ich auch. Wir können bis mitten in der Nacht warten. Hoffentlich schläft dann einer oder beide ein und wir können uns davonschleichen.

Frankie gefiel es, dass sie nicht unbedingt darauf aus war, die beiden Männer dingfest zu machen. Ihm war es viel lieber, von dort zu verschwinden und es den Behörden zu überlassen, sich um die Brüder zu kümmern. Nicht dass er Annie das nicht zutraute, aber sie würden sich aufteilen müssen, während einer die Männer bewachte und der andere zum anderen Strand zurückging, um Hilfe zu holen. Auf keinen Fall wollte Frankie sich von Annie trennen.

Die Stunden vergingen, die Dunkelheit brach herein und Frankie ignorierte das Knurren seines Magens. Er war hungrig und durstig, aber mit angespannten Muskeln wartete er darauf, was die Männer mit ihnen anstellen würden.

»Was, wenn sie nicht auftauchen?«, fragte Garrett seinen älteren Bruder.

»Sie werden schon kommen«, erwiderte Travis.

»Aber was, wenn nicht?«, wollte Garrett wissen.

Sie sprachen wieder leise, in der Gewissheit, dass Frankie sie nicht hören konnte. Zum ersten Mal in seinem Leben war Frankie froh, dass er taub war. Es wirkte sich zu seinen und Annies Gunsten aus.

»Sie werden kommen«, erwiderte Travis leicht gereizt.

»Was sollen wir mit *denen* da machen?«, fragte Garrett.

Frankie erstarrte, während er auf Travis' Antwort wartete.

»Warten wir ab, was Martin mit ihnen vorhat.«

Garrett lachte leise. Frankie hatte eigentlich gedacht, dass der jüngere der Brüder etwas naiver und nicht ganz so gefährlich wie Travis war, deswegen waren seine nächsten Worte besonders ernüchternd.

»Er wird sicher keine Zeugen haben wollen, die uns identifizieren oder jemandem erzählen können, was hier stattgefunden hat. Glaubst du, er lässt es mich machen?«

Frankie erstarrte.

Worüber reden sie?, fragte Annie ungeduldig. Es war ihr ganz offensichtlich nicht recht, dass sie nicht selbst hören konnte, worüber die Brüder sich unterhielten.

Warte kurz, erwiderte er und lauschte angestrengt auf Travis' Antwort.

Der ältere der beiden Brüder zuckte mit den Achseln. »Warum nicht? Es ist ihm sicher egal, *wer* die beiden tötet, solange es getan wird. Du wirst ihnen in den Kopf schießen müssen, damit sie sofort tot sind und nicht mehr Lärm machen als nötig. Du musst gut zielen. Sicherstellen, dass sie sofort tot sind. Wir wollen nicht, dass jemand uns findet, bevor wir diese verdammte Insel verlassen können.«

»Das schaffe ich«, erklärte Garrett fast freudig. »Vielleicht sollten wir es jetzt gleich tun, sodass Martin sich keine Gedanken mehr über sie machen muss. Es freut ihn sicherlich, wenn er hier ankommt und wir haben schon alles erledigt.«

»Gute Idee«, entgegnete Travis, »aber wir müssen noch ein bisschen warten, denn ich bin mir sicher, dass die Leute vom Schiff nach ihnen suchen werden. Irgendwann tauchen sie auch auf dieser Seite auf, aber sicher nicht vor Tagesanbruch. Sie werden sich erst auf den Süden der Insel konzentrieren und auf den von ihnen angelegten Pfad. Also bleibt uns noch etwas Zeit. Wenn wir es jetzt tun, könnten sie vielleicht die Schüsse hören. Mit ein paar Einsiedlern kommen wir vielleicht noch klar, aber nicht mit der ganzen verdammten Schiffscrew.«

»Was, wenn sie uns finden, bevor Martin hier auftaucht?«, wollte Garrett wissen.

»Das werden sie nicht.«

»Wie kannst du dir da so sicher sein?«

»Eben weil! Und jetzt halt die Klappe!«, erklärte Travis seinem Bruder. »Wir müssen uns nur still verhalten, bis wir abgeholt werden. Und dann sind wir fein raus.«

Frankie hätte am liebsten die Augen verdreht. Sie mussten doch wissen, dass jemand vom Schiff zu jeder Zeit auftauchen konnte, egal ob nachts oder nicht. Wahrscheinlich war es schlau, keinen unnötigen Lärm zu machen, der ihren Standort preisgab, doch irgendwann würde die ganze Insel abgesucht werden und man würde sie finden. Auf keinen Fall blieb ihnen bis zum Morgengrauen Zeit, egal wann ihre Freunde auftauchten. Sie machten sich etwas vor, wenn sie dachten, sie hätten noch so viel Zeit.

»Na gut, ich denke aber trotzdem, dass wir uns um sie kümmern sollten, bevor Martin hier auftaucht. Denn dann ist er glücklich und wir haben bewiesen, dass wir kein Problem mit der Verantwortung haben, die die Arbeit für ihn mit sich bringt. Und wir können ihre Leichen mitnehmen und sie über Bord werfen, wenn wir weit genug rausgefahren sind. Man wird sie nie finden und niemand wird sie jemals zu uns zurückverfolgen können.«

»Das ist eine gute Idee«, stimmte Travis ihm zu und nickte langsam.

Neuer Plan, sagte Frankie in Gebärdensprache zu Annie. *Sobald wir die Chance dazu haben abzuhauen, sollten wir es tun.*

Was? Wovon reden die?

Sie denken, dass der Kerl, der morgen früh kommt, uns tot sehen will. Garrett ist begierig darauf, seinen ersten Mord zu begehen. Sie haben entschieden, dass es besser ist, wenn sie uns erschießen, bevor ihre Partner kommen.

Verdammt.

Ja, aber sie wollen noch etwas warten, in der Hoffnung, dass die Schüsse niemanden alarmieren, der nach uns sucht.

Okay, das wird uns etwas Zeit verschaffen.

Ich werde versuchen, das Messer zu finden, das Travis vorhin benutzt hat, und die Seile durchschneiden, mit denen sie dich am Baum festgebunden haben, bevor sie merken, was ich tue, sagte Frankie zu Annie. Er hatte keine Ahnung, wie er das anstellen sollte, aber er würde alles tun, was nötig war, um sie zu befreien. Selbst wenn er dafür erschossen werden würde.

Nicht nötig. Ich bin schon frei, entgegnete Annie.

Frankie blinzelte überrascht. *Du bist frei?*

Ja. Dieser Mistkerl weiß nicht das Geringste darüber, wie man jemanden richtig fesselt, und er hätte mir nicht die Hände freilassen sollen. Wir müssen nur darauf vorbereitet sein, sie auszuschalten, wenn sie das erste Mal ihre Deckung aufgeben.

Frankie hatte gefühlte tausend Fragen. Er hatte keine Ahnung, wie Annie es geschafft hatte, die Fesseln zu lockern, ohne dass ihre Entführer es bemerkten. Er wusste nicht, wie sie sie »ausschalten« wollte, wenn Travis und Garrett Waffen hatten und sie nicht, und er war sich nicht sicher, woher sie wissen würden, wann der richtige Zeitpunkt für ihren Einsatz gekommen war.

Bevor er etwas davon fragen konnte, traf ihn etwas Hartes an der Stirn.

Frankie zuckte vor Schmerz zusammen und hob sofort eine Hand an seinen Kopf. Er spürte etwas Nasses.

»Perfekt gezielt, Garrett!«

Frankie hob den Blick und sah die beiden Brüder lachen. Garrett holte aus und wollte einen weiteren Stein werfen.

»Hör damit auf«, knurrte er.

»Der Volltrottel spricht!«, krähte Travis.

Frankie war in seinem Leben schon oft beschimpft worden, sodass ihm das Schimpfwort gar nicht aufgefallen war. Er hatte während der letzten zwanzig Jahre sehr hart daran gearbeitet, deutlicher zu reden und die Wörter richtig auszusprechen, aber er würde sich immer anders anhören als Hörende. Es war ihm egal, denn Annie war es egal. Sie hatte Wunder für sein Selbstwertgefühl bewirkt.

Aber er wusste auch, wie sehr Annie es hasste, wenn

man ihn schlecht behandelte oder unhöfliche Bemerkungen über seine Stimme machte. Bevor die Situation aus dem Ruder lief, musste er etwas unternehmen. Das Wissen, dass Annie nicht hilflos war, dass sie nicht einfach ein einfaches Ziel am Baum wäre, wenn er die Brüder verärgerte, gab Frankie den Mut, zu versuchen, die Dinge voranzutreiben. Er wollte Annie sicher und wohlbehalten zurück auf ihrem Schiff haben. Weg von diesen unberechenbaren Drogendealern und *auf jeden Fall* fliehen, bevor ihre Komplizen auftauchten.

»Ich muss pinkeln«, platzte er heraus, als Garrett gerade den zweiten Stein warf. Frankie duckte sich und er landete über seinem Kopf und traf eine der Kisten hinter ihm.

»Du hast ihn verfehlt«, amüsierte sich Travis.

»Er hat sich bewegt. Es war nicht meine Schuld«, beschwerte sich Garrett.

»Später, wenn du ihn erschießt, musst du aber besser zielen«, bemerkte Travis.

»Habt ihr ihn nicht gehört?«, rief Annie hinter ihm. »Er hat gesagt, dass er pinkeln muss.«

Frankie behielt die Männer im Auge, da er nicht erneut von einem Stein am Kopf getroffen werden wollte. Er wollte daran glauben, dass Annie seinen Versuch, die Dinge voranzutreiben, erkannt hatte und ihn guthieß. Nun, da sie wussten, dass die Brüder vorhatten, sie zu töten, konnten sie nicht einfach herumsitzen und warten, was als Nächstes passieren würde.

»Ich habe ihn gehört«, fuhr Travis sie an.

»Wir sitzen hier schon seit Stunden«, sprach Annie weiter. »Ihr habt uns nichts zu essen oder zu trinken gegeben und wart selber mehrmals auf dem Klo. Kommt schon ... bitte?«, jammerte sie.

»Na gut. Garrett, geh du mit ihm«, entgegnete Travis achselzuckend.

»Warum ich? Mach du es doch. Ich will nicht mit dem Dorftrottel allein bleiben«, beschwerte sich Garrett.

»Hört verdammt noch mal auf, ihn so zu beschimpfen! Er ist nur taub«, rief Annie. »Nicht geistig beeinträchtigt.«

»Geistig beeinträchtigt«, wiederholte Travis lachend. »Das ist wohl der politisch korrekte Ausdruck für einen Volltrottel wie ihn, was?«

Frankie hatte das Gefühl, dass Annie ausflippen würde, wenn das Gespräch noch länger dauerte. Also sagte er: »Bitte? Ich verspreche, mich brav zu verhalten. Ich will nicht verletzt werden.« Er gab sein Bestes, um möglichst zahm zu klingen.

»Na gut«, murmelte Garrett und erhob sich. Er zielte mit der Pistole auf Frankie. »Steh auf.«

Frankie blieb in seiner Rolle, starrte den Mann an und runzelte die Stirn, als wäre er verwirrt.

»Verdammt«, sagte Garrett, während sein Bruder sich halb totlachte. »Steh auf!«, rief er lauter, als könnte er dadurch Frankie irgendwie helfen, ihn zu hören. Er machte mit den Händen eine Aufwärtsbewegung, wobei er mit der Pistole wie wild durch die Luft fuchtelte.

Frankie nickte und stand langsam auf, während er die Hände in die Luft hielt, als würde er sich ergeben.

»Sag ihm, dass ich dich töten werde, falls er irgendetwas Dummes anstellen sollte«, sagte Travis zu Annie.

Hör nicht auf ihn, entgegnete Annie in Gebärensprache. *Das ist ein guter Plan. Wir müssen sie voneinander trennen.*

Frankie hob die Hände, um zu fragen, wie der Plan aussehe, doch Garrett schlug ihm die Pistole auf die Hände.

Frankie schrie vor Überraschung und Schmerzen auf und sah den Mann böse an.

»Schluss mit dem Geplauder«, knurrte er. »Du willst pinkeln, und genau das werden wir jetzt tun. Geh voran.« Er deutete auf die Bäume hinter der Stelle, an der sie gesessen hatten.

Frankie ging auf die Bäume zu und überlegte, was er als Nächstes tun sollte. Er hatte keinen Zweifel daran, dass Travis Annie genüsslich erschießen würde, wenn er die Gelegenheit dazu hätte. Noch erschreckender war, was die beiden Männer ihr antun konnten, *bevor* sie sie töteten. Er war kein Idiot. Annie war hübsch, und er wollte nicht daran denken, wie diese Arschlöcher sie vergewaltigen würden, wenn sie die Gelegenheit dazu bekämen.

Auf keinen Fall würde er zulassen, dass sie seine Frau anrührten.

Er behielt Garrett im Auge, als sie ein Stück in den Wald hineingingen. Es war gut, dass er tatsächlich auf die Toilette musste. Wäre das nicht der Fall gewesen, wäre Garrett wohl durchgedreht.

»Da. Pinkel da hin«, sagte Garrett und gestikulierte zu einem Ort hinter dem Baum.

Frankie nickte und griff nach dem Verschluss seiner Shorts. Er tat, was er tun musste, und nickte Garrett zu, als er fertig war. Es war schwer zu glauben, dass die

Brüder so dumm waren, dass sie nicht herausgefunden hatten, was der Sprachprozessor an der Seite seines Kopfes war. Selbst wenn sie noch nie jemanden getroffen hatten, der taub war, mussten sie sich fragen, was zum Teufel er da hinterm Ohr trug. Vielleicht verdeckten seine Haare ihn genügend, dass keiner der Männer ihn bemerkt hatte.

»Los, zurück ins Lager«, befahl Garrett und zeigte erneut mit der Waffe in die Richtung, aus der sie gekommen waren.

Frustriert darüber, dass er keinen Plan im Kopf hatte und sich ihm keine Gelegenheit bot, etwas zu unternehmen, tat Frankie, wie ihm befohlen wurde, und ging zurück zum Lager. Er hasste es, Garrett den Rücken zuzukehren, und betete, dass der andere Mann nicht die Gelegenheit ergreifen würde, ihn auf der Stelle zu erschießen.

Gerade als sie sich dem Lager näherten, rief Garrett seinem Bruder zu: »Ich bin gleich wieder da. Ich geh auch pinkeln.«

»Mach doch, was du willst«, entgegnete Travis.

Frankie blieb nicht stehen, als er hörte, wie Garrett sich umdrehte und zurück zwischen die Bäume ging.

Sein Herz schlug schneller. Das war es. Das war es, worauf sie gewartet hatten. Sie hatten nicht viel Zeit, aber wenn sie Travis überwältigen konnten, bevor Garrett zurückkam, würden sie den zweiten Mann sicher auch überwältigen können.

Frankie ging schneller, um sich so viel Zeit wie möglich zu verschaffen, und war fest entschlossen. Ohne sich Zeit zum Nachdenken zu lassen, stürmte er auf die Lichtung und griff Travis an.

Der andere Mann saß immer noch auf dem Boden und sah nur den Bruchteil einer Sekunde auf, bevor Frankie ihn zu Boden warf.

»Ahhhhhh!«, rief Travis und Frankie verzog das Gesicht. Er hatte gehofft, das Arschloch so zu überraschen, dass er keine Zeit hatte, nach seinem Bruder zu rufen. Wenigstens hatte er es geschafft, ihm die Pistole aus der Hand zu schlagen. Frankie sah sie im Sand liegen, während er mit dem Drogendealer kämpfte.

Frankie wälzte sich mit Travis, während er darum kämpfte, den Mann zu überwältigen. Ein scharfer Schmerz traf ihn seitlich am Kopf. Als wäre ein Schalter umgelegt worden, wurde Frankies Welt still. Travis hatte es geschafft, ihm den Sprachprozessor vom Kopf zu reißen. Er wurde von einem starken Magneten festgehalten, aber es war nicht schwer, das Gerät zu entfernen.

Er konnte nun wirklich nichts mehr hören und hatte keine Ahnung, ob Annie versuchte, ihm etwas zu sagen oder nicht. Er wusste nicht, ob Garrett den Schrei seines Bruders gehört hatte und jetzt zurück zum Lager eilte.

Adrenalin strömte durch seine Adern und Frankie sah lange genug auf, um Annie an seiner Seite erscheinen zu sehen. Er las von ihren Lippen ab, als sie sagte: »Ich übernehme ihn. Kümmere du dich um Garrett.«

Frankie rollte sich von Travis weg, ohne weiter darüber nachzudenken, denn er vertraute darauf, dass seine knallharte Frau mit dem wütenden Drogendealer allein fertigwerden würde. Er hatte keinen Zweifel daran, dass Garrett, wenn er ins Lager kam und sah, was hier vor sich ging, nicht zögern würde zu schießen.

Gerade als Frankie auf die Beine kam, sah er Garrett. Es war offensichtlich, dass der andere Mann den Schrei seines Bruders gehört hatte und herbeigeeilt war, wobei sein Blick auf Annie und Travis gerichtet war.

Frankie zögerte nicht. Er war nie der sportliche Typ gewesen, aber er hatte sich im Laufe der Jahre viele Footballspiele angesehen. Mit nichts anderem im Kopf als dem Gedanken, Annie zu beschützen, stürzte sich Frankie auf Garrett, als dieser zwischen den Bäumen hervorkam. Er traf den anderen mit der Schulter in den Magen und beide gingen zu Boden. Mit voller Wucht.

Garrett war zwar schlank, aber er war ein Kämpfer. Frankie hatte keine Ahnung, was hinter ihm mit Travis und Annie geschah, aber er konnte sich auf nichts anderes konzentrieren, als den wütenden Mann zu bändigen, der sich unter ihm wand. Frankie griff nach Garretts Handgelenk und versuchte, die Waffe von sich weg zu halten.

Gerade als er glaubte, die Oberhand zu haben, krümmten sich Garretts Finger um den Abzug.

Frankie sah das Aufblitzen der Mündung und sein Gegner zuckte beim Geräusch des Schusses zusammen.

Garrett gab einen zweiten Schuss ab – und Frankie sah rot.

Er hatte keine Ahnung, wohin die Kugeln geflogen waren, aber er hatte Todesangst, dass eine davon Annie getroffen haben könnte. Er riss dem Mann die Waffe aus der Hand und warf sie blindlings in Richtung der Bäume. Mit all seiner Kraft schlug er Garrett ins Gesicht. Einmal. Zweimal. Ein drittes Mal.

Frankie hatte in seinem ganzen Leben noch nie

jemanden geschlagen. Er mochte keine Konfrontationen, vermied sie um jeden Preis. Aber in diesem Moment überkam ihn etwas und er wusste, wenn er das hier und jetzt nicht beendete, steckten er und Annie tief im Schlamassel.

Er sah, wie sich Garretts Lippen bewegten, aber er war zu sehr in seiner Wut versunken, um die Worte von seinen Lippen abzulesen. Er schlug weiter auf den anderen Mann ein, bis dieser beide Hände vor sein Gesicht nahm, um Frankies Angriff abzuwehren.

Eine Berührung an seiner Schulter ließ Frankie herumwirbeln, bereit, es mit Travis aufzunehmen.

Es war Annie, die neben ihm stand.

Geh und pass auf Travis auf, sagte sie in Gebärdensprache. *Ich bringe das zu Ende.*

Frankie blickte über Annie hinweg und sah Travis regungslos auf dem Sand liegen. Er hatte keine Ahnung, ob der Mann tot war, aber wenn ja, würde er keine Träne um ihn vergießen.

Noch bevor Frankie nickte, setzte Annie sich in Bewegung. Sie gab ihm kaum eine Chance, aus dem Weg zu gehen, bevor sie Garrett auf den Bauch drehte und begann, ihn mit demselben Seil zu fesseln, mit dem die Männer sie an den Baum gefesselt hatten. Sie wickelte das Seil um seine Handgelenke, riss dann seine Beine hoch und fesselte seine Hände an die Knöchel.

Frankie eilte dorthin, wo er Garretts Pistole vermutete, fand sie zum Glück schnell und trug sie zu den Kisten hinüber. Er legte sie auf eine der Kisten und kehrte zurück, um Annie zu helfen. Sie hatte Garrett bereits vollständig überwältigt.

Er hatte schon immer gewusst, wie erstaunlich seine Frau war, aber in diesem Moment wurde es ihm erst richtig bewusst.

Sie schleppte Garrett gerade in das Lager in die Nähe seines Bruders, ohne dass es den Anschein hatte, als müsste sie sich dazu sonderlich anstrengen. Sie war von Kopf bis Fuß mit Sand und Kratzern bedeckt, weil sie mit Travis gerungen hatte, und schien nicht einmal aus der Puste zu sein.

Frankie hingegen wusste, dass er so schwer atmete, als hätte er gerade einen Fünfkilometerlauf im Vollsprint hinter sich. Er spürte, wie sein Herz raste, und er wusste, dass es ihm peinlich wäre, wenn er sich selbst beim Schnaufen hören könnte.

Behalte sie im Auge. Wenn sie sich bewegen, erschieß sie, sagte Annie in Gebärdensprache, dann ging sie dorthin zurück, wo er mit Garrett gekämpft hatte.

Frankie nahm die Pistole wieder in die Hand und tat sein Bestes, um sie ruhig zu halten, aber seine Hände zitterten. Es war kaum zu glauben, dass sich ihre Situation in nur wenigen Minuten so drastisch verändert hatte. Er hatte keine Ahnung, was Annie tat, aber als sie sich bückte und etwas vom Boden aufhob und dann wieder auf ihn zuging, wurde es ihm klar.

Sie hielt seinen Sprachprozessor in der Hand.

Sie hatten gerade einen Kampf um Leben und Tod hinter sich und sie wusste nicht nur, dass das Gerät abhandengekommen war, sondern es war ihre oberste Priorität, es für ihn zu bergen.

Frankie war schwindelig und er schwankte, dann ging er rückwärts, sodass die Kisten ihn aufrecht hielten, während er Annie beobachtete. Er rührte sich nicht, als sie sich ihm näherte, nach seinem Kopf griff und das Gerät vorsichtig wieder anbrachte.

Das Erste, was Frankie hörte, als der Magnet einrastete, war ein tiefes Stöhnen.

Sein Blick fiel auf Annie und er sah Travis, der sich unruhig bewegte. Auch seine Hände waren auf dem Rücken gefesselt, die Knöchel zusammengeschnürt. Aber es war der große rote Fleck unter seinen Schenkeln, der Frankie überrascht blinzeln ließ.

»Er wurde angeschossen. Eine der Kugeln, die sein Bruder abgeschossen hat, hat ihn getroffen«, erklärte Annie leichthin, als würde sie über das Wetter reden.

Als er das hörte, begann Frankies Herz erneut zu rasen. Sie hätte getroffen werden können. Dann wäre *sie* jetzt diejenige, die blutend im Sand läge.

Als könnte sie seine Gedanken lesen, legte Annie ihm eine Hand an die Wange. »Es geht mir gut«, sagte sie. »Ich habe mir nur um dich Sorgen gemacht. Ich dachte, er hätte *dich* angeschossen.«

Frankie schüttelte den Kopf. Er konnte nicht sprechen.

»Hey! Helft ihm!«, rief Garrett.

Annie drehte sich nicht einmal um. Sie nahm ihre Hand von seiner Wange und legte sie stattdessen auf seine Stirn. Wütend betrachtete sie die kleine Schnittwunde, die der Stein, den Garrett nach ihm geworfen hatte, dort hinterlassen hatte. »Mistkerl«, murmelte sie.

»Im Ernst! Er ist schwer verletzt! Er braucht Hilfe!«, rief Garrett.

Frankie sah den wütenden Gesichtsausdruck, der

über Annies Gesicht huschte, kurz bevor sie den Kopf umwandte und sagte: »Vielleicht helfen eure Freunde ihm ja, wenn sie hier ankommen.«

»Bis dahin ist er schon verblutet«, protestierte Garrett.

Annie seufzte und sah sich wieder nach Frankie um. »Alles in Ordnung?«, fragte sie leise.

Frankie nickte.

Annie griff nach unten, nahm ihm die Pistole aus der Hand und legte sie zurück auf die Kiste hinter ihm. Dann, als wären sie nicht beide fast gestorben und mit Schweiß und Sand bedeckt, legte sie ihre Hände auf Frankies Gesicht und beugte sich vor.

Ohne zu zögern, kam Frankie ihr auf halbem Weg entgegen. Er küsste sie, als hätte er es seit Jahren nicht mehr getan. Er hätte sie fast verloren. Wenn sie nicht so erstaunlich gewesen wäre und es nicht geschafft hätte, sich von ihren Fesseln zu befreien oder Travis zu überwältigen, wären sie beide getötet worden. Er wusste es bis ins Mark seiner Knochen.

Er würde seine Frau von der Spezialeinheit jedem anderen Menschen auf der Welt vorziehen. Sie war ihm in so vielen Dingen überlegen, aber das war ihm scheißegal. Er liebte es, dass sie stärker, klüger und beeindruckender war als er selbst. Er verblasste im Vergleich zu ihr, und damit hatte er absolut kein Problem.

KAPITEL ZWÖLF

Innerlich konnte Annie nicht aufhören zu zittern. Sie hatte im Laufe der Jahre gelernt, ihre äußeren Reaktionen zu kontrollieren, aber im Moment verlangte es ihr alles ab, um nicht in Tränen auszubrechen. Als sie die Schüsse gehört hatte, war sie sich sicher gewesen, dass Frankie getroffen worden war.

Sie konnte nicht glauben, dass er die beiden Männer buchstäblich angegriffen hatte. Er hatte nicht gezögert, war geradewegs auf sie zugelaufen, als hätte keiner von beiden eine verdammte Waffe in der Hand. Es war ein Glück, dass er sie überrumpeln konnte, sonst hätte er leicht erschossen werden können.

»Wollt ihr ihn da wirklich einfach liegen und verbluten lassen?«, kreischte Garrett hinter ihnen.

Wieder seufzte Annie und löste sich von Frankie. Sie behielt ihre Hände auf seinem Gesicht. Er hielt sie fest an sich gedrückt und eigentlich wollte sie ihn auf keinen Fall loslassen, um sich mit den beiden Mistkerlen zu befassen, die hinter ihr lagen.

Deren Sticheleien und Beleidigungen gegen Frankie waren ihr noch frisch im Gedächtnis. Sie hatten geplant, sie beide zu töten, also warum sollte sie jetzt irgendetwas tun, um ihnen zu helfen? Am liebsten wäre sie zurück durch den Wald auf die andere Seite der Insel gegangen, hätte sich damit entschuldigt, dass sie sich verirrt hatten, und wäre zurück auf ihr Schiff gegangen, um ihren Urlaub fortzusetzen und die Brüder und ihr Chaos zurückzulassen.

Aber es war schon zu viel Zeit vergangen. Die Räder waren bereits in Bewegung, und wenn sie sich nicht irrte, würde es nicht mehr allzu lange dauern, bis die Kavallerie eintraf. Hoffentlich vor den Drogenhändlern.

»Ich bin so verdammt stolz darauf, dass ich dir gehöre«, sagte Frankie leise.

»Ich glaube, das ist mein Text«, antwortete sie.

Er schüttelte den Kopf. »Nein. Du bist definitiv das Familienoberhaupt. Ich bewundere dich für deine Stärke und deine Fähigkeiten.«

Annie lächelte zu ihm auf. »Wir sind ein gutes Team«, erklärte sie.

»Ein Team ist nur so gut wie sein Anführer«, erklärte Frankie.

»Jetzt kommt schon«, bat Garrett.

»Ohne seine Waffe ist er gar nicht mehr so arrogant oder gemein, was?«, fragte Frankie kopfschüttelnd.

Da sie wusste, dass sie sich um diese Idioten kümmern musste, dass sie Travis nicht im Sand verbluten lassen konnte, selbst wenn er es verdient hätte, streichelte Annie noch einmal liebevoll Frankies Wange, holte dann tief Luft und drehte sich zu den Männern um, die die Absicht gehabt hatten, sie vor Tagesanbruch zu töten.

Am Strand war es dunkel, aber ein wenig Licht kam von einer Laterne in der Nähe der Stelle, an der Frankie und die Brüder gesessen hatten. Außerdem stand der Vollmond am Himmel über ihren Köpfen, was ihr etwas mehr Licht zum Sehen bot.

Annie schlenderte zu den gefesselten Brüdern hinüber. Sie baute sich vor ihnen auf und stemmte die Hände in die Hüften. »Wow, sieh mal, Frankie. Er sieht ziemlich schlimm aus. Garrett hat recht, er wird wahrscheinlich innerhalb einer Stunde verbluten.«

»Hm. Das ist wirklich schade«, entgegnete Frankie und folgte ihrem Beispiel, wie sie es von ihm erwartet hatte.

»Moment – ich dachte, er wäre taub?«, fragte Garrett verwirrt. Eine Wange lag auf dem steinigen Sand, sein Gesicht war von Frankies Schlägen völlig ramponiert. Er zappelte ein wenig und versuchte, sich zu befreien, aber Annie hatte ihn zu gut gefesselt.

»Das ist er. Er hat ein Cochlea-Implantat«, erwiderte Annie.

»Ein was?«

Annie verdrehte die Augen. »So was wie ein ausgesprochen starkes Hörgerät.«

»Damit er uns hören kann?«

»Ja.«

»Also hat er *alles* gehört, was wir gesagt haben?«

»Ja.«

»Und was war mit der ganzen blöden Zeichensprache?«, fragte Garrett.

»Wir haben Pläne gegen euch geschmiedet«, erklärte Annie.

»Mist!«, fluchte Garrett.

Annie lachte nur.

»Also, weißt du, du könntest wahrscheinlich Travis helfen«, bemerkte Frankie im Plauderton.

»Wahrscheinlich«, pflichtete Annie ihm bei.

»Ja! Hilf ihm!«, flehte Garrett.

»Warum sollte ich?«, fragte Annie.

»Deshalb! Sonst stirbt er!«

»Ihr hattet vor, *uns* zu töten«, bemerkte Annie. »Du wolltest uns in den Kopf schießen und unsere Leichen im Meer versenken, wo uns niemand finden würde. Du hast dich sogar darauf gefreut. Also warum sollte ich jetzt irgendetwas tun, um einem von euch zu helfen?«

Zur Abwechslung sagte Garrett nichts.

»Sie ist Sanitäterin«, informierte Frankie Garrett. »Beim Militär. Tatsächlich ist sie bei den Green Berets. Weißt du, was das ist?«

»Ich habe den Film *Rambo* mit Sylvester Stallone gesehen. Sie ist genauso wenig bei den Green Berets wie Kermit der Frosch«, entgegnete Garrett. »Die lassen keine Frauen in ihre Ränge.«

Annie und Frankie lachten.

Sie hockte sich vor Garrett hin. »Du bist ein Idiot«, sagte sie gleichmütig. »Es ist mir scheißegal, ob du meinem Mann glaubst oder nicht. Aber Tatsache ist, dass ich deinen Bruder überwältigt und euch beide gefesselt habe, bevor ihr blinzeln konntet. Und wenn du meine Hilfe willst, solltest du versuchen, mich *nicht* zu verärgern. Hast du noch nie den Spruch gehört, dass man mit Honig Fliegen fängt?«

Annie war nicht überrascht, dass Garrett verwirrt aussah. »Egal. Verarzte ihn einfach nur so weit, dass er überlebt, bis unsere Freunde eintreffen. Sie werden ihm helfen.«

»Deine Freunde werden dich nicht retten. Sie werden diese Drogen nicht bekommen und dein Kontaktmann in Miami wird mit Sicherheit sauer auf dich sein, wenn er seine Lieferung nicht erhält.«

»Das kannst du nicht wissen«, erwiderte Garrett rau.

»Doch, das kann ich sehr wohl«, entgegnete Annie lächelnd. »Die Sache ist die. Mein Vater ist ein ehemaliger Soldat. Wie alle seine Freunde auch. Und er hat diesen wirklich tollen Freund, der ein Computerfreak ist. Ein Hacker, wenn man so will. Als Frankie und ich nicht auf dem Schiff auftauchten, hat der Typ, der für die Gäste zuständig ist, wahrscheinlich ein Suchteam losgeschickt. Als sie uns nicht gefunden haben, haben sie dem Kapitän unseres Schiffes Bericht erstattet. Dieser wiederum hat die Behörden der Bahamas kontaktiert, da wir in deren Zuständigkeitsbereich fallen.

In der Sekunde, in der unsere Namen in einen Computer eingegeben worden sind, wurde in Pennsylvania ein Alarm ausgelöst, der den Computerfreak-Freund meines Vaters alarmiert hat. Ich habe keinen Zweifel daran, dass er so viele Informationen wie möglich einholte, um uns zu finden. Selbst jetzt, da dein Bruder langsam verblutet – durch die Kugel, die du ihm verpasst hast –, sind Teams von sehr wütenden Männern auf dem Weg zu dieser Insel, um Frankie und mich zu finden.

Wie ich schon sagte ... es ist mir scheißegal, ob du mir nicht glaubst, dass ich zu einer Spezialeinheit gehöre. Du hast mich einmal unterschätzt, und sieh nur, was passiert ist. Aber du wirst dir definitiv in die Hose machen, wenn die Kavallerie eintrifft. Die Männer werden diese Kisten konfiszieren, dann werden sie auf deine Drogenkumpane warten, um sie ebenfalls zu verhaften. Du bist am Ende, Garrett. An deiner Stelle würde ich etwas netter zu mir sein, damit ich deinem Bruder helfe, bevor er verblutet.«

Dann stand sie auf und verschränkte die Arme vor der Brust, während sie auf seine Antwort wartete.

Alle Spannung wich aus Garretts Körper und er sank schier in sich zusammen. Er konnte ihr nicht in die Augen sehen. »Bitte. Hilf ihm. Er ist der Einzige, der mir von meiner Familie noch geblieben ist.«

Annie hätte sich am liebsten geweigert. Ihm gesagt, er solle sie in Ruhe lassen. Aber so war sie nicht. »Ich werde ihm helfen, aber nur unter einer Bedingung.«

»Ich tue alles, was du willst«, sagte Garrett.

»Wenn die Behörden eintreffen, wirst du mit ihnen zusammenarbeiten. Du wirst ihnen alles sagen. Wie ihr diese Insel gefunden habt, wie lange ihr sie schon dazu benutzt, um Drogen zu schmuggeln, die Namen all derer, von denen ihr die Drogen bekommt, wer eure Freunde sind und wer euer Kontaktmann in Miami ist ... *einfach alles*.«

»Sie werden mich töten«, flüsterte er.

»Vielleicht. Vielleicht auch nicht«, entgegnete Annie. »Aber wenn du willst, dass dein Bruder auch nur den

Hauch einer Chance hat zu überleben, dann stimmst du dem zu.«

Garrett schwieg eine Weile und Annie spürte, wie Frankie sich hinter sie stellte. Er legte ihr eine Hand auf den Rücken und sie lehnte sich ein wenig gegen ihn. Sie kam sich nicht so mutig vor, wie sie zu wirken versuchte, und Frankie in ihrem Rücken zu haben gab ihr das Selbstvertrauen, sich zu behaupten.

In diesem Moment stöhnte Travis auf.

Das war die Motivation, die Garrett brauchte.

»Na gut. Ich mache es«, murmelte er.

Diesmal war es Frankie, der sich neben den gefesselten Mann hockte. »Sie hat übrigens in Bezug auf ihren Vater und seine Freunde nicht gelogen. Sie wird ihnen sagen, was du versprochen hast, und falls du dein Wort nicht halten solltest, wirst du dir *wünschen*, tot zu sein.«

Annie konnte sich ein Lächeln nicht verkneifen. Gott, sie liebte Frankie. Er behauptete, er sei kein starker Mann, aber in diesem Moment war er genauso Furcht einflößend wie jeder andere Soldat der Spezialeinheit, den sie je getroffen hatte.

Garrett nickte als Antwort.

Annie seufzte innerlich vor Erleichterung. Es brachte sie um, dass sie nichts unternahm, um Travis zu helfen. Auch wenn er die Absicht gehabt hatte, ihr und Frankie etwas anzutun, ging es gegen alles in ihr, jemanden leiden zu lassen.

Sie kniete sich neben Travis in den Sand und löste das Seil, das sie ihm um die Knöchel gebunden hatte. Er war nicht in der Lage, sich gegen sie zu wehren, sondern stöhnte nur, als sie sich mit ihm beschäftigte. Sie band das Seil als einfachen Druckverband um seinen Oberschenkel und presste dann ihre Hände fest auf die Wunde. Die Kugel hatte keine große Arterie getroffen. Wäre das der Fall gewesen, wäre er bereits tot, aber er war noch lange nicht über den Berg.

Frankie stand in der Nähe und wartete darauf, dass sie ihm sagte, wie er helfen konnte, aber im Moment konnten sie nicht mehr für Travis tun, als zu versuchen, die Blutung zu stoppen. Er musste in ein Krankenhaus. Annie war zuversichtlich, dass sie ihn zumindest am Leben erhalten konnte, bis Hilfe eintraf.

Und sie hatte Garrett nicht angelogen. Sie hatte keinen Zweifel daran, dass Tex' Programme Alarm geschlagen hatten, als sie und Frankie als vermisst gemeldet worden waren. Und sie hatte auch keinen Zweifel daran, dass er genügend ehemalige und aktuelle Verbindungen zum Militär hatte, um sie zu finden. Es war nur eine Frage der Zeit.

Sie wusste nicht, wie viel Zeit vergangen war, bevor sie ein Geräusch über dem Wind und dem Rauschen der Brandung hörte. Sie hatte Travis' Blutungen gestoppt, aber der Mann brauchte definitiv mehr medizinische Hilfe, als sie ihm im Moment geben konnte. Er lag im Augenblick halb bewusstlos im Sand.

Garrett hatte aufgehört, darum zu betteln, dass sie seine Fesseln lösten. Er hatte alles Mögliche behauptet – von Kreislaufproblemen und Asthma bis hin zu Angstzuständen und sogar Diabetes –, um sie davon zu überzeugen, ihn loszubinden, aber Annie und Frankie hatten sein Gejammer ignoriert. Er würde nicht losgebunden werden. Zumindest nicht von ihnen.

Annie blickte auf das Meer hinaus und suchte nach der Ursache für das Geräusch, das sie gehört hatte. Sie stand auf und hob die Pistole auf, während Frankie die kleine Laterne ausschaltete. Es war durchaus möglich, dass dies die Drogenfreunde der Brüder waren, die sie abholen wollten.

Wenn ja, waren sie zu früh dran und Annie und Frankie steckten in der Klemme.

Annie kauerte hinter den Kisten und spähte dahinter hervor, um zu sehen, wer sich näherte. Sie hielt den Atem an und bereitete sich auf einen Kampf vor. So leicht würden sie nicht untergehen. Sie und Frankie hatten es so weit gebracht, sie würde jetzt nicht aufgeben. Auf keinen verdammten Fall.

Frankie stellte keine Fragen, auf die sie keine Antworten hatte. Er jammerte nicht über ihre Situation. Er war ein Fels in der Brandung. Ihr Fels. Er war erstaunlich gewesen. Nein, er war kein Green Beret und er hatte kein Problem damit gehabt, dass sie die Verantwortung für ihre Situation übernahm, aber im richtigen Moment hatte er, ohne zu zögern, gehandelt.

Entschlossenheit stieg in Annie auf. Sie wollte nicht sterben und sie wollte nicht zulassen, dass Frankie etwas zustieß. Sie hatten ihr ganzes Leben noch vor sich, und das konnte ihnen kein beschissener Drogendealer wegnehmen.

Plötzlich erschien ihr die Entscheidung, ob sie in der Armee bleiben sollte oder nicht, wie ein Kinderspiel. Kein Job der Welt war es wert, auch nur eine Minute mehr von dem Mann getrennt zu sein, den sie liebte.

Sie umklammerte die Pistole mit ihren Fingern und

sah, wie Frankie das Gleiche mit der Waffe tat, die er in der Hand hielt. Sie waren bereit für diejenigen, die sich in dem sich schnell nähernden Boot befinden mochten. Annie konnte es jetzt sehen. Es war ein schwarzes Schlauchboot, ähnlich wie die, die sie und ihre Mitreisenden benutzten, um vom Schiff zum Ufer und wieder zurück zu fahren.

Das Boot wurde nicht langsamer, als es näher kam. Es raste direkt auf den Strand zu, als hätte der Fahrer eine Todessehnsucht.

Als der Fahrer den Motor in letzter Sekunde abstellte und das Boot sanft, aber schnell auf den Sand glitt, wusste Annie ohne Zweifel, dass sie gerettet worden waren.

Das bestätigte sich, als sechs Männer aus dem Boot stiegen, drei auf jeder Seite, die sich in perfekter Formation aufstellten. Sie war sich zu neunundneunzig Prozent sicher, dass kein x-beliebiger Drogendealer ein Boot so souverän steuern und seine Bewegungen so präzise ausführen würde.

Aber um auf Nummer sicher zu gehen, verharrte Annie noch eine Weile an Ort und Stelle.

»Captain Fletcher?«, rief eine Stimme. »Hier spricht Sergeant Billings. Wir können Sie hinter den Kisten sehen. Sind Sie verletzt?«

Annie schloss einen Moment lang die Augen und atmete erleichtert auf. Sie wollte sich gerade aufrichten, aber Frankie hielt sie an den Armen fest.

»Vielleicht bluffen sie.«

Sie konnte die Anspannung in der Stimme ihres Mannes hören. »Woher sollten die Drogenkuriere wissen, dass wir hier sind? Und der Kerl kennt meinen Namen. Es ist schon in Ordnung, Frankie. Es handelt sich um die guten Jungs.«

Frankie schwieg, und obwohl sie nicht alle seine Gesichtszüge erkennen konnte, sah sie, wie er ihr fragend in die Augen blickte. Dann nickte er.

Das war der vierhundertsiebenundsechzigste Grund, warum sie diesen Mann liebte. Er war nicht in seinem Element, aber er glaubte ihr, als sie sagte, sie seien in Sicherheit. Sie legte die Waffe, die sie in der Hand hielt, oben auf die Kisten, nahm Frankies Hand und stand auf. Die andere Hand hielt sie in die Höhe, damit die Männer, die gekommen waren, sehen konnten, dass sie unbewaffnet war. Ja, sie waren auf der gleichen Seite und sie waren geschickt worden, um sie zu retten, aber sie wollte nichts tun, was sie als Bedrohung erscheinen lassen könnte.

Sie nahm an, dass die Männer Nachtsichtgeräte hatten und sie und Frankie deutlich sehen konnten, also trat sie langsam hinter den Kisten hervor, Frankie an ihrer Seite, und sagte: »Wir sind hier. Die Situation ist unter Kontrolle.«

»Captain Fletcher?«, fragte ein weiterer Mann.

»Ja«, entgegnete Annie.

»Und ist Franklin Sanders bei Ihnen?«

»Ich bin hier«, meldete sich Frankie.

»Gibt es irgendwelche Verletzten?«

»Nur bei den Verbrechern«, erklärte Annie.

Sie hörte, wie jemand leise lachte. »Genau wie Tex es vorhergesehen hat.«

Annie lächelte zum ersten Mal seit gefühlten Stunden. Sie wusste, dass Tex es schon richten würde. Er mochte behaupten, dass er zu alt sei, um ständig jeden in seinem immer größer werdenden Kreis zu überwachen, aber sie wusste es besser.

»Tragen Sie Kameras?«, fragte Annie und bezog sich damit auf die Körperkameras der Männer.

»Ja, Ma'am«, sagte der Mann, der für die Rettungsaktion verantwortlich war.

Annie nickte ihm zu. »Danke, Tex«, sagte sie. Sie wusste, dass er das Video sehen würde, wahrscheinlich sogar, bevor Frankie und sie wieder auf dem Schiff waren.

»Nachtsichtgeräte runter!«, rief jemand und Annie wandte sich zu Frankie um.

»Mach die Augen zu«, erklärte sie ihm. Ohne sie zu fragen, tat er, was sie verlangte. Wieder einmal stieg Liebe in Annie auf, weil er ihr sofort vertraute. Annie drehte sich zu ihm, schloss die Augen und legte ihre Stirn an seine Schulter.

Selbst mit geschlossenen Augen konnte sie gut sehen, wie die Retter ihre Scheinwerfer einschalteten, um die Situation besser beurteilen zu können. Sie hörte, wie Garrett darum bettelte, freigelassen zu werden, und wie einer der Männer ihm sagte, er solle seine verdammte Klappe halten.

Lächelnd öffnete sie die Augen und sah zu Frankie auf. Er starrte sie mit einem Ausdruck an, den sie nicht deuten konnte. »Was ist?«

Frankie schüttelte den Kopf. »Wenn ich ein Buch läse und so etwas geschähe, würde ich das Buch wahrscheinlich quer durchs Zimmer werfen. Es ist einfach so unglaubwürdig.«

Annie lachte leise. »Ich weiß. Meine Onkel treiben es eventuell ein wenig zu weit, wenn es darum geht, mich zu beschützen, das steht schon mal fest.«

»Entschuldigen Sie bitte, Ma'am.« Der gleiche Soldat, mit dem sie eben noch gesprochen hatte, kam auf sie zu. »Ich muss mich versichern, dass es Ihnen gut geht«, sagte er fast entschuldigend.

Aber sie konnte das verstehen. Wahrscheinlich hatte er den strikten Befehl, sich um alle Verletzungen zu kümmern, die sie oder Frankie erlitten haben könnten. Annie trat von Frankie zurück und drehte sich zu ihm um. »Es geht mir gut. Nur ein paar blaue Flecke und Schürfwunden, mehr nicht.«

»Wie geht es Ihren Rippen?«, fragte der Mann.

Damit war es klar – diese Männer waren definitiv von Tex geschickt worden. Annie konnte nicht verhindern, dass ein Lächeln sich auf ihrem Gesicht ausbreitete. »Sie sind in Ordnung.«

»Und was ist mit Ihnen, Sir? Darf ich mir die Platzwunde an Ihrer Stirn ansehen?«

»Ich kann mich darum kümmern, wenn Sie mir etwas Desinfektionsmittel und ein paar Pflaster besorgen könnten«, erklärte Annie.

Der Mann nickte. Er ging davon und drehte sich dann noch einmal zu ihr um. »Es überrascht mich zwar nicht, nachdem ich Ihren Bericht gelesen hatte, den ich von Tex bekommen habe, aber trotzdem: gute Arbeit, dass Sie beide überwältigen konnten. Haben Sie ihn angeschossen?«

Annie schüttelte den Kopf. »Nein. Frankie und Garrett, der Typ, den ich gefesselt habe, haben um die Pistole gerungen und es hat sich ein Schuss gelöst. Dieser hat seinen Bruder getroffen.«

»Während Annie mit ihm kämpfte«, murmelte Frankie düster.

Der Mann machte große Augen und pfiff leise. Aber dann nickte er einfach. »Der Druckverband hat ihm wahrscheinlich das Leben gerettet.«

Annie nickte. Das musste er ihr nicht sagen. »Übrigens sollen morgen irgendwann ihre Kumpel ankommen, um sie abzuholen, genau wie die Kisten mit den Drogen.«

Die Augen des Mannes leuchteten auf, als wäre er begeistert von der Aussicht, die Fremden abzufangen. »Verstanden. Wir bringen Sie beide hier raus und riegeln die Gegend ab. Wir werden sie schnappen.«

»Und als Gegenleistung dafür, dass ich seinem Bruder helfe, hat Garrett versprochen, den Behörden alles zu gestehen.«

»Alles?«, fragte der Mann grinsend.

»Alles«, bestätigte Annie.

»Fantastisch. Falls Sie beide vielleicht drüben am Schlauchboot warten möchten, wir werden in Kürze von hier verschwinden. Ich kann mir den Kopf Ihres Mannes auf dem Boot ansehen.«

Annie nickte. Sie hatte nichts dagegen, von dort zu verschwinden. Und eine Mitfahrgelegenheit zurück zu ihrem Schiff war viel besser als der Versuch, auf den kaum vorhandenen Pfaden zurückzufinden, die sie benutzt hatten, um auf diese Seite der Insel zu gelangen.

»Wir fahren doch zurück zum Segelboot, oder?«, fragte sie.

Zum ersten Mal sah der Mann bedrückt aus. »Ähm, wir haben Anweisung, Sie nach Nassau zurückzubringen.«

»Nein«, erklärte Annie nachdrücklich. »Wir haben noch fast eine Woche Urlaub, und den möchte ich nur ungern opfern.«

Der Mann wusste offenbar nicht, was er dazu sagen sollte.

Annie zwang sich dazu, mit ruhiger Stimme zu sprechen. »Es geht uns gut, Sergeant. Sie haben Ihre Arbeit gut gemacht und uns gefunden. Es geht uns gut und wir sind gesund. Keiner von uns beiden ist verletzt. Wir möchten einfach nur ganz normal unseren Urlaub beenden.«

Er sah immer noch nicht überzeugt aus.

Annie ließ Frankies Hand los und trat näher zu dem Mann. Sie sah direkt in die Kamera, die der Mann am Körper trug. »Tex, es geht mir gut. Es geht Frankie gut. Du hast genau das getan, was ich von dir erwartet habe, und die Kavallerie geschickt. Danke, dass ich mich immer auf dich verlassen kann. Aber jetzt kehren wir zum Schiff zurück, damit wir uns noch eine Woche lang entspannen können, okay?«

Sie hörte, wie der Sergeant leise lachte, und blickte zu ihm hoch. »Sie wissen aber schon, dass das keine Live-übertragung ist, richtig?«, fragte er.

»Das glauben Sie«, murmelte Annie. Dann sagte sie lauter: »Sie kennen eben Tex nicht. Und wenn er wirklich möchte, dass ich nach Hause komme, wird er dafür sorgen, dass es passiert. Es würde mich nicht überraschen, wenn wir zum Schiff zurückkommen und dort bereits unsere Koffer gepackt vorfinden, bereit, abgeladen zu werden.«

Erneut sah der Soldat unbehaglich aus.

»Verdammt, lassen Sie mich raten, Tex hat Ihnen den Befehl gegeben, auch all unser Gepäck abzuholen, nicht wahr?«

»Ähm ... ja, Ma'am.«

»Nun, das können Sie vergessen. Ich habe seit zu vielen Jahren keinen richtigen Urlaub mehr gemacht, und ich werde diesen nicht abbrechen«, erklärte Annie nachdrücklich.

»Ist schon in Ordnung, mein Schatz«, sagte Frankie und legte ihr einen Arm um die Taille.

Annie stellte fest, dass sie tatsächlich einen Schritt auf den Soldaten zu gemacht hatte und durchaus dazu bereit war, sich mit ihm anzulegen, falls er widersprechen sollte.

»Ich bin *sicher*, Tex weiß, wie hart du arbeitest und wie sehr du diesen Urlaub brauchst. Vor allem, wenn man bedenkt, wie stressig es in letzter Zeit für dich war ... du weißt schon, mit deinen Teams und dem Zwischenfall bei deiner letzten Mission. Er würde es nicht wagen, dir das wegzunehmen. Er weiß, dass dich das nur noch mehr stressen würde. Außerdem bin ich mir sicher, dass er weiß, dass du dich darum kümmern würdest, wenn wir in Schwierigkeiten geraten, und gut damit klarkommen wirst. Immerhin bist du Annie Fletcher. Fletchs Tochter lässt sich nicht von irgendwelchen Drogendealern unterkriegen.«

Annie lächelte zu Frankie hoch. Sie wusste, dass er sowohl mit ihr und dem Soldaten, der vor ihnen stand, als auch mit Tex sprach, der sie wahrscheinlich in diesem Moment beobachtete. Ihr Mann war manipulativ, aber da er seine Klugheit zu ihren Gunsten einsetzte, war sie zu hundert Prozent an Bord. »Du hast recht. Tex würde wissen, dass es nach hinten losgehen würde, wenn er mich zu etwas zwingen würde, was ich nicht tun will. Was denkst du – reicht es, ihm ein Jahr lang jeden Tag Dankesbriefe und Geschenke zu schicken, um ihn aus der Fassung zu bringen?«

Annie schmunzelte. Jeder wusste, dass Tex es hasste, wenn man ihm dankte. Das war eine Eigenart von ihm.

Sie sah zu dem Soldaten auf, der unbeholfen vor ihnen stand. »Im Ernst, es ist alles in Ordnung. Uns geht es gut, Sie und Ihre Männer können sich um die Drogenübergabe und Garrett und Travis kümmern. Frankie und ich werden zu unserem Schiff zurückkehren und ich verspreche, mich zu benehmen. Wir werden sogar in allen verbleibenden Häfen auf dem Schiff bleiben, wenn sich dann alle besser fühlen.«

Der Sergeant seufzte, nickte aber. »Also gut. Warten Sie bitte beim Schlauchboot, wir bringen Sie dann bald zum Schiff zurück.«

Annie drehte sich um und machte sich auf den Weg zum Brandungsbereich, noch bevor der Mann zu Ende gesprochen hatte. Sie hatte keinen Zweifel daran, dass Tex sie laut und deutlich gesehen und gehört hatte. Er würde ihrem Vater sagen, dass es ihnen gut ging und dass sie ihren Urlaub beenden würden. Fletch würde ihnen die Hölle heißmachen, aber im Moment war sie relativ sicher, dass sie und Frankie ihren Urlaub beenden konnten.

Und sie hatte nicht gelogen. Sie war vollkommen zufrieden damit, die ganze Zeit an Bord zu bleiben. Annie war sich darüber im Klaren, dass es ihre und Frankies Schuld war, dass sie sich in der gefährlichen Situation befanden, in die sie geraten waren. Wären sie auf dem Weg geblieben, würden sie jetzt gemütlich auf dem Segelboot schlafen.

Aber wenn sie nicht gegen die Regeln verstoßen hätten, wären zu Hause bald Drogen im Wert von Millionen von Dollar auf der Straße im Umlauf. Annie bedauerte ihr Handeln nicht, denn sie hatten einen kleinen Teil zur Bekämpfung des Drogenhandels beigetragen.

Der Soldat, der für das Schlauchboot verantwortlich war, half den beiden an Bord und Annie versuchte ihr Bestes, um Frankies Wunde zu reinigen und zu verbinden.

Fünf Minuten später rief der Sergeant: »Lichter aus in dreißig Sekunden!«

Da sie wusste, dass der Strand wieder in Dunkelheit getaucht werden würde, lehnte Annie sich an Frankie. Er legte seinen Arm um sie und drückte sie fest an sich. Sie erhaschte einen Blick auf Garrett, der über den Strand getragen wurde, immer noch gefesselt. Er wurde kurzerhand auf den Boden des Schlauchbootes geworfen und sein Bruder wurde etwas sanfter neben ihn gelegt. Dann stiegen der Sergeant und ein weiterer Mann auf beiden Seiten des Bootes ein, gerade als die hellen Lichter am Strand ausgeschaltet wurden.

Die beiden Männer schoben das Schlauchboot mit Leichtigkeit zurück in die Brandung und schon bald waren sie auf dem Wasser und steuerten auf ihr Schiff zu.

Das Umgebungslicht reichte gerade aus, um zu sehen, wie Frankie sich zu ihr umdrehte und in Gebärdensprache sagte: *Die anderen kommen nicht mit uns?*

Ich bin mir sicher, dass sie eine Sperrzone vorbereiten, um jeden außer Gefecht zu setzen, der die Drogen abholen will, sagte Annie zu ihm. *Ich schätze, sie setzen uns ab und bringen die beiden nach Nassau, bevor sie zurück zu der Insel fahren.*

Frankie nickte.

»Es ist so nervig, dass sie sich ständig mit ihren Händen unterhalten«, beschwerte sich Garrett, während er auf dem Boden des Schlauchbootes herumrutschte, das durch die Wellen raste.

Der Sergeant trat Garrett mit dem Fuß gegen die Schulter.

»Autsch! Pass doch auf, Mann!«

»Entschuldige, ich bin ausgerutscht«, erklärte der Sergeant und zwinkerte Frankie und Annie zu. Dann sagte er, was Annie nur als »gebrochene Zeichensprache« bezeichnen konnte: *Meine Einheit hat festgestellt, dass die Zeichensprache bei Missionen sehr hilfreich ist.*

Annie wechselte einen Blick mit Frankie. Vor einiger Zeit hatte sein Patenonkel Cooper sein Gehör verloren und war aus der Navy entlassen worden. Dann wurde er angeheuert, um den Spezialeinheiten die Zeichensprache beizubringen, so wie Annie es allen ihren Kameraden beigebracht hatte. Es sah so aus, als wäre es nach zwanzig Jahren eher die Norm.

Sie schloss die Augen und lehnte sich an Frankie und sie spürte, dass der Stress des Tages und der Nacht sie schließlich zu überwältigen drohte. Natürlich war sie um ihr eigenes Leben besorgt gewesen, aber Frankie bei sich zu haben war sowohl ein Segen als auch ein Fluch gewesen. Sie konnte sich ein Leben ohne ihn nicht vorstellen, und eine Zeit lang hatte es für sie beide nicht so gut ausgesehen.

Aber alles hatte sich zum Guten gewendet. Sie war in Sicherheit. Frankie war in Sicherheit. Sie waren beide hungrig, durstig und müde, aber sie waren am Leben. Nichts anderes zählte.

KAPITEL DREIZEHN

Frankie hielt Annie fest und spürte, wie sie sich an ihn schmiegte. Er war zu aufgedreht, um auch nur daran zu denken, die Augen zu schließen. Die Soldaten auf dem Schlauchboot trugen Nachtsichtgeräte, damit sie sehen konnten, und obwohl Frankie nur vage Umrisse ausmachen konnte, schloss er die Augen nicht.

Was er und Annie gerade durchgemacht hatten, war nichts im Vergleich zu dem, was sie regelmäßig tat, und es machte ihn umso dankbarer, dass sie darüber nachdachte, aus der Armee auszusteigen. Sie war sehr gut in dem, was sie tat, so viel war klar, nachdem er sie während der letzten Stunden in Aktion gesehen hatte, aber das bedeutete nicht, dass nicht in Zukunft jemand einen Glückstreffer landen und sie töten könnte.

Es würde nicht einfach sein, Unfallchirurgin zu werden, es würde lange Arbeitszeiten und viel Stress bedeuten, aber das war Frankie viel lieber, als dass seine Annie regelmäßig an einigen der gefährlichsten Orte der Welt beschossen wurde.

Und er hatte keinen Zweifel daran, dass sie eine hervorragende Ärztin werden würde, wenn sie sich für diesen Beruf entschied. Er hatte sie mit Travis gesehen, wie ruhig sie gewesen und wie leicht es ihr gefallen war, seine Blutungen zu stillen. Seine Frau würde bei allem, was sie tun wollte, überragend sein, aber als Ärztin würde sie so vielen Menschen helfen können. Sie würde weiterhin etwas Gutes in der Welt bewirken.

Frankie war in seinen Gedanken versunken und als er in der Ferne Lichter sah, dachte er einen Moment lang, er hätte eine Vision. Dann erkannte er, dass sie direkt auf ihr Segelboot zusteuerten. Es war nicht zu übersehen, denn es schien, als brannten alle Lichter auf dem Schiff, obwohl es – er schaute auf die Uhr – halb zwei morgens war.

Er hätte nicht gedacht, dass der Sergeant zustimmen würde, sie zu ihrem Schiff zurückzubringen. Er kannte Tex. Er wusste, wie überzeugend der Mann sein konnte. Aber wenn Annie ihren Urlaub fortsetzen wollte, würde Frankie alles tun, um das zu erreichen. Wenn er ehrlich war, konnte er auch etwas Zeit allein mit ihr gebrauchen. Nach dem, was passiert war, brauchte er einfach ihre Nähe, ohne sie mit Familie und Freunden zu teilen. Es war egoistisch von ihm, aber Frankie war es egal.

Das Schlauchboot fuhr längsseits des Schiffes und Manuel wartete unten an der Treppe an der Seite des Schiffes auf sie.

Gott sei Dank, es geht euch gut, sagte Manuel in Gebärdensprache, bevor er das Seil an der Vorderseite des Schlauchbootes ergriff. Er befestigte es an der kleinen

Plattform, die an die Treppe anschloss, und reichte ihr die Hand.

Annie war jetzt wach, aber Frankie konnte sehen, dass sie an ihre Grenzen kam. Sie hatte stundenlang die Verantwortung getragen und er war mehr als froh, ihr eine Pause gönnen zu können. Frankie hielt ihre Hand fest und half ihr beim Aufstehen. Sie schlurfte an die Seite des Schlauchbootes und griff nach Manuels Hand. Frankie ließ sie erst los, als er sicher war, dass der andere Mann sie fest im Griff hatte. Sie ging die Treppe hinauf, hielt aber nach vier Stufen inne, schaute zurück und wartete auf ihn.

»Danke«, erklärte Frankie dem Sergeant und streckte ihm die Hand hin.

Der andere Mann schüttelte sie herzlich. »Ich muss mich bei *Ihnen* bedanken. Meine Schwester ist an einer Überdosis gestorben. Jeder Tag, an dem ich verhindern kann, dass Drogen ins Land gelangen, ist ein guter Tag.«

Frankie nickte ihm zu und wandte sich dann an Manuel. Er nahm die Hand des Matrosen, und noch bevor er die Treppe hinaufgestiegen war und sich neben Annie gestellt hatte, hatte sich das Schlauchboot vom Schiff entfernt und fuhr zurück in die dunkle Nacht. Er folgte Annie, als sie die Treppe zum Promenadendeck hinaufstiegen. Dort wartete der Kapitän.

»Ich bin froh, Sie zu sehen«, sagte er und man konnte ihm anhören, wie erleichtert er war.

»Es tut uns leid, dass wir so viel Ärger gemacht haben«, erklärte Annie.

»Wir hätten die Regeln nicht brechen und den verbotenen Weg nehmen sollen«, fügte Frankie hinzu.

Der Kapitän zuckte nur mit den Achseln. »Ehrlich gesagt sind Sie nicht die Ersten, die das getan haben. Wir sagen unseren Chefs immer wieder, dass jemand kommen muss, um einen neuen Weg zu finden, der nicht so viele Versuchungen birgt. Diese Insel ist wunderschön; wer würde sie nicht erkunden wollen?«

Frankie wusste, dass der Kapitän sehr großzügig war. Er hatte jedes Recht, sauer zu sein. Die Suche nach ihnen hatte den Fahrplan des Schiffes durcheinandergebracht, und er hatte sich höchstwahrscheinlich mit einigen wütenden Passagieren herumschlagen müssen. Die Menschen waren im Allgemeinen egoistisch und wollten, was sie wollten. Es spielte keine Rolle, dass jemand vermisst wurde; wenn sie nicht pünktlich im nächsten Hafen ankamen, war das ein großes Ärgernis.

»Was brauchen Sie? Etwas zu essen? Etwas zu trinken?«

Annie blickte Frankie an, bevor sie erwiderte: »Ich hätte schon ein wenig Hunger.« Und genau in dem Moment knurrte ihr Magen. Und zwar ziemlich laut.

Alle lachten.

»Aber ich möchte niemandem Umstände machen«, fügte Annie hinzu.

»Das ist kein Problem. Unsere Bäckerin ist gerade auf und macht Gebäck für das Frühstück. Und wenn Sie nichts gegen Reste haben, finden wir sicher etwas für Sie. Normalerweise machen wir aus dem Huhn und den Meeresfrüchten, die beim Abendessen nicht gegessen werden, Mittagsgerichte. Kommen Sie, wir sehen mal in der Küche nach.«

Annie sah wieder zu Frankie. *Er ist wirklich nett. Ich*

warte immer noch darauf, dass der Hammer fällt. Dass er anfängt, uns anzuschreien.

Frankie nickte. *Ich denke, er ist wahrscheinlich nur erleichtert, dass er uns nicht verloren hat. Das würde sich schlecht in seiner Akte machen.*

Das stimmt.

Sie folgten dem Kapitän in die Kombüse. Sie war klein und erstreckte sich über die gesamte Breite des Schiffes, gleich hinter dem Speisesaal. Annie und Frankie wurden der Bäckerin vorgestellt, die ihnen beiden eine Scheibe Zimt-Rosinenbrot reichte, das sie gerade aus dem Ofen geholt hatte.

Frankie nahm einen Bissen und schloss genüsslich die Augen.

»Verdammt, ich glaube, das ist das Beste, was ich jemals gegessen habe«, erklärte Annie voller Enthusiasmus.

Die Bäckerin lächelte. »Hier, probieren Sie das mal. Das ist ein Himbeer-Apfelteilchen.«

Und so ging es weiter. Die Bäckerin gab ihnen einen Happen von dem, was sie zum Frühstück zubereitete, während der Kapitän Reste aus dem Kühlschrank hervorholte, die am nächsten Tag zu einem Salat für das Mittagessen verarbeitet werden sollten.

Frankie und Annie stopften sich voll, während sie in der kleinen Kombüse standen und mit dem Kapitän plauderten. Als sie endlich ihren Hunger gestillt und beide zwei volle Gläser Wasser getrunken hatten, lächelte Annie den Kapitän an. »Danke, dass Sie uns sofort als vermisst gemeldet haben.«

Er blinzelte. »Warum hätte ich das auch nicht tun sollen?«

»Ich weiß nicht. Vielleicht weil Sie hofften, dass wir jeden Moment aus dem Dschungel hätten auftauchen können? Weil Sie keinen Ärger mit ihren Chefs bekommen wollten? Weil es nicht gut aussehen würde?«

Der Kapitän schüttelte den Kopf. »Als wir Sie nicht sofort gefunden haben, habe ich nicht gezögert, Hilfe zu rufen. Es kann manchmal bis zu einem Tag dauern, bis jemand aus Nassau hierherkommt. Ich hoffte, dass wir Sie in der Zwischenzeit finden würden, aber ich wollte die Unterstützung nicht verzögern. Ich war trotzdem überrascht, dass die Unterstützung so schnell kam.«

Frankie konnte ein Lachen nicht unterdrücken. »Die Jungs, die uns zu Hilfe kamen, waren keine Such- und Rettungskräfte aus Nassau«, informierte er den Kapitän. Er war erschöpft und verdammt erleichtert, dass er und Annie hier standen und sich mit leckerem Essen vollstopften und nicht in den Tiefen des Ozeans versanken, nachdem sie von Garrett und Travis abgeknallt worden waren. Er hätte wahrscheinlich nichts gesagt, wenn er nicht so müde gewesen wäre.

»Nicht?«

»Nein.«

»Wer waren sie denn dann?«

Annie wechselte einen Blick mit Frankie, und er nickte. Wahrscheinlich hatte er schon zu viel gesagt. Die Details würde er Annie überlassen.

»Mein Onkel war ein SEAL. Er kennt Leute. In dem Moment, in dem unsere Namen irgendwo im Computer als vermisst gemeldet wurden, wurde er benachrichtigt. Er hat unsere Retter geschickt«, erklärte Annie.

Es war eine stark vereinfachte Erklärung, aber sie reichte wohl aus.

»Also noch mal, vielen Dank, dass Sie nicht gezögert haben, Hilfe zu rufen«, beendete Frankie den Satz.

»Wow.« Der Kapitän neigte den Kopf und betrachtete Frankie und Annie ziemlich lange. »Ich habe das Gefühl, dass Sie nicht das sind, was Sie zu sein scheinen.«

»Ganz im Gegenteil, wir sind genau das, was wir zu sein scheinen«, entgegnete Annie. »Zwei Menschen, die dringend Urlaub brauchen und wahnsinnig verliebt ineinander sind.«

»So, so«, entgegnete der Kapitän skeptisch. »Dann werde ich Sie mal alleine lassen und schlafen gehen.«

»Ich hoffe, wir haben den Fahrplan nicht zu sehr gestört?«, fragte Annie.

»Überraschenderweise nicht. Wir wollten versuchen, morgen früh zu segeln, bevor wir unseren nächsten Hafen anlaufen, aber ich habe meinem Ersatzkapitän bereits gesagt, dass er den Hafen ansteuern soll. Wir werden uns nicht die Zeit zum Segeln nehmen und eine Stunde oder so zu spät kommen, aber wir werden es trotzdem schaffen.«

»Gut«, sagte Annie. Sie sah Frankie an und dann wieder den Kapitän. »Ich weiß, dass wir kein Recht haben, irgendwelche Gefallen zu erbitten, nicht nach dem Ärger, den wir verursacht haben ...«

»Sie haben dazu beigetragen, zwei Drogendealer zu verhaften und zu verhindern, dass ein Haufen Drogen in die USA gelangt. Ich würde sagen, der ›Ärger‹, den Sie verursacht haben, war es wert«, erwiderte der Kapitän.

»Nochmals vielen Dank, dass Sie so freundlich sind«, sagte Annie. »Wie auch immer, da Sie Kapitän eines Segelschiffes sind ... können Sie uns verheiraten?«

Frankie blinzelte überrascht. »Annie«, flüsterte er.

»Natürlich nur ... wenn du möchtest«, sagte sie und schaute Frankie an.

»Natürlich will ich das. Ich wollte es schon immer. Aber was ist mit deiner Mutter und der großen Hochzeit, die sie sicher im Augenblick plant?«

»Wir können sie immer noch abhalten. Ich war eine Närrin, Frankie. Was heute passiert ist, hat das nur noch deutlicher gemacht. Es gibt nichts, was ich mehr will, als dir zu gehören. Ich will nicht einen Tag länger warten.«

»Du *gehörst* mir«, erklärte Frankie mit Nachdruck. »Und dazu brauchen wir überhaupt kein Stück Papier und einen Ring, um es zu bestätigen.«

»Falls ich Sie kurz unterbrechen dürfte«, sagte der Kapitän.

Frankie und Annie sahen ihn beide an.

»Es ist ein Trugschluss, dass alle Kapitäne befugt sind, Menschen zu verheiraten. Aber in meinem Fall habe ich tatsächlich die Befugnis. Die Kreuzfahrtgesellschaft hat dafür bezahlt, dass das Schiff auf den Bahamas registriert wird, damit wir an Bord Trauungen durchführen können und diese rechtsverbindlich sind. Allerdings ist dafür Papierkram und so weiter erforderlich. Man kann nicht einfach aufstehen und beschließen zu heiraten ... es gibt eine Wartezeit und so weiter.«

Annie ließ die Schultern sinken. »Oh, ach so, ist schon okay.«

»Lass es uns trotzdem machen«, sagte Frankie. »Vielleicht ist das Ganze nicht rechtskräftig, aber in unseren Herzen wird es das sein.«

Annie bekam glänzende Augen. »Wirklich?«

»Wirklich. Glaubst du, ich könnte dir irgendwas abschlagen?«, fragte Frankie lachend.

»Ich bin mir sicher, dass ich den Kuchen rechtzeitig fertigbekomme«, erklärte die Bäckerin.

Frankie hatte vergessen, dass sie sich immer noch im Raum mit ihnen befand.

»Und wir könnten wahrscheinlich noch vor dem Mittagessen ein paar Dekorationen anbringen und es auf dem hinteren Deck veranstalten. Vielleicht nicht morgen, aber übermorgen«, schlug der Kapitän vor.

»Können Sie uns sofort verheiraten?«, fragte Annie.

»Jetzt sofort?«, fragte der Kapitän.

»Ja.«

»Aber es schlafen noch alle.«

»Wir brauchen kein Publikum. Wir brauchen nur einander«, erklärte Frankie, der vollkommen einer Meinung mit Annie war.

»Oh, also ... Ja, das könnte ich schon machen«, erklärte der Kapitän.

»Wir wollen niemandem zusätzliche Arbeit machen«, sagte Annie. »Etwas Kleines und Unauffälliges ist perfekt für uns.«

»Möchten Sie erst duschen und sich umziehen?«, fragte der Kapitän.

Annie blickte an sich herab und lachte. »Frankie?«, fragte sie.

Er schüttelte den Kopf. »Nein. Ich glaube, jetzt wäre der perfekte Zeitpunkt.«

»Alles klar. Wo wollen wir es machen?«, fragte der Kapitän lächelnd.

»Vielleicht vorn an der Brücke«, erwiderte Annie, nachdem sie kurz darüber nachgedacht hatte.

»Dort ist es aber ziemlich windig«, warnte der Kapitän sie.

»Das spielt keine Rolle«, versicherte Annie ihm.

Fünf Minuten später stand Frankie Annie auf dem Deck neben der Brücke gegenüber. Der Wind blies stark, genau wie der Kapitän angekündigt hatte, denn sie fuhren schnell, um ihren nächsten Hafen zu erreichen. Es war drei Uhr morgens, sie waren beide müde, rochen nach Schweiß, hatten noch Sand am Körper – und beide lächelten so strahlend, dass es nicht schwer zu erkennen war, wie glücklich sie waren.

Frankie hatte noch nie jemanden gesehen, der so schön war wie seine Annie in diesem Moment. Er war auch nicht überrascht, dass sie es geschafft hatte, den Kapitän dazu zu überreden. Sie war die Art von Mensch, dem andere es scheinbar recht machen wollen, um ihm zu gefallen.

»Bereit?«, fragte der Kapitän.

»Bereit«, bestätigten Frankie und Annie wie aus einem Mund.

»Ich werde es kurz machen«, erklärte er. »Ich fühle mich geehrt, dass ich heute die Trauung von Annie und Frankie

vollziehen darf. Das Leben ist eine Reihe von Herausforderungen und Wendungen, und es ist nicht einfach, jemanden
zu finden, der diese Reise mit einem antritt. Aber wenn man
den richtigen Menschen gefunden hat, weiß man es, und es
ist offensichtlich, dass Sie beide füreinander bestimmt sind.
Frankie, wollen Sie Annie zu Ihrer rechtmäßig angetrauten
Ehefrau nehmen? Sie lieben und ehren, in Krankheit und
Gesundheit, bis dass der Tod Sie scheidet?«

»Ja, ich will«, sagte Frankie.

»Annie, nehmen Sie Frankie zu Ihrem rechtmäßig
angetrauten Ehemann? Wollen Sie ihn lieben und ehren,
in Krankheit und Gesundheit, bis dass der Tod Sie
scheidet?«

»Ja, das will ich«, erwiderte Annie.

»Möchten Sie Gelübde austauschen?«, fragte der
Kapitän.

Annie sah Frankie an, da sie offensichtlich ihm die
Entscheidung überlassen wollte.

»Ja«, platzte er heraus. Er war sich überhaupt nicht
sicher, was er sagen sollte. Einen Moment lang geriet er
in Panik und fragte sich, wie er wohl die Worte finden
könnte, um dieser wunderbaren Frau zu vermitteln, wie
sehr er sie liebte.

Dann sprudelten sie aus ihm heraus und flossen
durch seine Finger. Er erklärte ihr seine Liebe mit den
Händen, denn seine Kehle schien wie zugeschnürt zu
sein, und er wusste, dass er es vermasseln würde, wenn
er versuchte zu sprechen.

Annie, ich wusste schon von dem Augenblick an, in dem
ich dich zum ersten Mal gesehen habe, dass ich dich für immer
für mich haben wollte. Ich war fest entschlossen, dich eines

Tages zu meiner Frau zu machen. Du bist meine beste Freundin, meine größte Stütze, meine Geliebte. Ich verspreche dir, dir all meine Worte zu geben, sowohl gesprochen als auch die, die ich in Gebärdensprache mache, wenn sie gebraucht werden, und zu schweigen, wenn sie nicht gebraucht werden. Ich werde dich bedingungslos bei allem unterstützen, was du tun willst. Sei es Ärztin oder der beste verdammte Zirkusclown zu werden, den es je gab. Ich werde der beste Mann sein, der ich für dich sein kann, und wenn die Zeit gekommen ist, der beste Vater für unsere Kinder. Ich bin überwältigt von Liebe und Dankbarkeit, hier vor dir zu stehen. Ich bin stolz und habe verdammt viel Glück, und ich weiß es. Ich liebe dich, Ann Elizabeth Grant Fletcher, die bald Sanders sein wird.

Annie folgte Frankies Beispiel und legte ihr eigenes Gelübde ebenfalls in Gebärdensprache ab.

Du hast mir vom ersten Moment an gehört, Frankie. Es hat nie einen anderen für mich gegeben. Und es wird auch nie einen geben. Du warst der Grund, warum ich damals versucht habe, der beste Mensch zu sein, der ich sein konnte, genauso wie du es jetzt bist. Du machst mich stark, wenn ich schwach bin, und bringst meine Träume auf den Punkt. Zusammen sind wir das perfekte Team, das waren wir schon immer. Du wirst in meinem Leben nie an zweiter Stelle stehen. Niemals. Ich muss immer an dich denken, egal wo ich bin oder was ich tue.

»Ich liebe dich«, platzte Frankie heraus, als sie fertig war.

»Und ich liebe dich«, erklärte Annie.

Frankie nahm ihr Gesicht in seine Hände und beugte sich vor. Ihr Haar wehte zwischen ihnen hindurch und er bekam den Mund voll von den Strähnen, als er sie küsste, aber das war nicht wichtig. Nichts war wichtig, außer dass die Frau in seinen Armen gesund und unversehrt war.

Sie lachten beide, als er sich zurückzog und Frankie versuchte, ihr das Haar hinter die Ohren zu streichen ... ohne Erfolg.

»Und das ist mein Stichwort. Und damit erkläre ich Sie zu Mann und Frau«, erklärte der Kapitän. »Herzlichen Glückwunsch.«

Als Frankie Annie ansah, wusste er, dass er das für den Rest ihres gemeinsamen Lebens erwarten konnte. Lachen, Liebe und definitiv das Außergewöhnliche. Von dem Moment an, in dem sie sich kennengelernt hatten, hatten sie alle Erwartungen übertroffen. Wer hätte gedacht, dass ein aufgeschlossenes kleines Mädchen wie Annie Gefallen an ihm finden würde, einem schüchternen tauben Jungen, mit dem sie nicht einmal sprechen konnte? Aber sie hatte es getan, und Frankie hatte schon damals gewusst, dass Annie seine Zukunft war. Dass er alles tun würde, was nötig war, um sie glücklich zu machen.

Denn wenn Annie glücklich war, war auch *er* glücklich.

»Ich nehme an, dass wir Sie beim Frühstück nicht sehen werden«, bemerkte der Kapitän grinsend.

»Da haben Sie recht«, erklärte Frankie ihm.

»Und nur, damit Sie sich keine Sorgen machen müssen, wir haben nicht vor, in den nächsten Häfen von Bord zu gehen«, sagte Annie. »Ich habe all meinen Familienmitgliedern versprochen, dass wir uns anständig benehmen und brav sein werden, bis wir in Barbados ankommen.«

»Das haben Sie ihnen versprochen?«, fragte der Kapitän. »Wann das?«

»Das ist eine lange Geschichte. Ich habe nicht direkt mit meinem Vater gesprochen oder so was«, erklärte Annie und grinste Frankie an.

»Kein Problem. Sie sind nicht verpflichtet, an Land zu gehen. Wenn Sie etwas brauchen, lassen Sie es mich oder einen meiner Mitarbeiter wissen. Wir sind wirklich erleichtert, dass es Ihnen gut geht.«

»Danke, das sind wir auch«, sagte Frankie.

»Herzlichen Glückwunsch zur Hochzeit«, erklärte der Kapitän und lachte sie beide an, bevor er unter Deck ging und wahrscheinlich zu Bett.

Anstatt sie in ihr eigenes Zimmer zu führen, nahm Frankie Annie in den Arm und sie starrte ihn verwirrt an. »Was machst du denn da?«

»Ich tanze mit meiner Frau«, erklärte Frankie. »Der erste Tanz als frisch Vermählte und so.«

Annie lächelte, schmiegte sich an ihn und legte ihren Kopf an seine Schulter. Es wurde mehr hin und her geschlurft als getanzt, aber Frankie war das egal. Wie lange sie draußen im Wind und in der Dunkelheit standen, wusste er nicht, zu sehr war er auf die Frau in seinen Armen konzentriert.

Er wusste, dass es Zeit war, Annie auf ihr Zimmer zu bringen, als sie plötzlich zuckte, als wäre sie im Stehen eingeschlafen. »Komm schon.« Er lachte und legte ihr einen Arm um die Taille. »Ich weiß nicht, wie es dir geht, aber ich bin bereit, zwölf Stunden am Stück zu schlafen.«

»Ich auch«, sagte Annie und gähnte.

Frankie wünschte, er hätte die Kraft, mit seiner Frau zu schlafen, aber dafür würde später noch Zeit sein. Sie musste erst duschen und dann schlafen. Da in ihrem winzigen Badezimmer nicht genügend Platz war, dass sie beide gleichzeitig duschen konnten, ließ er sie bereitwillig zuerst gehen. Bis er sich gewaschen hatte, wäre sie sicher schon längst eingeschlafen, aber das war in Ordnung. Sie hatte sich ihre Ruhe mehr als verdient.

Zwanzig Minuten später kuschelte sich Frankie hinter seine Frau.

Seine *Frau*.

Die Zeremonie mochte in den Augen des Gesetzes nicht legal gewesen sein, aber dies würde immer der Tag sein, an dem er ihren Jahrestag feierte. Annie war die zwanzig Jahre Wartezeit wert gewesen. Verdammt, er hätte noch zwanzig weitere Jahre gewartet. Er brauchte kein Stück Papier, um zu wissen, dass Annie ihm gehörte und er ihr. Sie waren mit Körper, Geist und Seele verbunden.

Und morgen, wenn alle anderen an Land waren, um einzukaufen, zu essen und zu tun, was auch immer die Kreuzfahrtgesellschaft für sie geplant hatte, würde er seiner Frau zeigen, wie viel sie ihm bedeutete.

Frankie schlief mit einem breiten Grinsen auf dem Gesicht ein. Der heutige Tag war ein weiteres Abenteuer in dem wunderbaren Leben, das er mit seiner Annie führen würde. Hoffentlich würden zukünftige Eskapaden keine Waffen und Drogen beinhalten, aber falls doch, würde seine supercoole Green-Beret-Soldatin sie beschützen.

KAPITEL VIERZEHN

Sechs Tage später, in ihrer letzten Nacht auf dem Schiff, lag Annie mit Frankie im Bett und seufzte zufrieden. Sie hatten ihr Versprechen gehalten und das Schiff seit ihrer Rettung nicht mehr verlassen. So gut wie alle Gäste – einschließlich Megan, Dottie, Joseph und Bill – waren äußerst verständnisvoll angesichts der Geschehnisse gewesen. Niemand war verärgert, dass sich die Reise verzögert hatte, und alle schienen erleichtert, dass es ihnen gut ging.

Annie war sich nicht sicher, ob ihre Tischnachbarn vom Abendessen an jenem ersten Abend gelogen hatten, aber das war letztlich auch egal. Es zählte nur, dass sie in Sicherheit waren.

»Was denkst du gerade, Mrs. Sanders?«, wollte Frankie wissen.

Annie grinste. Sie würde nie müde werden, das zu hören. Intellektuell wusste sie, dass sie nicht legal verheiratet waren, sie hatten keinen Papierkram erledigt und würden sich auch nicht die Mühe machen, aber diese

Nacht vor einer Woche würde sich immer wie ihr offizieller Hochzeitstag anfühlen. »Das war wirklich schön«, erklärte sie. »Ich bin beim Militär viel gereist, aber ich konnte mich dabei logischerweise nie entspannen.«

Frankie legte seinen Arm fest um sie. Annie lag auf der Seite, ihr Kopf ruhte an seiner Schulter, mit ihren Fingern zeichnete sie sanft Kreise auf seiner nackten Brust. Sie hatten vorhin miteinander geschlafen und sie genoss die ungezwungene Intimität, die sie danach miteinander teilten. Morgen würde viel los sein, sie würden wieder in Barbados sein und mussten ein Flugzeug erreichen, aber im Moment fühlte es sich so an, als wären sie und Frankie allein auf der Welt.

»Wenn wir noch länger hier wären, würdest du verrückt werden, gib's zu«, erklärte Frankie lächelnd.

Annie grinste. Er hatte recht. Sie war noch nie jemand gewesen, der gern faulenzte. Schon als Kind war sie ständig auf Achse gewesen, wie ihre Mutter immer sagte. »Das stimmt«, sagte sie nach einer Weile. »Stört dich das?«, fragte sie.

»Nein«, erklärte Frankie, ohne zu zögern. »Ich liebe dich genau so, wie du bist. Wir ergänzen uns perfekt.«

Annie nickte. Das stimmte. So waren sie schon immer gewesen. Annie war die kontaktfreudige Person, die gern Risiken einging. Frankie war zurückhaltend und zog es vor, abzuwarten und sich einen Überblick zu verschaffen, bevor er handelte. Zu wissen, dass er hinter ihr stand, war einer der Gründe, warum Annie sich so sicher fühlte, neue Dinge auszuprobieren. Und wenn es danebenging, war Frankie da, um sie aufzufangen, wenn sie fiel.

Annie stützte den Kopf auf ihre Hand und betrachtete den Mann, den sie praktisch schon ihr ganzes Leben lang liebte.

»Was ist?«, fragte Frankie schließlich, als sie nichts sagte.

»Ich habe das Gefühl, dass ich dich unterschätzt habe«, platzte Annie schließlich heraus.

Er runzelte die Stirn. »Nein, hast du nicht.«

»Doch, habe ich«, erklärte Annie mit Nachdruck. Sie hatte in der vergangenen Woche viel darüber nachgedacht. »Als wir da draußen waren, haben wir perfekt zusammengearbeitet. Ich habe mich noch nie mit jemandem im Feld so gut verstanden wie mit dir.«

»Das warst du«, erklärte Frankie zurückhaltend. »Du bist eine der besten Führungspersönlichkeiten, die ich je getroffen habe. Du machst es einem leicht, dir zu folgen.«

»Nein«, erklärte Annie mit Bestimmtheit. »Du traust dir nicht genügend zu. Sie haben dich nicht einmal gefesselt, Frankie. Sie waren sich so sicher, dass du keine Bedrohung bist, weil du deine Rolle so gut gespielt hast. Aber als du erst Travis angegriffen hast, dann Garrett ... ich habe in meinem Leben noch nie so viel Angst gehabt.«

»Ich hätte alles dafür getan, sie davon abzuhalten, dich anzufassen. Dir wehzutun«, erklärte Frankie bestimmt.

»Ich weiß. Das ist es, wovon ich rede«, sagte Annie. »Mein ganzes Leben lang haben mir die Leute gesagt, wie toll ich bin. Wie stark. Wie klug. Wie lustig. Ich war hervorragend in der Offiziersausbildung am College und hatte keinen Zweifel daran, dass ich es zu den Green Berets schaffen würde. In all der Zeit, in der ich dich kenne, warst du immer mein stiller Unterstützer. Du wolltest nie im Rampenlicht stehen, wolltest nie irgendwelche Auszeichnungen. Und diese Woche hat mir die Augen geöffnet und mich erkennen lassen, dass ich das, was ich in der Armee erreicht habe, nur *deinetwegen* erreicht habe. Aufgrund deiner Unterstützung. Weil du mich ermutigt und nicht einmal mit der Wimper gezuckt hast, als ich nach Hause kam und sagte, wir würden umziehen. Wieder einmal. Jedes Mal wenn ich zu einem Einsatz einberufen wurde, hast du mir versichert, dass zu Hause alles in Ordnung ist, hast mir gesagt, ich solle mir keine Sorgen um dich machen und da rausgehen und meine Arbeit tun.«

Annies Augen füllten sich mit Tränen. »Ich habe dich ausgenutzt, und das finde ich ganz schrecklich. Ich war egoistisch und habe mich zu sehr auf mich selbst und meine Bedürfnisse konzentriert. Du bist unglaublich, Frankie. Nur dank *dir* habe ich den Mut, mutig zu sein. Und ich brauche dich sehr viel mehr, als du mich jemals brauchen wirst.«

»Das stimmt nicht«, sagte Frankie und rollte sich herum, bis Annie auf dem Rücken lag und zu ihm aufblickte. »Du hast mich überhaupt nicht ausgenutzt, denn alles, was ich getan habe, geschah, weil ich dich liebe. Wenn du sagen würdest, du möchtest in der Wüste Afrikas leben, würde ich sofort zustimmen. Ich würde dir überallhin folgen. So viel bedeutest du mir. Du hast immer an mich geglaubt, wenn es sich so anfühlte, als würde es niemand anderes tun. Du hast mich bedingungslos unterstützt. Als ich meine Implantatoperation hatte, war deine Stimme die erste, die ich vor allen anderen hören wollte. Ich liebe dich, Annie. Ich war da draußen völlig überfordert und bin nur deinem Beispiel gefolgt.«

Annie schloss die Augen und spürte, wie Frankie sanft mit dem Daumen unter ihrem Auge entlangstrich, um ihr die Tränen abzuwischen. Nachdem sie sich gesammelt hatte, öffnete sie die Augen wieder und sah, wie er sie liebevoll anblickte.

»Ich werde sofort mit meinem Kommandanten reden, sobald ich zum Stützpunkt zurückgekehrt bin. Ich will aussteigen.«

Frankie runzelte die Stirn. »Bist du dir sicher? Du musst die Entscheidung ja nicht gleich jetzt treffen.«

»Ich weiß«, erklärte Annie ihm. »Aber ich bin mir sicher. Was auf der Insel passiert ist, hat mir die Entscheidung leicht gemacht. Ich habe mir Gedanken darüber gemacht, was alle *anderen* über meine Entscheidung denken würden, obwohl die einzigen Meinungen, die wirklich zählen, deine und meine sind. Niemand sonst lebt mein Leben. Niemand sonst ist an der Front, um Terroristen aufzuspüren und das Schrecklichste der Menschheit zu sehen. Nur ich. Niemand sonst verabschiedet sich von der Liebe seines Lebens und hofft, sie wiederzusehen, wenn der Einsatz vorbei ist. Nur du. Ja, ich möchte, dass mein Vater und alle anderen stolz auf mich sind, aber mir ist endlich klar geworden, dass sie es bereits sind. Ich muss niemandem etwas beweisen.

Und als wir da draußen waren und mir klar wurde, dass ich dich verlieren könnte – und das hätte ganz einfach passieren können, wenn einer dieser Mistkerle nervös geworden wäre –, da habe ich genau verstanden, was du jedes Mal durchmachen musst, wenn ich im Einsatz bin. Ich will nicht, dass du das durchmachen musst, Frankie, und ich will das auch nicht durchmachen.«

»Aber du solltest nicht meinetwegen aussteigen«, erklärte Frankie nachdrücklich.

»Das tue ich nicht«, versicherte Annie ihm, ohne zu zögern. »Ich tue es *für* dich. Und für mich. Ich kann meinem Land dienen, indem ich Ärztin werde. Indem ich in einem Krankenhaus Leben rette. Ich bin stolz auf das, was ich beim Militär getan habe. Ich bin stolz darauf, eine der ersten Frauen zu sein, die es zu den Green Berets geschafft haben. Ich denke, dass ich anderen Frauen den Weg geebnet habe, das Gleiche zu tun. Aber ich kann auch stolz auf mich sein, wenn ich Ärztin bin. Ich kann Leben retten, anstatt sie zu nehmen, ohne mein eigenes aufs Spiel zu setzen.«

»Ja, das kannst du«, sagte Frankie. »Und dein Vater und alle anderen werden genauso stolz auf dich sein, wie sie es jetzt sind.«

»Ich hoffe es, aber wenn sie enttäuscht sind, weil ich aussteige ... dann kann ich nichts dafür. Ich muss tun, was das Richtige für dich und mich ist. Schließlich leben sie nicht unser Leben, sondern wir.«

Frankie lächelte und Annie konnte sehen, wie erleichtert er war. Ihr Mann hätte nie offen zugegeben, dass er wollte, dass sie aufhörte, aber ihr war klar, dass er mit ihrer Entscheidung glücklich und zufrieden war. »Es wird nicht leicht werden«, erklärte sie.

Frankie lachte. »Das ganze *Leben* ist nicht einfach«,

entgegnete er. »Aber so schwer es auch werden mag, zusammen werden wir es schaffen.«

»So wie wir es auf der Insel getan haben.«

»Genau.«

Sie lächelten einander einen Moment lang an, dann sagte Frankie: »Wo immer du hingehst, was immer du tust, ich werde dabei sein. Ich schäme mich nicht und habe keine Angst, hinter dir zu stehen, Annie. Die Leute können über unsere Beziehung denken, was sie wollen, und wenn sie denken, dass ich ein Weichei bin, ist mir das völlig egal. Denn das bin ich. Ich überlasse dir gern das Rampenlicht, aber ich werde immer da sein, um dich zu beschützen, egal was das heißt.«

Das fühlte sich gut an. Wirklich gut.

»Und ich werde dich ebenfalls beschützen«, erklärte sie ihm.

»Mit uns legt sich niemand an«, erwiderte Frankie lächelnd.

»Nein. Und wir haben die Möglichkeit, uns auch ohne Worte zu unterhalten«, fügte Annie hinzu.

»Das ist wirklich hilfreich«, sagte Frankie. »Wenn du zum Beispiel eine berühmte Ärztin bist und wir zu einer Benefizveranstaltung gehen müssen und ich es nicht aushalte, wie schön du in deinem Kleid bist, kann ich dir von der anderen Seite des Raumes sagen, dass ich dich mit nach Hause nehmen und es dir besorgen möchte, bis du nicht mehr laufen kannst.«

Annie grinste. »Ich hasse es, Kleider zu tragen«, erinnerte sie ihn.

»Und deswegen ist es umso besonderer, wenn du es tust«, erklärte Frankie.

SUSAN STOKER

Und damit hatte sie bereits einen neuen Grund, warum sie diesen Mann liebte. Frankie ließ sie sein, wer sie war, und sie musste sich nie dafür entschuldigen.

»Unsere Familien werden ausflippen, wenn wir nach Hause kommen«, warnte Annie ihn.

»Ich weiß.«

Und Annie wusste, dass das stimmte. Nicht nur Fletch würde ausflippen bei dem Gedanken an das, was fast passiert wäre, sondern auch alle seine Freunde. Ihre Mutter würde besonders anhänglich werden und jeden Abend mit ihr telefonieren wollen, um sich davon zu überzeugen, dass es ihrem kleinen Mädchen gut ging. Und dann kamen noch die Hochzeitsvorbereitungen dazu.

»Im nächsten Jahr wird es in unserem Leben ziemlich hektisch zugehen«, fügte sie hinzu. »Während ich beim Militär abdanke und wir herausfinden, wie unser neues Leben aussieht.«

»Ja«, entgegnete Frankie unbekümmert.

Annie seufzte und beschloss, dass sie genug geredet hatten. Es war fast unmöglich, Frankie aus der Fassung zu bringen. Er nahm die Dinge, wie sie kamen, und war ihr Fels in der Brandung, wenn sie übermäßig unter Stress geriet. Jetzt, da sie endlich eine Entscheidung getroffen hatte, musste sie mit ihrem Kommandanten über den Austritt aus dem Militär sprechen, sich für medizinische Fakultäten bewerben, umziehen und eine Hochzeit planen. Allein der Gedanke an das Chaos, das auf sie zukommen würde, ließ ihren Blutdruck in die Höhe schnellen. Aber im Moment wollte sie diese letzte Nacht mit ihrem Mann genießen.

»Warum grinst du so?«, fragte Frankie.

»Mein Ehemann«, erklärte Annie einfach.

»Meine Ehefrau«, entgegnete er.

Dann drückte Annie gegen Frankies Brust, bis er sich wieder herumwälzte. Sie setzte sich auf seine Taille und lächelte. Sein Blick hing an ihrer Brust. Sie konnte nicht anders, als ihren Rücken leicht zu wölben und ihre Brüste nach vorn zu schieben. Er ließ seine Hände über ihre Brüste gleiten und spielte mit ihren Brustwarzen, während sich ihr Atem beschleunigte.

Da sie wusste, dass er sie leicht von ihren Plänen ablenken konnte, zwang Annie sich, nach hinten zu rutschen, bis er seine Hände sinken ließ. Er spreizte seine Beine, sodass sie sich dazwischen knien konnte.

Gerade als sie dachte, er würde ihr die Kontrolle überlassen, griff er ihr mit der Hand ins Haar, packte sie und hielt sie fest.

»Bring mich nicht zum Orgasmus«, befahl er ihr.

Annie sah ihn schmollend an.

»Ich meine es ernst. Ich will in dich eindringen, bevor ich zum Höhepunkt komme.«

Sie spürte, dass er seinen Griff so weit lockerte, dass sie nicken konnte, dann schenkte er ihr ein sexy Grinsen, bevor er ihren Kopf in seinen Schoß drückte.

Annie ließ sich gern darauf ein. Sie liebte diesen Mann mehr, als sie in Worte zu fassen vermochte. Also würde sie es ihm stattdessen einfach zeigen müssen.

Frankie bedauerte, das Schiff, auf dem sie die letzten zwei Wochen verbracht hatten, der untergehenden Sonne entgegen segeln zu sehen. Es würde immer einen Ehrenplatz in seinem Herzen haben, selbst nach dem, was ihm und Annie fast passiert wäre. Er hasste es, dass sie so kurz davor gewesen war, verletzt zu werden, aber er war so unglaublich stolz auf sie, wie er nur sein konnte. Er hatte immer gewusst, was für eine hervorragende Soldatin sie war, aber er hätte nie gedacht, dass er das einmal aus erster Hand erleben würde.

Er hatte auch einige der besten Nächte seines Lebens mit seiner Frau im Bett auf dem Schiff verbracht. Ihr Zimmer war klein und schmucklos, aber für ihn hätte es genauso gut eine Suite in einem Schloss sein können. Die Liebe seines Lebens war da, etwas Besseres hätte er sich nicht wünschen können.

An diesem Morgen hatten sie beim Frühstück mit ein paar Leuten E-Mail-Adressen ausgetauscht und sich verabschiedet. Frankie und Annie hatten einige Zeit mit Manuel verbracht und versprochen, in Kontakt zu bleiben. Er hatte während der letzten zwei Wochen viel mehr Vertrauen in seiner Gebärdensprache gewonnen und war dankbar für die Gelegenheit zum Üben.

Der Kapitän hatte die beiden mit einer unterschriebenen Heiratsurkunde überrascht. Er hatte sie gewarnt, dass sie nicht legal war, da sie weder den Stempel noch die Unterschriften der bahamaischen Behörden trug, aber weder Frankie noch Annie kümmerte das. Es war ein willkommenes Geschenk, das sie für immer in Ehren halten würden.

Er hatte ihnen auch erzählt, er hätte von den

Behörden erfahren, dass die Drogenkuriere, die die Kisten abholen wollten, abgefangen worden waren und nun in Nassau im Gefängnis saßen. Und nicht nur das, Garrett hatte offenbar auch sein Wort gehalten und ihnen alles gesagt, was er über die Operation wusste. Es war ein kleiner Sieg, auch wenn Frankie wusste, dass jemand anderes seinen Platz im Rädchen des Drogenhandels einnehmen würde.

Travis lag immer noch im Krankenhaus, aber es wurde erwartet, dass er sich vollständig erholen würde ... und dann würde er zusammen mit seinem Bruder ins Gefängnis verlegt werden.

Annie drückte Frankies Hand und er schaute sie an. Im Bus war es heiß, er war überfüllt und es roch ein bisschen komisch, aber das war beiden egal.

»Ich liebe dich«, sagte Annie.

»Nicht so sehr, wie ich dich liebe«, entgegnete Frankie.

Sie verdrehte die Augen über ihn.

Ihr Flug sollte erst später am Nachmittag gehen und als Teil des Pakets bekamen sie eine Tour über die Insel, bevor sie zum Flughafen fuhren. Die einzige Überraschung war, als sie für ihren Flug eincheckten und feststellten, dass sie in die erste Klasse hochgestuft worden waren.

»Tex?«, fragte Frankie Annie, während sie in der Schlange vor der Sicherheitskontrolle standen.

»Davon gehe ich aus«, sagte sie, da sie wie immer auf einer Wellenlänge waren. »Entweder war er es oder die Kreuzfahrtgesellschaft hat beschlossen, uns hochzustufen.«

»Nachdem wir ihnen so viel Ärger gemacht haben?«, fragte Frankie mit hochgezogener Augenbraue.

Annie lachte leise. »Ja. Wahrscheinlich nicht. Höchstwahrscheinlich war es Tex.«

Manchen Männern wäre die Macht des ehemaligen SEALs unangenehm und die Art, wie er immer zu wissen schien, was mit ihnen und ihren Frauen vor sich ging. Aber nicht Frankie. Tex hatte Annie ihr erstes Paar Ohrringe geschenkt, die mit Ortungsgeräten versehen waren. Sie hatte aufgehört, sie zu tragen, als sie eine Jugendliche war, weil sie sich nicht wohl dabei fühlte, dass der Freund ihres Vaters immer wusste, wo sie war, aber sie trug sie immer, wenn sie im Einsatz war. Sie war vorsichtig, nicht dumm.

Annie hatte nicht gelogen, als sie sagte, dass es anstrengend werden würde, wenn sie nach Hause kamen. Vor allem, weil sie allen Freunden ihres Vaters versichern mussten, dass es ihnen gut ging. Auch wenn Annie eine Soldatin der Spezialeinheit war, würde sie für sie immer das kleine Mädchen bleiben, das sie verhätschelt hatten, als sie klein war.

Sie musste sich auch mit ihrer Mutter und ihrem Vater zusammensetzen und ihnen sagen, dass sie ihre Entscheidung bezüglich der Armee und ihrer Zukunft getroffen hatte. Sie wollte immer noch ihre Unterstützung, aber Frankie war erleichtert, dass sie sich nicht mehr so viele Sorgen um deren Reaktionen machte wie zuvor. Sie tat, was das Beste für sie und ihre Zukunft war. Das war das Wichtigste.

Sie fanden zwei freie Plätze nebeneinander im Flughafen und obwohl sie zweieinhalb Stunden auf ihren

Flug warten mussten, schien Annie damit zufrieden, neben ihm zu sitzen und die Leute zu beobachten.

»Alles okay?«, fragte Frankie sie.

»Ja, warum fragst du?«

»Du sitzt normalerweise nicht gern still«, erklärte er achselzuckend. »Du läufst herum, machst einen Schaufensterbummel, holst dir eine Flasche Wasser ... du weißt schon. Du zappelst herum.«

Annie lächelte und griff nach seiner Hand. »Ich weiß. Aber ich glaube, heute will ich einfach nur hier neben dir sitzen und mich am Leben erfreuen.«

»Dagegen habe ich nichts einzuwenden«, erklärte Frankie, hob ihre Hände und küsste ihre Finger. »Aber wenn du nervös wirst, steh ruhig auf und lauf herum. Ich passe auf deine Sachen auf.«

»Das weiß ich doch«, erwiderte Annie. »Du bist wirklich viel zu gut zu mir.«

»Das geht gar nicht«, erklärte Frankie ihr.

Annies Fähigkeit, still zu sitzen und das Leben zu genießen, hielt etwa vierzig Minuten an – dreißig mehr, als Frankie ihr zugetraut hatte. Sie schenkte ihm ein verlegenes Grinsen und sagte, sie wolle einen Spaziergang machen. Frankie küsste sie auf die Wange und sagte ihr, sie solle vorsichtig sein. Er beobachtete, wie sie durch die Halle schlenderte, und bemerkte die bewundernden Blicke, die ihr die Männer zuwarfen, wenn sie vorbeiging. Er machte sich keine Sorgen, dass sie zurückflirten könnte. Solange er sie kannte, hatte sie noch nie Interesse an einem anderen gezeigt.

Zum gefühlt millionsten Mal dankte er seinem Glücksstern, dass Annie ihn gewählt hatte. Er schwor sich, der beste Mann zu sein, der er für sie sein konnte. Sie verdiente das Beste der ganzen Welt, und auch wenn er ihr nur seinen eigenen kleinen Teil davon geben konnte, so würde es ihm doch gelingen, ihn mit genügend Liebe, Lachen und Glück zu füllen, um ein Leben lang zu reichen.

KAPITEL FÜNFZEHN

Annie lachte, als ihr Vater über das niedrige Kriech-Hindernis auf dem Armeeposten schimpfte.

»Ich kann mich nicht erinnern, dass das verdammte Ding so nahe am Boden war«, murmelte Fletch, während er darum herum ging. »Wenn ich da durchkrieche, komme ich nie wieder hoch.«

Annie lachte noch lauter. Verdammt, sie liebte ihren Vater. Sie hatte keinen Zweifel daran, dass Fletch sich auf den Bauch legen und wieder aufspringen konnte, wenn er das Hindernis überwunden hatte, aber er machte sich wahrscheinlich mehr Sorgen, dass ihre Mutter ihn ausschimpfte, wenn er nach Hause kam, weil er sich das Hemd schmutzig gemacht hatte.

Zehn Monate waren vergangen, seit sie und Frankie von ihrer Karibikreise nach Hause zurückgekehrt waren. Und sie waren jeden Tag pausenlos unterwegs gewesen. Fletch war nicht überrascht über ihre Entscheidung, aus der Armee auszutreten. Er gab zu, dass er zwar größten Respekt vor ihren Fähigkeiten hatte, aber erleichtert war, dass er sich keine Sorgen mehr um sie machen musste, während sie im Einsatz war.

Sie hatte ihrem Kommandanten mitgeteilt, dass sie die Armee verlassen wollte, war von drei Universitäten abgelehnt worden und war froh, an der University of Texas in Austin angenommen worden zu sein. Es war ihre erste Wahl, auch wenn es nicht die beste Schule in Texas war. Annie gefiel der Gedanke, zum ersten Mal seit einem Jahrzehnt wieder in der Nähe ihrer Familie zu sein. Ihre Eltern wurden nicht jünger, obwohl sie für ihr Alter noch sehr gut aussahen.

Es gefiel ihr, dass sie mehr Zeit mit John verbringen konnte, da er die Highschool abschloss, und auch mit all ihren Cousins und Cousinen. Frankies Vater hatte beschlossen, sich selbst in Texas zur Ruhe zu setzen, aber diese Entscheidung war eher darauf zurückzuführen, dass eine Frau, die er im Internet kennengelernt hatte, in San Antonio lebte. Frankie war überglücklich, dass er seinen Vater nun auch öfter sehen konnte.

Jetzt, wo das Medizinstudium begonnen hatte, war Annie so beschäftigt wie eh und je und musste unglaublich viel lernen.

Sie und Frankie waren beide erleichtert, dass der Umzug hoffentlich der letzte für eine lange Zeit sein würde. Sie hatte ein schlechtes Gewissen, weil er wieder einmal den größten Teil der häuslichen Pflichten übernahm. Putzen, kochen, einkaufen und sich um die hundert kleinen Dinge kümmern, die beim Einrichten eines neuen Hauses anfallen. Aber er versicherte ihr immer wieder, dass es ihm nichts ausmachte und er gern seinen Teil dazu beitrug, ihr das Leben leichter zu machen.

Ihre Mutter hatte den größten Teil der Hochzeitsplanung übernommen und Annie fühlte sich eine Zeit lang auch schlecht dabei, aber ihre Mutter beteuerte, sie habe die schönste Zeit ihres Lebens, also ließ sie sie einfach machen.

Morgen würde Annie offiziell Frankies Frau werden. Zwar betrachteten sie beide ihre Hochzeit in der Karibik immer noch als ihren eigentlichen Hochzeitstag, aber es wäre trotzdem schön, ihn endlich offiziell ihren Mann nennen zu können.

Sie hatte sich an diesem Abend von Frankie verabschiedet, als er mit seinem Vater und seinem Patenonkel in ein Hotel gegangen war. Er war nicht begeistert davon, aber er hatte keinen Aufstand gemacht. Annie war auch nicht gerade begeistert; sie hasste es, die Nacht nicht bei ihrem Mann zu verbringen. Sie war süchtig danach geworden, jede Nacht neben ihm zu schlafen, jetzt, wo sie nicht mehr jeden zweiten Monat im Einsatz war.

Gegen halb neun hatte Fletch sie gefragt, ob sie als sein kleines Mädchen noch einmal mit ihm auf den Stützpunkt gehen und den Hindernisparcours laufen wolle. Annie hatte, ohne zu zögern, zugestimmt ... obwohl sie ihm sagte, dass sie immer sein kleines Mädchen sein würde.

Sie sah zu, wie Fletch mit Leichtigkeit durch den Parcours lief. In ihren Augen war er schon immer ein Held gewesen und die Leichtigkeit, mit der er sich trotz seines Gezeters an Hindernissen hochzog und sie überwand, brachte sie wieder zum Lachen. Sie lief hinter ihm her und ließ ihren Vater gewinnen, um der alten Zeiten willen. Als sie den Parcours zweimal durchlaufen hatten, winkte Fletch mit dem Kopf zu einer Bank.

Annie hatte geahnt, dass das kommen würde. *Natürlich* wollte ihr Vater so spät am Abend vor ihrer Hochzeit nicht mehr trainieren. Er wollte mit ihr reden. Sie setzte sich neben Fletch und bemerkte abwesend, dass er nicht einmal schwer atmete. Sie hoffte, dass sie nur halb so gut in Form war wie er, wenn sie in sein Alter kam.

»Morgen ist also der große Tag«, erklärte Fletch.

Annie lächelte. »Ja, allerdings.«

»Das Leben ist schon merkwürdig«, erklärte ihr Vater nachdenklich.

Annie wartete, dass er weitersprach, doch als er das nicht tat, sagte sie: »Das stimmt.«

Fletch seufzte. »Ich bin noch nicht dazu bereit«, gab er zu.

»Dad«, sagte Annie sanft.

»Ich weiß, ich weiß. Du bist achtundzwanzig Jahre alt. Eine Erwachsene. Selbstständig und wohnst seit einem Jahrzehnt nicht mehr zu Hause. Aber du wirst immer mein kleines Mädchen bleiben. Ich weiß noch, als ich deine Mutter zum ersten Mal gesehen habe ... sie fragte mich, ob es mir etwas ausmacht, wenn du Fragen stellst. Ich war verwirrt. Ich meine, natürlich störte es mich nicht. Aber sie sagte, ich würde es nicht verstehen. Dass du ein *sehr* neugieriges Kind bist und *viele* Fragen stellst. Ich war damals noch nicht bereit für dich«, gestand Fletch ihr. »Aber an dem Tag, an dem du zum ersten Mal um die Ecke der Werkstatt spähtest, während ich an einem Motor arbeitete, war ich hin und weg. Du warst schmutzig und du hast mir *tatsächlich* eine Million Fragen gestellt. Du sagtest, mein Name sei komisch, und hast das Gesicht verzogen, jedes Mal, wenn ich etwas sagte, das du nicht verstanden hast.«

Annie spürte, wie ihr die Tränen in die Augen stiegen, unterbrach ihn aber nicht.

»Und du hast mich umgehauen, als du mich um Hilfe gebeten hast, als deine Mutter krank war und du Hunger hattest. Von diesem Tag an wusste ich, dass ich alles tun würde, um dafür zu sorgen, dass du immer alles hast, was du brauchst, um dich zu der wunderbaren Frau zu entwickeln, von der ich wusste, dass du sie eines Tages sein würdest. Und du hast alle meine Erwartungen mehr als übertroffen, mein Schatz.«

Annie weinte jetzt. »Dad«, schluchzte sie.

Fletch sah sie nicht an, sondern starrte geradeaus und redete weiter, als müsste er die Worte schnell loswerden, sonst könnte er sie gar nicht sagen. »Zuerst war ich mir bei Frankie nicht sicher. Ich meine, er war ein netter Junge, aber er lebte in Kalifornien. Ich dachte, du würdest seiner überdrüssig werden, wenn du ihn nicht dauernd siehst. Aber ich habe dich unterschätzt, so wie es wohl viele tun, wenn sie dich zum ersten Mal treffen. Du hast dich so für ihn gefreut, als er sein Cochlea-Implantat bekam. Er war über alle Maßen stolz auf dich, als du in der achten Klasse den Debattierwettbewerb gewonnen hast. Ich habe gesehen, wie ihr beide erwachsen wurdet und euch immer mehr ineinander verliebt habt. Aber erst als du dich in deinem dritten Jahr an der Highschool verletzt hattest und Frankie in einen Bus stieg und den ganzen Weg hierherkam, um sich selbst davon zu überzeugen, dass es dir gut ging, wurde mir klar, dass ich dich eines Tages an ihn verlieren würde.«

»Du verlierst mich doch nicht«, entgegnete Annie.

Fletch drehte sich um und sah Annie an, und sie war verblüfft, als sie Tränen in seinen Augen sah.

Fletch weinte nicht. Niemals.

»Ich liebe dich, mein Schatz. Ich bin stolz auf dich. Du bist meine einzige Tochter und mein Baby. Ich habe so viele tolle Erinnerungen an dich, auch daran, wie du in diesem verdammten Panzer herumgefahren bist und die Nachbarschaft terrorisiert hast.«

Annie lächelte durch ihre Tränen hindurch.

»Frankie ist ein guter Mann. Er war immer dein größter Unterstützer und ich weiß, dass er dich mit seinem Leben beschützen wird, wenn es darauf ankommt. Ein Vater könnte sich nichts Besseres für seine Tochter wünschen. Das hast du gut gemacht. Wirklich gut.«

Annie konnte es nicht mehr aushalten. Sie warf sich an Fletch und vergrub ihr Gesicht an seiner Brust. Als er sie in die Arme nahm, fühlte sie sich, als wäre sie wieder sieben Jahre alt. Fletch hatte immer für Sicherheit gestanden. Er war immer da gewesen, wenn sie ihn brauchte. »Ich liebe dich, Dad.«

»Ich dich auch, mein Schatz. Ich dich auch.«

Sie saßen eine Weile zusammen auf der Bank, bis sie ihre Gefühle unter Kontrolle hatten.

»Noch ein Durchlauf um der alten Zeiten willen?«, fragte Fletch.

»Glaubst du, du hältst das durch und hast morgen

keinen enormen Muskelkater?«, fragte Annie. »Schließlich will ich nicht, dass du voller Schmerzen auf meiner Hochzeit herumhumpelst.«

»So ein Quatsch«, sagte Fletch verächtlich. »Dich schlage ich immer noch um Längen.«

»Willst du wetten?«

»Nein.«

Annie brach in Gelächter aus. »Komm schon, Dad«, sagte sie, stand auf und streckte ihm ihre Hand hin. »Wir bewältigen den Parcours zusammen, wie wir es früher auch immer getan haben.«

»Nur dass ich damals *dir* geholfen habe«, grummelte Fletch.

Annie verdrehte die Augen. »Ach hör doch auf. Du brauchst keine Hilfe, Dad. Du bist immer noch ein knallharter Delta. Du kannst das.«

»Allerdings«, erwiderte Fletch.

Dann gingen Annie und er Hand in Hand zum Anfang des Hindernisparcours.

»Bereit?«, fragte Annie.

Als ihr Dad nickte, begann sie mit dem Zählen. »Drei, zwei, eins, los!«

Emily schüttelte den Kopf über Fletch, als er aus dem Bad in Richtung ihres Bettes humpelte.

»Du *musstest* es am Abend vor der Hochzeit deiner Tochter unbedingt übertreiben, stimmt's?«, fragte sie.

»Sie hat damit angefangen«, murmelte Fletch.

Emily lachte und kuschelte sich an ihren Mann,

SUSAN STOKER

nachdem er unter die Decke gekrochen war. Es war spät und sie mussten morgen sehr früh aufstehen. Sie hatte Maniküre und Pediküre für alle geplant. Dann Termine für Haare und Make-up. Der Fotograf würde in der Kirche vorbeikommen, um vor der Hochzeit Fotos zu machen. Der Tag würde vom Aufwachen bis spät in die Nacht, wenn der Empfang endlich zu Ende war, ausgefüllt sein. Es würde ein anstrengender und aufregender Tag werden ... und Emily konnte nicht anders, als ein wenig traurig darüber zu sein.

»Hattet ihr ein gutes Gespräch?«, fragte sie ihren Mann.

Fletch seufzte und legte seinen Kopf auf den von Emily. »Ich kann immer noch nicht glauben, dass sie morgen heiratet.«

»Wir wussten doch, dass dieser Tag irgendwann kommen würde.«

»Ich weiß.«

»Es erstaunt mich immer noch, dass die Beziehung zwischen Frankie und ihr überlebt hat«, bemerkte Emily nachdenklich. »Das war bei all den Hindernissen eher unwahrscheinlich.«

»Wenn du den richtigen Partner gefunden hast, weißt du es einfach«, bemerkte Fletch.

»Auch wieder wahr«, erklärte Emily und erinnerte sich an den Tag, an dem Fletch und sie sich kennengelernt hatten. »Auch wenn einem das Leben manchmal Hindernisse in den Weg stellt.«

»Ich habe mich wie ein Esel benommen«, erklärte Fletch, ohne zu zögern.

Emily schüttelte den Kopf. »Nein, wir haben uns nur

nicht wie Erwachsene unterhalten. Ich habe mir zu viele Sorgen um Annie gemacht und du warst ...«

»Damit beschäftigt, eifersüchtig zu sein«, beendete Fletch ihren Satz.

»Das wollte ich nicht sagen«, protestierte Emily.

»Aber es ist trotzdem wahr. Ich bin ein verdammter Glückspilz, und das weiß ich auch. Du hast viel ertragen, weil ich in der Armee und so oft im Einsatz war. Verdammt, du wurdest meinetwegen sogar entführt.«

»Es ist nicht deine Schuld, Fletch«, beruhigte Emily ihn. Es gefiel ihr nicht, dass sie immer noch an den Vorfall mit Jack dachte. Das war mittlerweile schon so lange her.

»Das war es sehr wohl, aber gut. Ich weiß, du sprichst nicht gern darüber. Dann hast du überlebt, dass unser Haus in die Luft gesprengt wurde.«

»Und du hast mir drei wunderbare Söhne geschenkt. Und du hast uns alle sehr verwöhnt. Unser Leben war nicht immer eitel Sonnenschein, aber ich habe nie daran gezweifelt, dass du da bist, wenn ich dich brauche.«

»Ich werde immer für dich da sein, Em. Egal was geschieht. Ich liebe dich. Du bist das Beste, was mir je passiert ist.«

»Und du bist das Beste, was *mir* je passiert ist«, erwiderte sie. »Wir werden morgen keine Zeit zum Durchatmen haben und wir müssen etwas schlafen ... aber zuerst braucht mein Mann ein paar Streicheleinheiten.«

»Tue ich das?«, fragte Fletch grinsend.

»Ja, allerdings. Und weil ich eine gute Ehefrau bin und weiß, was du für großen Muskelkater hast, weil du es übertrieben hast, um unserer Tochter zu beweisen, dass du noch in der gleichen Verfassung bist wie vor zwanzig Jahren, werde ich die ganze Arbeit machen. Du musst nur daliegen.«

»Oh, das hört sich gut an«, knurrte Fletch, drehte sich auf den Rücken und verschränkte die Hände hinter dem Kopf.

Emily wusste sehr wohl, dass ihr Mann nicht einfach »nur daliegen« würde, wenn sie sich liebten. Aber sie genoss ihre Neckereien. Sie setzte sich auf ihn und schob sich das Nachthemd über den Kopf. Fletch machte große Augen. Emily war nicht mehr so jung wie früher und ihre Haut war an einigen Stellen nicht mehr ganz so straff, wie sie es gern hätte, aber der Blick der Lust in den Augen ihres Mannes gab ihr auch nach all der Zeit immer noch das Gefühl, die begehrenswerteste Frau der Welt zu sein.

Fletch ließ seine Hände nach oben wandern und umfasste ihre Hüften. »Nur gut, dass ich nach meiner Dusche vergessen habe, Unterwäsche anzuziehen, was?«

Emily verdrehte die Augen.

Er grinste einen Moment lang und wurde dann ernst. »Ich liebe dich, Emily.«

»Ich liebe dich auch.« Und dann zeigte sie ihm ganz genau, wie sehr.

Annie stand in einem Hinterzimmer der Kirche, in der ihre Mutter vor all den Jahren geheiratet hatte, und nahm alle um sich herum wahr.

Rayne half Mary mit den Haaren, Harley unterhielt sich mit Kassie in der Ecke, Casey versuchte, ihre neunjährige Tochter zu unterhalten, damit sie ihr Kleid nicht zerknitterte, Sadie spielte mit ihrer Wimperntusche herum und Wendy saß mit Akilah in der Ecke und führte eine scheinbar intensive Unterhaltung.

Der Tag war anstrengend gewesen, aber alles lief reibungslos ab. Ihre Mutter hatte alles sorgfältig geplant. Die Hochzeitsplanerin war den ganzen Vormittag und Nachmittag hin und her gelaufen, aber soweit es Annie betraf, war alles perfekt.

Annies Mutter blieb neben ihr stehen. »Können wir uns kurz unterhalten?«, fragte sie leise.

Annie atmete tief durch. »Meine Wimperntusche ist zwar wasserfest, aber ich bin mir sicher, dass meine Visagistin sauer ist, wenn sie noch mal von vorn anfangen muss«, sagte sie noch halb im Spaß.

Emily lächelte einfach nur.

Sie konnte ihrer Mutter nichts abschlagen. »Komm schon«, sagte sie, griff nach ihrer Hand und zog sie zur Tür. »Wir sind gleich wieder da«, rief Annie in den Raum. »Bleibt alle ruhig, bleibt alle hier. Ich werde Frankie um Punkt sechzehn Uhr das Jawort geben. Wer es verpasst, verpasst es eben.«

Alle lachten, als sie mit Emily den Raum verließ. Sie gingen den Flur hinunter und in einen kleineren Raum in der Nähe. Dort hatte Annie sich vorhin angezogen. Es war eigentlich eher ein begehbarer Schrank als ein richtiges Zimmer, aber es hatte ein kleines Fenster und war im Moment unbewohnt.

Als sie allein waren, lächelte Emily ihre Tochter an. »Du siehst wunderschön aus.«

Annie *fühlte* sich auch wunderschön. Sie war kein

großer Fan von mädchenhaften Kleidern, und das wussten alle. Und als sie dieses Kleid gesehen hatte, wusste sie, dass sie es haben musste. Daran befand sich kein Fitzelchen Spitze. Es schmiegte sich an ihren Oberkörper an und war an den Hüften ausgestellt. Es hatte kleine Kappenärmel und das Beste war, dass es dunkelsmaragdgrün war.

Annie hatte sich Sorgen gemacht, dass Frankie es seltsam finden würde, dass ihr Kleid nicht weiß war, aber als sie es ihm gesagt hatte, hatte er nur mit den Schultern gezuckt und gesagt, sie könne alles tragen, was sie wolle, solange sie nur rechtzeitig »Ja, ich will« sagte.

Sie fühlte sich wie eine Märchenprinzessin in diesem Kleid. Die Haare trug sie streng aus dem Gesicht, doch es fiel ihr offen über den Rücken. Es war nicht mehr so lang wie damals, als sie noch eine Jugendliche war – auf den Einsätzen war kürzeres Haar praktischer –, aber sie freute sich darauf, es wieder wachsen zu lassen.

Annie streckte einen Fuß aus und hob den Saum ihres Kleides ein wenig an, um ihre Schuhe zu zeigen. »Ich liebe die Schuhe, die Dad für mich gefunden hat.«

»Er hat das ganze Internet danach abgesucht«, erklärte Emily lächelnd. »Und als er keine Springerstiefel mit Strass finden konnte, hat er einer Dame auf Etsy unglaublich viel Geld bezahlt, um welche für dich zu machen.«

»Sie sind perfekt«, erklärte Annie. Dann sah sie ihre Mutter an. Sie erinnerte sich nicht mehr an viel aus ihrer frühsten Kindheit, nur hin und wieder hatte sie ein paar Erinnerungsfetzen. Sie erinnerte sich jedoch daran, dass ihre Mutter immer für sie da gewesen war.

Sie hatte die Geschichte gehört, wie Emily vor Hunger krank geworden war, zu arm, um sie beide zu ernähren, und wie Annie zu Fletchs Haus gegangen war und ihn um Hilfe gebeten hatte. Sie erinnerte sich zwar nicht mehr an alle Einzelheiten, aber Annie wusste noch, wie besorgt sie um ihre Mutter gewesen war. Damals war sie ihr überlebensgroß vorgekommen und als sie sich einen Tag lang nicht vom Sofa bewegt hatte, wusste Annie, dass Fletch sie retten würde. Sie beide retten würde.

Emily war Annies beste Freundin. Das war sie ihr ganzes Leben lang gewesen. Und jetzt, da Annie das Leben als Soldatin am eigenen Leib erfahren hatte, wusste sie zu schätzen, wie stark auch ihre Mutter war.

»Ich habe ein Geschenk für dich«, sagte Emily und griff in die Tasche ihres Kleides. Sie hatte darauf bestanden, für sich als Mutter der Braut ein Kleid zu finden, das zwei Taschen hatte, aber trotzdem nicht aussah wie etwas, das eine »alte Frau« tragen würde. Und das war ihr gelungen.

Emily hielt Annie etwas hin.

Annie brach in Lachen aus, als sie sah, was ihre Mutter in der Hand hielt. Einen ihrer kleinen, grünen Plastiksoldaten. »Sag mir, dass der nicht von eurer Hochzeit stammt«, sagte Annie.

»Natürlich tut er das. Du warst so stolz darauf, sie zusammen mit den Blütenblättern in den Gang vorm Altar zu streuen.«

»Und du wärst fast auf die Nase gefallen, als du auf einen draufgetreten bist«, erwiderte Annie lachend.

»Ich halte es nur für passend, dass du an deinem

eigenen Hochzeitstag einen davon dabeihast. Wir stecken ihn in dein Bouquet.«

Bei dem Gedanken musste Annie lächeln. »Habe ich dir je gedankt?«, fragte sie.

»Wofür?«, wollte Emily wissen.

»Für *alles*. Dafür, dass du gehungert hast, damit ich etwas zu essen bekomme. Dafür, dass du mich beschützt hast. Dafür, dass du zugelassen hast, dass ich eine Million Fragen stelle. Dafür, dass ich im Dreck spielen und Hosen tragen durfte, anstatt mir Mädchensachen aufzuzwingen. Dafür, dass du nicht ausgeflippt bist, als ich Frankie kennengelernt und dir gesagt habe, dass ich ihn heiraten möchte. Dafür, dass du die beste Mutter bist, die man sich nur wünschen kann. Selbst wenn ich nur ein bisschen so werde wie du, würde ich das als Erfolg für mich werten.«

»Oh, mein Schatz«, sagte Emily und legte Annie die Hände an die Wangen. »Du hast es mir als Mutter leicht gemacht.«

Annie schnaubte.

»Nein, wirklich«, erklärte ihre Mutter mit Nachdruck. »Du konntest dich stundenlang allein beschäftigen. Du warst höflich und dankbar für alles, was du bekommen hast. Ich habe mich immer glücklich geschätzt, weil du so viel Mitgefühl hattest. Jedes Mal wenn du gesehen hast, dass jemand leidet, wolltest du dafür sorgen, dass er sich besser fühlt. Egal ob Truck und Fish oder Akilah und Tex. Du wolltest immer, dass es anderen gut geht, sie heilen. Ich hatte nie auch nur einen Zweifel daran, dass du eine wunderbare Soldatin werden würdest, und das warst du, und du wirst sogar eine noch bessere Ärztin sein. Ich bin fest davon überzeugt, dass du dazu geboren wurdest.«

»Mom«, sagte Annie und versuchte, die Tränen herunterzuschlucken.

»Und du solltest auch wissen, dass Frankie meiner Meinung nach genau der richtige Mann für dich ist, und ich würde ihn auch für dich aussuchen. Du weißt schon ... wenn ich da ein Mitspracherecht hätte«, erklärte Emily und lachte leise. »Er hatte immer nur Augen für dich. Buchstäblich. Wann immer ihr zusammen in einem Raum wart, hat er dich nicht aus den Augen gelassen. Wenn du hingefallen bist, war er sofort zur Stelle, bevor dein Vater oder ich es überhaupt bemerkten. Er ist dein Held, dein Mutmacher und dein Beschützer. Du kannst auf dich selbst aufpassen, das wissen wir beide, aber einen Partner zu haben, auf den du dich hundertprozentig verlassen kannst, ist ein Segen.«

»Du solltest es wissen«, sagte Annie.

»Ja, das tue ich«, stimmte Emily ihr zu.

»Danke, dass du diese Feier heute organisiert hast«, erklärte Annie. »Ich weiß, dass ich keine so große Hilfe war, wie ich es hätte sein sollen.«

Emily zuckte mit den Achseln. »Es hat Spaß gemacht.«

»Hat Dad es mit den Sicherheitsvorkehrungen für die Hochzeit übertrieben?«

»Natürlich hat er das. Er ist immer noch wütend, dass diese Typen es gewagt haben, uns auf unserer *eigenen* Hochzeit zu überfallen«, sagte Emily.

»Glaubst du, wenn ich bettle, würden Fish und Tex

ihre dreibeinige Tanznummer aufführen?«, fragte Annie mit leisem Lachen.

»Nur wenn Akilah dir ihre Prothese leiht, damit du sie wie einen Baseballschläger schwingen kannst«, erwiderte Emily.

»Wir hatten schon viel Spaß, was?«, fragte Annie rhetorisch.

»Allerdings«, entgegnete Emily trotzdem. »Und ich bin mir sicher, dass bereits alle auf uns warten. Ganz besonders Frankie. Hast du deine Anstecknadel von den Green Berets und die Ranger-Anstecknadel, die Aspen dir vor all den Jahren gegeben hat?«

»Ja, ich trage sie bereits am Saum meines Kleides«, erklärte Annie.

»Gut. Ich habe dein Outfit für die Hochzeitsfeier im anderen Raum. Nach der Zeremonie wird der Fotograf noch ein paar Fotos machen wollen, da Frankie dich ja noch nicht sehen durfte, bis du den Gang zum Altar entlanggeschritten bist. Du kannst dich umziehen, bevor ihr beide wieder zum Haus zurückkehrt.«

»Okay, Mom.«

»Aber vergiss nicht, dein Bouquet mitzubringen. Wir stellen es auf den Tisch neben den Kuchen. Oh, und ich habe der Geistlichen bereits ein Trinkgeld gegeben, du musst dir darum also keine Sorgen machen.«

»Das ist wirklich toll. Mom, wir haben ...«

Emily gab Annie nicht die Gelegenheit, ihren Gedanken zu beenden. »Du brauchst dich nicht zu beeilen, um zurück zum Haus zu kommen. Es wird Horsd'o-euvres geben und natürlich eine offene Bar, sodass für alle gesorgt ist, bis du und Frankie eintrefft ...«

»Mom!«

»Was ist?«

»Es ist alles in Ordnung. Hör auf, dir Sorgen zu machen.«

Emily atmete tief durch. »Stimmt. Ich freue mich so für dich, Ann Elizabeth Grant Fletcher.«

»Ich mich auch«, erklärte Annie.

»Komm schon, erlösen wir Frankie von seinem Leid«, sagte Emily. »An unserem Hochzeitstag war dein Vater nervlich am Ende. Er hat ständig versucht, vor der Hochzeitsfeier einen Blick auf mich zu erhaschen.«

Annie lächelte, als sie ihrer Mutter aus dem Zimmer und zurück zu dem Ort folgte, an dem sich alle versammelten, um zum Altar zu schreiten. Sie glaubte nicht, dass es Emily gefallen würde, wenn sie wüsste, dass sie und Frankie sich bereits vorhin von ihren Freunden weggeschlichen und Geschenke für den Hochzeitstag ausgetauscht hatten.

Annie hatte gesagt, sie wolle auf die Toilette gehen, und Frankie hatte die gleiche Ausrede benutzt. Sie hatten sich in einem Abstellraum in der Kirche versteckt und gekichert wie ungezogene Kinder. Frankie hatte ihr ein wunderschönes Diamantarmband geschenkt und sie hatte ihm das neueste Erweiterungspaket für die aktuelle Version von *This is War* geschenkt. Harley hatte ein paar Beziehungen spielen lassen, um es früher zu bekommen, und die Begeisterung in Frankies Augen, als er erkannte, was sie ihm gegeben hatte, freute sie.

Sie hatten eine Weile wie Jugendliche geknutscht und als Annie das Gefühl hatte, dass sie ihr Glück lange genug herausgefordert hatte und jemand nach ihr suchen würde, wenn sie nicht zurückkam, ließ sie Frankie widerwillig in der Abstellkammer zurück und machte sich auf den Weg zurück ins Chaos.

Als Annie und Emily den Raum wieder betraten, den sie vor nicht einmal zehn Minuten verlassen hatten, rief Rayne: »Da seid ihr ja!«

Alle fingen sofort an durcheinanderzureden, die Aufregung lag förmlich in der Luft. Es war nicht die erste Hochzeit, bei der alle dabei waren, aber jedes Mal, wenn jemand aus ihrem engen Kreis den Bund fürs Leben schloss, schienen alle den Verstand zu verlieren.

Als Akilah ihren Mann geheiratet hatte, einen Iraker, den sie auf einer Veranstaltung für vertriebene Iraker kennengelernt hatte, hatten alle vor Freude geweint. Als Jackson, Wendys Bruder, geheiratet hatte, war, da war Annie sich sicher, ihm die laute Begeisterung der Anwesenden sicher unangenehm gewesen. Ihre Familie wusste definitiv, wie man feiert, und so freute sich Annie sehr auf den Empfang. Es gab ein paar Leute, mit denen sie noch nicht gesprochen hatte und die sie seit Jahren nicht mehr gesehen hatte, und sie konnte es kaum erwarten, das nachzuholen.

Aber zuerst ... musste sie den Mann heiraten, den sie mehr als alles andere auf der Welt liebte.

KAPITEL SECHZEHN

Im hinteren Teil der Kirche, wo sie mit ihrem Vater und der kleinen Hochzeitsgesellschaft wartete, wippte Annie ungeduldig mit dem Fuß. Der Raum war durch eine Tür von der eigentlichen Kirche abgetrennt und sie konnte es kaum erwarten, dass sie geöffnet wurde. Sie war bereit, es zu tun. Frankie vor ihrer ganzen Familie und ihren Freunden zu heiraten.

Die Zwillinge von Gillian und Trigger waren die Blumenkinder, und auch sie zappelten herum und wollten endlich ihren Beitrag leisten. Annie war nicht entgangen, dass sich unter den Blumen in ihren Körben auch kleine grüne Armeemänner befanden.

Fletch lehnte sich zu ihr und flüsterte: »Bist du dafür bereit?«

»Das bin ich schon mein ganzes Leben, Dad«, erklärte sie ihm zuversichtlich. Sie war nicht nervös. Hatte keinerlei Zweifel. Sie gehörte zu Frankie und Frankie zu ihr. Punkt. Das stand völlig außer Frage. Die Hochzeit war eigentlich nur eine Formalität; sie hatten sich schon

SUSAN STOKER

vor vielen Jahren füreinander entschieden. Und dann noch einmal etwas offizieller vor zehn Monaten auf dem Deck einer Segeljacht in der Karibik.

Ihr Vater sah in seinem Smoking extrem attraktiv aus, genau wie all seine Freunde. Die Kirche war voller »Silberfüchse« und Annie fand es toll, dass all die Menschen, die sie liebte, an diesem einen Ort zusammengekommen waren.

Ein Geräusch hinter ihnen erregte ihre Aufmerksamkeit und Annie warf einen Blick über ihre Schulter, um zu sehen, wie jemand die Kirche betrat. Einen Moment lang blieb sie wie erstarrt stehen, dann erschien ein breites Lächeln auf ihrem Gesicht und sie schritt auf den Neuankömmling zu, wobei sie das organisierte Chaos um sich herum ausblendete. Sie hörte vage, wie die Hochzeitsplanerin versuchte, die Aufmerksamkeit aller zu erregen, aber sie blieb nicht stehen.

Der Mann, der die Kirche betreten hatte, grinste und streckte seine Arme aus.

Annie ging direkt in sie hinein. »Tex!«, rief sie glücklich. »Ich hätte nicht gedacht, dass du kommst!«

»Ich würde doch um nichts in der Welt die Hochzeit meines Lieblingsmädchens verpassen!«

Annie schniefte ein wenig, als Tex die Arme um sie schlang. Akilah hatte bereits erwähnt, dass ihr Vater in Kalifornien war, um einen SEAL zu besuchen, der im Kampf verletzt worden war und beide Beine verloren hatte. Tex arbeitete immer noch mit verletzten Veteranen und tat, was er konnte, um ihnen den Übergang ins zivile Leben zu erleichtern. Annie war sich bewusst, dass der Soldat entweder sehr wichtig sein oder sich in einer tiefen seelischen Krise befinden musste, damit Tex in Erwägung zog, ihre Hochzeit zu verpassen, und das war in Ordnung. Sie wollte, dass er dort war, wo er am meisten gebraucht wurde.

»Danke«, flüsterte Annie. Sie hatte Tex nicht mehr gesehen, seit er die Männer in die Karibik geschickt hatte, um sie zu retten. Sie hatte sich am Telefon bei ihm bedankt, aber das war nicht dasselbe, wie es persönlich zu tun.

Tex nickte ihr nur zu. Es war ein kleines Wunder, dass er ihren Dank weder zurückwies noch dagegen protestierte. Er war nicht dafür bekannt, Dankbarkeit anzunehmen.

Annie zog sich zurück und betrachtete den Mann, der einen größeren Retterkomplex hatte als jeder andere, den sie je kennengelernt hatte. Er hatte es ganz allein auf sich genommen, die Frauen seiner Freunde zu beschützen. Und ihre Kinder. Und ihre Freunde. Annie hatte keine Ahnung, wie viele Menschen dieser Mann unter seinen Fittichen hatte, aber sie war dankbar, eine von vielen zu sein. Sie hatte immer gewusst, dass er Menschen verfolgte und dass er über beängstigende technische Fähigkeiten verfügte, aber sie war noch nie so froh gewesen, dass er für sie da war, so wie vor Kurzem auf dieser Insel.

»Ich wusste, dass du sofort die Kavallerie losschicken würdest, wenn du unsere Namen im Computer als ›vermisst‹ sehen würdest«, erklärte sie ihm leise. »Und ich weiß es wirklich zu schätzen, dass du es zugelassen hast, dass Frankie und ich unseren Urlaub in Ruhe beenden.«

Er blickte sie finster an. »Nur gut, dass du nicht ein

Jahr lang Dankeskarten und Blumen geschickt hast, um dich zu bedanken«, erwiderte Tex.

Annie grinste. Hatte sie doch *gewusst,* dass Tex das Video von den Soldaten, die sie gerettet hatten, sehen konnte. »Dazu kenne ich dich zu gut«, erklärte sie ihm.

»Hey, Daddy«, meldete sich Akilah hinter ihnen.

Tex' Augen leuchteten auf, als er seine Tochter sah. Er küsste Annie auf die Stirn und sagte: »Erinnerst du mich bitte daran, euch mein Hochzeitsgeschenk zu geben, bevor ich wieder gehe?«

»Ich kann es kaum erwarten, was für eine Art von Ortungsgerät du dir diesmal hast einfallen lassen«, erklärte Annie.

Tex lachte und drehte sich dann zu Akilah um. Zu sehen, wie viel Liebe Tex für seine Adoptivtochter empfand, brachte Annie zum Seufzen. Vielleicht war sie besonders sentimental, weil es ihr Hochzeitstag war, aber sie genoss es, die ungezwungene Zuneigung zu sehen, die er seiner Tochter ohne Scheu entgegenbrachte. Akilah war Mitte dreißig, verheiratet und hatte ein eigenes Kind, und doch behandelte Tex sie immer noch so, als wäre sie das Zweitwichtigste in seinem Leben.

Das Zweitwichtigste nur deshalb, weil jeder wusste, dass Tex für seine Frau Melody lebte und atmete. Er würde alles für sie tun. Buchstäblich *alles.* Er würde Gesetze brechen, Schädel einschlagen, jeden Gefallen einfordern, den er brauchte. Niemand legte sich mit seiner Melody an. Niemand.

Und wie der Teufel es so will, tauchte seine Frau wie aus dem Nichts auf.

»John!«, rief sie. »Ich war mir nicht sicher, ob du es schaffen würdest«, sagte Melody.

Akilah trat lächelnd zurück, während Tex seine Frau begrüßte. Sie waren schon seit Jahrzehnten zusammen, doch Tex betrachtete Melody noch immer, als wäre sie die schönste Frau der Welt und die einzige Person im Raum.

»Hey, Mel. Ich war mir auch nicht sicher, ob ich es schaffen würde, aber wenn ich Annies Hochzeit verpasst hätte, wäre mir Fletch ewig böse gewesen.« Sie küssten einander sanft und mussten lächeln, weil sie einander so sehr liebten.

»Wir müssen langsam mal mit der Zeremonie anfangen, sonst flippt der Bräutigam noch aus«, erklärte die Hochzeitsplanerin neben ihnen.

»Tut mir leid«, entschuldigte sich Tex. »Ich wollte die Sache nicht hinauszögern.«

Annie schnaubte.

»Hast du in meiner Gegenwart gerade geschnaubt, junge Dame?«, fragte Tex.

Annie unterdrückte ihr Lächeln. »Aber natürlich nicht.«

Tex schüttelte den Kopf und legte einen Arm um Melody. »Ja, klar.« Dann küsste er Akilah auf die Schläfe und öffnete eine der Türen, und er ging, wie es sich gehörte, mit seiner Frau am Arm in die Kirche.

Annie hörte, wie er laut verkündete: »Entschuldigt bitte, ich bin nicht Annie. Nur ein alter Mann mit seiner wunderschönen Frau.« Dann schloss sich die Tür wieder hinter ihnen.

Sie konnten hören, wie die Gäste lachten.

Wie immer sorgte Tex für einen großen Auftritt.

Sie spürte, wie jemand einen Arm um ihre Taille legte, und sah zu ihrem Vater hoch. »Wusstest du, dass Tex herkommen würde?«

»Er hat mir gesagt, es könnte knapp werden. Aber ich wusste, dass er definitiv zum Hochzeitsempfang kommt.«

»Dann hoffen wir mal, dass er seine Prothese nicht als Waffe benutzen muss, wie es bei deiner Hochzeit der Fall war, was?«, neckte Annie ihn.

Fletch schauderte. »Dir dabei zuzusehen, wie du Akilahs Arm benutzt hast, um nach einem der Mistkerle zu schlagen, hat mir noch jahrelang Albträume bereitet«, sagte er.

Annie grinste. »Daran erinnere ich mich nur noch vage. Ich erinnere mich hauptsächlich daran, dass ich mich prächtig amüsiert habe. Ich habe mich so für dich und Mom gefreut, weil ihr geheiratet habt und dass alle so freundlich waren.«

»Komm, erlösen wir die arme Hochzeitsplanerin von ihrem Leid und bringen dich zu Frankie, okay?«

Annie nickte. »Auf jeden Fall.«

Fletch nickte der erschöpften Hochzeitsplanerin zu und diese seufzte sichtlich erleichtert auf. Annie machte es nichts aus, dass die Dinge ein wenig chaotisch waren. Bei Freunden und Familie wie ihrer hatte sie nichts anderes erwartet.

Frankie stand am Eingang der Kirche und starrte auf die Türen. Er war nicht nervös. Nicht im Geringsten. Er war aufgeregt. Er konnte es kaum erwarten, Annie zu sehen, obwohl es ihm erst vor wenigen Stunden gelungen war, sie für einen intimen Moment zu entführen.

Er war stolz darauf, sie vor ihrer Familie und ihren Freunden zu der Seinen machen zu können, und, was noch wichtiger war, dass sie ihn zu dem *Ihren* machte. Als er klein war, hatte er eine Zeit lang geglaubt, dass er es nicht wert war, geliebt zu werden. Seine eigene Mutter hatte ihn wegen seiner Behinderung gemieden. Aber mit der Hilfe seiner Lehrerin – jetzt seine Patentante – und ihres Mannes Cooper begann er zu erkennen, dass er vielleicht doch nicht so schrecklich war, wie er dachte.

Sein ganzes Leben lang hatte er sich gewünscht, ein Ehemann zu sein. Er wollte *Annies* Ehemann sein. So viele Menschen hatten versucht, ihn davon zu überzeugen, dass das, was er seit seinem siebenten Lebensjahr für sie empfand, keine wahre Liebe war. Aber er wusste tief in seinem Herzen, dass es die ganze Zeit so war.

Er sah, wie Tex durch die Tür im hinteren Teil des Raumes eintrat, und freute sich, dass der Mann es geschafft hatte. Annie würde nie erfahren, wie oft er und Tex miteinander sprachen, vor allem, wenn sie im Einsatz war. Tex hatte ihm mehr als einmal versichert, dass es Annie gut ging. Das würde er ihm nie vergelten können.

Frankie hörte nicht, was Tex in den Saal sagte, aber alle Anwesenden lachten. Ihm gefiel es, dass die Zeremonie voller Freude war. Als Joe und Josie den Gang hinunterkamen und Blumen und Spielzeugsoldaten verstreuten, lachten wieder alle, und er konnte hören, wie einige der Leute, die die Geschichte hinter den Spielzeugen kannten, flüsterten und sie wahrscheinlich den anderen erklärten.

Als Nächstes erschienen Akilah und Cooper. Nach mehreren Gesprächen mit Emily hatten er und Annie ihre Mutter davon überzeugt, dass sie keine traditionellen Brautjungfern und Trauzeugen brauchten. Aber da Annie und Akilah sich sehr nahestanden, wollte Annie, dass ihre Freundin in irgendeiner Weise beteiligt wurde. Und Cooper hatte ihm buchstäblich das Leben gerettet, als er in der Grundschule war, und war einer der ersten Menschen – nach Frankies Vater und Lehrer –, die ihm das Gefühl gaben, dass er mit seiner Behinderung kein Problem hatte.

Akilah und Cooper waren also die Nächsten, die hinter Gillians Zwillingen den Gang hinuntergingen. Sie gingen Arm in Arm, und der Anblick von Akilah, die kleine Plastikarmee-Männchen zur Seite schob, um dafür zu sorgen, dass Annie auf ihrem Weg zum Altar nicht stolperte, brachte ihn zum Lächeln.

Als die Musik zu Mendelssohns *Hochzeitsmarsch* wechselte, standen alle in der Kirche auf und wandten sich den Türen zu. Frankie hielt den Atem an, während er darauf wartete, dass seine Annie erschien.

Die Türen öffneten sich ein letztes Mal und er atmete scharf ein, als er die Frau sah, die er liebte. Sie strahlte und hatte sich bei Fletch untergehakt. Sie schritten langsam den Gang entlang und Frankie konnte den Blick nicht von ihr abwenden.

Sie war so verdammt schön, dass ihm das Herz wehtat. Er hatte gewusst, dass ihr Kleid dunkelgrün war, aber er hätte sich nie vorstellen können, wie umwerfend sie aussehen würde.

Manche Leute würden es schade finden, dass sie sich nicht jeden Tag so schön anziehen konnte. Aber Frankie liebte Annie, egal wie sie aussah. Er liebte sie, wenn ihr Haar zerzaust und ihr Gesicht mit Schmutz und Schweiß bedeckt war. Er liebte sie, wenn sie erschöpft war und dunkle Ringe unter den Augen hatte. Er liebte sie, wenn sie eine Hose, Shorts, ein Kleid oder gar nichts trug.

Er liebte Annie für das, was sie im Inneren war. Gütig, knallhart, stur, lustig, großzügig und aufgeschlossen. Sie den Gang hinuntergehen zu sehen, war wie eine königliche Prinzessin zu sehen, die ihre Untertanen begrüßt, nur dass sie jede einzelne Person kannte, die sie mit einem Lächeln begrüßte, während sie auf ihn zuschritt.

Fletch begleitete Annie zu der Treppe, auf der Frankie stand, und ging auf sie zu. Er reichte Fletch die Hand und der Mann nahm sie. Untypischerweise drückte er Frankies Finger fest und beugte sich vor, um ihn zu umarmen, ohne seine Hand loszulassen.

Als er näher kam, sagte Fletch leise: »Ich schenke dir meine Tochter nicht, sondern ich gebe sie in deine Obhut. Das ist ein großer Unterschied. Bitte lass es mich niemals bereuen.«

Dann lehnte er sich zurück und lächelte, als hätte er ihn nicht eben bedroht.

»Dad, was zum Teufel hast du da gerade gesagt?«, verlangte Annie zu erfahren.

»Nichts, mein Schatz. Ich habe Frankie nur in der Familie willkommen geheißen«, erklärte Fletch unschuldig.

Frankie war von Fletchs Warnung weder beunruhigt noch überrascht und stattdessen freute er sich darüber, dass Annie noch jemanden hatte, der für sie da war. Er nickte Fletch bestätigend zu.

Fletch zögerte einen Moment lang, dann legte er Annies Hand in Frankies.

In dem Moment, in dem er sich umdrehte, um zu seinem Platz in der ersten Kirchenbank neben Emily und dem Rest seiner Familie zu gehen, flüsterte Annie: »Was hat er zu dir gesagt?«

»Nichts, was ich nicht auch zu der Person sagen würde, die meine Tochter heiratet.« Frankie nahm Annies Hand und legte sie sich auf seinen Unterarm, dann drehte er sich um, um mit ihr zum Altar zu schreiten.

»Moment mal, soll das etwa heißen, dass wir Kinder bekommen?«, neckte Annie ihn.

Am Altar drehte Frankie sich um und blickte Annie an. Sein Herz klopfte heftig in seiner Brust und er konnte nicht aufhören zu grinsen.

Sie erwiderte sein Lächeln und legte ihm eine Hand auf die Brust. »Du siehst fantastisch aus«, flüsterte sie.

Frankie war es egal, dass sie diesen Moment vor über hundert Leuten erlebten. Es war ihm egal, dass sie die Zeremonie aufhielten. Er hatte nur Augen für die Frau, die vor ihm stand. »Genau wie du.«

»Sieh mal«, sagte Annie und hob den Saum ihres Kleides ein wenig an. Ihre mit Strass besetzten Springerstiefel glitzerten im gedämpften Licht der Kirche.

»Die sind perfekt«, erklärte Frankie ihr. Dann zeigte er auf seine Füße, damit sie sehen konnte, dass er ebenfalls Springerstiefel trug, obwohl seine natürlich nicht mit Strasssteinen besetzt waren.

Annie kicherte.

»Ich wollte mich selbst davon überzeugen, was so toll daran ist«, erklärte Frankie. »Ich meine, schließlich liebst du sie und trägst sie ständig. Also bin ich davon ausgegangen, dass sie bequem sind.«

»Und sind sie das?«, wollte Annie wissen.

Frankie lehnte sich zu ihr und flüsterte: »Nein.«

Annie warf den Kopf in den Nacken und lachte lauthals. Frankie starrte sie einfach nur an und dankte seinen Glückssternen, dass dieser Tag endlich gekommen war. Als sie sich wieder eingekriegt hatte, sagte Annie: »Du musst sie erst eintragen. Mit der Zeit werden sie besser, das verspreche ich dir.«

Die Geistliche räusperte sich und Frankie erinnerte sich plötzlich wieder daran, wo sie waren. »Sollen wir heiraten?«

»Noch mal?«, erwiderte Annie lächelnd.

»Ja.«

»Warum nicht. Ich habe gerade nichts anderes vor«, neckte sie ihn.

Sie wandten sich der Geistlichen zu und Frankie bedeutete ihr mit einem Nicken anzufangen.

»Wir sind heute hier zusammengekommen, um diesen Mann und diese Frau im heiligen Stand der Ehe zu verbinden ...«

Und schon bald darauf war es Zeit, dass sie erneut ihre Gelöbnisse ablegten.

»Nimmst du Franklin Sanders die hier anwesende Ann Elizabeth Grant Fletcher zu deiner rechtmäßig angetrauten Ehefrau? Willst du sie von diesem Tag an in guten wie in schlechten Zeiten, in Reichtum und Armut, in Krankheit und Gesundheit lieben und ehren, bis dass der Tod euch scheidet?«

»Ich will«, erklärte Frankie, ohne zu zögern.

»Willst du, Ann Elizabeth Grant Fletcher, den hier anwesenden Franklin Sanders zu deinem rechtmäßig angetrauten Ehemann nehmen? Willst du ihn von diesem Tag an in guten wie in schlechten Zeiten, in Reichtum und in Armut, in Krankheit und Gesundheit lieben und ehren, bis dass der Tod euch scheidet?«

»Auf jeden Fall«, erklärte Annie enthusiastisch.

»Sie dürfen jetzt Ihre eigenen Ehegelöbnisse austauschen«, sagte die Geistliche.

Frankie und Annie hatten darüber gesprochen. Natürlich wollten sie ihren Teil zu der Zeremonie beitragen, doch was sie anging, so hatten sie sich ihr wahres Ehegelöbnis bereits auf dem Segelboot in der Karibik gegeben.

»Heute, vor all unserer Familie und unseren Freunden freue ich mich, dass mein Traum endlich wahr geworden ist«, erklärte Frankie Annie. »Ich bin vielleicht nicht der reichste Mann oder der klügste oder der koordinierteste, aber ich bin der *einzige* Mann auf der Welt, der dich immer an erste Stelle setzen wird. Der Himmel und Hölle in Bewegung setzen wird, um dir zu geben, was du brauchst und dir wünschst. Ich werde dich mit meinem Leben beschützen, alle Spinnen töten, die es wagen, in unser Haus einzudringen, und gern für den Rest unserer Tage für uns beide kochen.«

Frankie wartete, bis das Gelächter sich gelegt hatte, bevor er weitersprach.

»Mir ist durchaus bewusst, wie viel Glück ich habe«, erklärte er. »Ich zwicke mich jeden Tag, weil ich es kaum glauben kann, dass du mit mir zusammen bist. Ich werde dich nie als selbstverständlich hinnehmen und werde mir Mühe geben, dir in jeder einzelnen Minute zu zeigen, wie sehr ich dich liebe.«

Annie lächelte ihn an und murmelte dann: »Ich dachte, wir wollten nicht emotional werden?«

Frankie zuckte mit den Achseln. »Ich kann nicht anders«, erklärte er ihr.

Annie atmete tief durch und begann dann zu sprechen. »Ich habe dich schon immer geliebt, Frankie. Von dem Augenblick an, in dem ich dich das erste Mal gesehen habe, hat etwas tief in mir gesagt: »Das ist der Mann, den du heiraten wirst.« Ich bin nicht der anmutigste Mensch der Welt, ich bin zu laut, zu energisch, zu rechthaberisch, zu burschikos. Aber ich liebe dich mit allem, was ich bin. Ich habe mein ganzes Leben lang die besten Beispiele dafür gehabt, was Liebe ist. Liebe ist uneigennützig. Liebe ist, sich zu entschuldigen, Liebe ist, in ein Fischrestaurant zu gehen, wenn man eigentlich Lust auf einen Hamburger hat. Du bist mein bester Freund; der letzte Mensch, mit dem ich abends reden möchte, und der erste, den ich morgens sehen will. Ich kann es kaum erwarten zu sehen, was unser gemeinsames Leben uns bringt.«

Frankie drückte Annies Hände und beide wandten sich der Geistlichen zu. Sie tauschten traditionell die Hochzeitsringe aus und nachdem sie sich gegenseitig die

Ringe an den Finger gesteckt hatten, sprach die Geistliche weiter: »Kraft des mir verliehenen Amtes erkläre ich Sie hiermit zu Mann und Frau. Sie dürfen die Braut jetzt küssen.«

Annie fragte: »Wie wäre es, wenn ich stattdessen meinen Bräutigam küsse?« Dann griff sie nach ihm, legte ihre Hand in Frankies Nacken und zog ihn an sich.

Frankie hörte ein Lachen, bevor er die Augen schloss und den Kuss seiner Frau genoss. Beide waren sich sehr bewusst, dass sie beobachtet wurden, und hielten ihre Leidenschaft im Zaum. Als sie sich zu den anderen umdrehten, hielt Annie ihre verschränkten Hände hoch und ließ einen lauten Schrei los.

Alle lachten und jubelten, als Annie ihn praktisch den Gang hinunterzog, lächelte und jeden begrüßte, den sie vor der Zeremonie nicht hatte begrüßen können.

Zwei Stunden später, nachdem sie jeden Einzelnen begrüßt, die offizielle Heiratsurkunde unterschrieben, noch eine Million Fotos gemacht und sich für den Empfang umgezogen hatten, hatte Frankie endlich Zeit, sich mit Annie hinzusetzen. Sie befanden sich in dem Raum, in dem sie sich zuvor angezogen hatte. Sie waren allein, während draußen die Limousine wartete, die sie zum Haus ihrer Eltern bringen sollte. Aber zuerst wollte Frankie einen Moment mit seiner Frau verbringen.

Er reichte ihr ein zusammengerolltes Stück Papier.

Annie sah es verwirrt an. »Was ist das?«

»Tex hat es mir zugesteckt, bevor er gegangen ist«, erklärte Frankie, ohne die Frage direkt zu beantworten.

»Aber er wird doch beim Empfang sein, nicht wahr?«, fragte Annie.

»Soweit ich weiß schon. Sieh nach, was es ist«, erwiderte er.

»Verdammt, es könnte alles Mögliche sein«, sagte Annie und blickte auf das fest zusammengerollte Dokument hinab. »Die Urkunde für ein neues Haus. Aktien im Wert von fünf Millionen Dollar. Ein notariell beglaubigtes Dokument, in dem ich verspreche, mein Erstgeborenes nach ihm zu benennen.«

Frankie lachte. »Jetzt mach schon auf.«

»Du weißt, was es ist, nicht wahr?«, fragte Annie vorwurfsvoll.

»Vielleicht. Und du wirst es auch, wenn du endlich den Mund halten und es ansehen würdest.«

Annie verdrehte die Augen und nahm das Gummiband ab. Sie rollte das Dokument auf und starrte es einen langen Moment an, während sie las.

Schließlich sah sie ihn an. »Ist das das, wofür ich es halte?«

»Wenn du denkst, dass es sich um eine offizielle bahamaische Heiratslizenz mit allen erforderlichen Unterschriften handelt, die die Zeremonie, die wir vor zehn Monaten hatten, hier in den Vereinigten Staaten vollkommen legal macht? Dann ja.«

»Oh wow! Woher weiß Tex das?«

Frankie lachte. »Hast du das gerade ernsthaft gefragt?«

»Richtig, dumme Frage. Aber ... wir haben nicht die offiziellen Wege beschritten. Wir hätten alle Dokumente einreichen sollen, bevor wir tatsächlich geheiratet haben.«

Frankie zuckte mit den Achseln. »Ich weiß nicht, wie

er es getan hat, und es ist mir auch egal, aber ich bin überglücklich, dass er es getan hat.«

»Macht uns das jetzt zu Heiratsschwindlern?«, fragte Annie.

Frankie runzelte die Stirn und er lachte gleichzeitig. »Was meinst du damit?«

»Ich meine, schließlich waren wir ja bereits verheiratet, bevor wir erneut geheiratet haben. Ist das überhaupt legal?«

»Wen interessiert das«, erklärte Frankie achselzuckend und mit strahlendem Lächeln. »Außerdem heißt das, dass wir zweimal im Jahr Hochzeitstag feiern können.«

»Und dann bekommen wir doppelt so viele Geschenke.« Annie zwinkerte ihm zu.

»Und wir fahren doppelt so oft in den Urlaub«, fügte Frankie zu.

»Es ist auch ein guter Grund, doppelt so oft völlig durchgeknallten Sex zu haben«, bemerkte Annie lächelnd.

»Ich wusste nicht, dass wir einen speziellen Grund dafür brauchen«, sagte Frankie.

»Auch wieder wahr.« Annie rollte das Zertifikat wieder zusammen und legte vorsichtig das Gummi darum. »Das ist sicher, wovon Tex gesprochen hat, als er mich begrüßt hat, bevor ich zum Altar geschritten bin.« Sie legte das Dokument zur Seite und setzte sich rittlings auf Frankies Schoß. Er saß auf einem kleinen Sofa und legte die Hände auf ihre Hüfte, um sie gut festzuhalten.

»Ich liebe dich«, erklärte Annie ihm.

»Aber nicht so sehr, wie ich dich liebe.«

»Denkst du, wir können die kleine Party ausfallen lassen und direkt nach Hause fahren?«, fragte Annie.

Frankie lachte schnaubend. »Äh, nein.«

»Ich frage ja nur«, entgegnete Annie mit breitem Grinsen.

Frankie wusste ganz genau, dass Annie den Empfang nicht verpassen wollte. Es gab zu viele Leute, mit denen sie sich treffen wollte. Er fuhr mit einer Hand über ihr Haar. Es war jetzt zerzaust und sie trug ein schwarzes T-Shirt mit Rundhalsausschnitt und eine Cargohose. Und ihre glitzernden Springerstiefel. Alle hatten die Anweisung erhalten, sich für den Empfang etwas Bequemes anzuziehen, genau wie ihre Mutter und ihr Vater es vor etwa zwanzig Jahren getan hatten.

Annie war jetzt noch genauso schön wie vor zwei Stunden, als er sie in dem herrlichen grünen Kleid gesehen hatte. Er wollte sie am liebsten *sofort* mit nach Hause nehmen. Ihr genau zeigen, wie sehr er sie liebte. Sie anbeten. Dafür sorgen, dass sie wusste, wie dankbar er dafür war, dass sie ihn heute geheiratet hatte. Aber es würde noch viel Zeit bleiben, um mit seiner Frau Liebe zu machen. Sie hatten ihr ganzes Leben noch vor sich.

»Was ist?«, fragte Annie, als er nichts sagte.

»Nichts weiter«, erklärte Frankie, »ich versuche nur, genügend Energie aufzubringen, um aufzustehen und für die nächsten sechs Stunden oder so zu lächeln.«

»Vier«, sagte Annie entschieden.

»Vier was?«

»Vier Stunden. Wir schneiden den Hochzeitskuchen an. Tanzen. Unterhalten uns. Aber sobald es zweiundzwanzig Uhr wird, verschwinden wir von dort.«

»Abgemacht«, erklärte Frankie. Sie hatten eine Reservierung in einer Frühstückspension etwa fünfzehn Minuten entfernt und würden dort die Nacht verbringen. Morgen würden sie zum Brunch zu ihren Eltern zurückkehren und dann zurück nach Austin fahren, damit Annie sich auf ihre Vorlesungen in der kommenden Woche vorbereiten konnte. Sie hatten nicht vor, in die Flitterwochen zu fahren; beide betrachteten ihren Segeltörn als ihre offiziellen Flitterwochen.

»Einer von uns muss den Anfang machen«, bemerkte Annie nach ein paar weiteren Minuten.

Seufzend nickte Frankie, als wäre er extrem niedergeschlagen, dann stand er mit Annie in seinen Armen auf. Sie kreischte nicht und klammerte sich nicht an ihn, weil sie Angst hatte, er würde sie fallen lassen. Sie schmiegte sich einfach an seine Brust, als hätte sie alles Vertrauen der Welt in ihn.

»Bist du bereit für all die Verrücktheiten, die jetzt auf uns zukommen?«, fragte Frankie, als sie beide in der Limousine saßen und auf dem Weg zum Haus ihrer Eltern waren.

Annie nickte, sagte allerdings: »Nein.«

Frankie küsste sie sanft und streichelte die Ringe an ihrem linken Ringfinger. »Der Tag, an dem ich dich kennengelernt habe, war der beste Tag meines Lebens.«

»Geht mir genauso«, flüsterte Annie, bevor sie ihn erneut küsste.

Den Rest der kurzen Fahrt zum Haus der Fletchers verbrachten sie mit Knutschen, dann versuchten sie, ihre Haare zu richten und sich vorzeigbar zu machen, bevor sie alle Gäste begrüßten.

»Sehe ich einigermaßen in Ordnung aus?«, fragte Annie und biss sich auf die Lippe, während sie darauf warteten, dass der Fahrer um den Wagen herumging und die Tür öffnete.

Ihre Wangen waren gerötet und ihre Lippen vom Küssen ein wenig angeschwollen. Ihr T-Shirt war ein wenig zerknittert, doch Frankie konnte nur erwidern: »Du bist perfekt.«

Als sie die Tür öffneten, wurden sie laut von allen begrüßt. Frankie lächelte einfach nur. Er liebte das. Alles. Annie wurde von so vielen Leuten geliebt und obwohl auch er ein paar Gäste hatte, wie zum Beispiel seinen Vater, Cooper und Kiera, waren die meisten Gäste für Annie gekommen. Frankie küsste sie auf die Schläfe. »Bereit?«

»Bereit«, erklärte sie selbstbewusst. »Zusammen können wir alles schaffen. Sogar eine riesige Party durchstehen, die meine Mutter und ihre verrückten Freundinnen organisiert haben.«

Hand in Hand stiegen Mr. und Mrs. Sanders aus der Limousine und gingen zu ihrem Hochzeitsempfang.

KAPITEL SIEBZEHN

Annie konnte nicht aufhören zu lächeln. Alle amüsierten sich prächtig. Sie lachten, unterhielten sich, tanzten. Sie und Frankie hatten zu Abend gegessen, für weitere Fotos posiert, die Torte angeschnitten, den obligatorischen ersten Tanz absolviert und jetzt hatte sie endlich Zeit, herumzugehen und mit Leuten zu reden, die sie schon ihr ganzes Leben lang kannte.

Ab und zu schaute sie sich nach Frankie um und jedes Mal stellte sie fest, dass sein Blick auf ihr ruhte. Sie waren wirklich seelenverwandt, fühlten sich zueinander hingezogen, auch wenn sie nicht direkt nebeneinanderstanden. Das war es, was sie sich immer gewünscht hatte, was sie als Kind bei ihren Eltern und all deren Freunden gesehen hatte. Diese fast übernatürliche Verbindung war etwas, wonach sie sich gesehnt hatte, und sie hatte sie mit Frankie gefunden.

Sie hatte Tex bereits dafür gedankt, dass er die Heiratsurkunde von den Bahamas besorgt hatte. Sie hatte ihn gefragt, wie viele Gesetze er gebrochen hatte, um sie zu bekommen, aber er hatte den Mund gehalten und ihr gesagt, sie solle sich keine Sorgen machen.

Ihr Bruder Ethan war mit seiner Freundin vom College da, Doug hing mit zwei seiner Freunde ab, die eingeladen worden waren, und John spielte Karten mit einigen der Söhne der anderen Delta-Mitglieder, denen ihr Vater im Laufe der Jahre nahegekommen war.

Es gab ein paar Leute, die Annie nicht kannte, und selbst sie war überrascht, wie viele Kinder anwesend waren. Sie war so sehr damit beschäftigt gewesen, es von einer Mission zur nächsten zu schaffen, dass sie nicht wirklich darüber nachgedacht hatte, eines Tages selbst Kinder zu bekommen. Aber jetzt konnte sie nicht mehr *aufhören*, darüber nachzudenken.

Wollte sie Kinder? Sie glaubte schon. Einen kleinen, ungestümen Jungen, an den sie ihre Liebe zu Hindernisläufen weitergeben konnte, den ihr Vater verwöhnen konnte, während alle seine Freunde den unbedingten Wunsch in ihm einpflanzen konnten, zur Armee zu wollen. Ja, damit könnte sie leben.

Apropos Freunde ihres Vaters, ihre inoffiziellen Onkel, Annie ging auf den Mann zu, mit dem sie noch nicht gesprochen hatte. Truck. Er saß an einem Tisch an der Seite, den Blick auf seine Frau Mary gerichtet. Sie und Rayne lachten sich in der Nähe der Theke über wer weiß was kaputt.

Truck trug ein halbes Lächeln auf dem Gesicht und es war unverkennbar, wie sehr er seine Frau liebte.

»Hallo, großer Unbekannter«, sagte Annie, als sie auf ihn zukam.

Truck drehte den Kopf und aus seinem halben

Lächeln wurde ein ganzes. »Annie!«, rief er und stand auf. Er schloss sie zu einer innigen Umarmung in die Arme und hielt sie lange fest. »Herzlichen Glückwunsch«, sagte er, als er sie wieder losließ.

»Danke. Ich habe ein schlechtes Gewissen, weil ich bis jetzt noch nicht einmal die Möglichkeit gehabt habe, dich zu begrüßen.«

Truck winkte ab. »Du warst eben beschäftigt«, erwiderte er trocken.

»Das stimmt.« Annie zog sich einen Stuhl heran und sie setzten sich beide wieder hin. Sie legte den Kopf auf eine Hand und starrte den Mann an, der ihr fast genauso viel bedeutete wie ihr Vater.

»Weißt du, diese Hochzeitsfeier erinnert mich fast an die deines Vaters«, bemerkte Truck.

»Nur ohne die Waffen und den Raubüberfall, meinst du wohl?«, witzelte Annie.

»Ja, allerdings«, erklärte er lachend. »Aber im Ernst, niemand ist formell gekleidet und man hört so viele Kinder lachen, du siehst deiner Mutter so ähnlich ... es ist wirklich schön.«

Und es war wirklich schön. Da war Annie ganz seiner Meinung. »Du und Mary seht gut aus«, bemerkte sie. »Wie geht es euren Kindern?«

»Es tut ihnen leid, dass sie nicht hier sein können«, erwiderte Truck. »Ford hat einen wahnsinnig vollen Vorlesungsplan am College dieses Jahr, alles Fortgeschrittenenkurse, und er hat vor, alles mit Auszeichnung zu bestehen. Wir haben ihm gesagt, dass wir gar nicht von ihm erwarten, überall die Bestnoten zu bekommen, aber er ist wild dazu entschlossen.«

Annie lachte leise.

»Und Elizabeth ist diese Woche im Musikcamp. Sie hat ein wahnsinnig schlechtes Gewissen, weil sie deine Hochzeit verpasst, aber sie ist jetzt im letzten Jahr in der Highschool und gehört zu den Leiterinnen des Orchesters, also konnte sie es nicht wirklich ausfallen lassen.«

»Ist schon in Ordnung«, versicherte Annie ihm. »Es ist nur schade, dass ich sie nicht treffen konnte, aber ich bin mir sicher, dass wir uns wiedersehen werden, wenn wir alle das nächste Mal zusammen in der Stadt sind.«

Truck nickte abwesend. »Wie bin ich nur so alt geworden?«, murmelte er.

Annie blinzelte. »Du bist doch nicht alt.«

Truck schüttelte nur den Kopf. »Doch, das bin ich. Ich weiß noch, wie wir uns von dir in deinem Panzer überrollen ließen. Ich weiß noch, wie du und Frankie euch kennengelernt habt, als wäre es erst gestern gewesen. Du hast deine Spielzeugsoldaten verkauft, um ihm dieses Dingsbums für sein iPad zu kaufen, damit ihr miteinander reden konntet, und *er* hat sein iPad verkauft, um dir Aufbewahrungsbehälter für deine Spielzeugsoldaten zu kaufen.« Truck schüttelte den Kopf. »Ihr beide seid schon immer füreinander bestimmt gewesen.«

Annie nickte. Sie war sehr froh, dass ihre Mutter und Frankies Patentante Kiera den Weitblick gehabt hatten, die wertvollsten Besitztümer ihrer Kinder nicht zu verkaufen. So hatte Annie die Plastikbehälter für ihre Soldaten bekommen und Frankie hatte die Technik bekommen, die sie brauchten, um miteinander zu sprechen, wenn er wieder zu Hause war.

»Ich erinnere mich noch daran, als ich dich kennengelernt habe«, sagte Annie leise. »Du warst riesig und saßt auf einem Stuhl in Fletchs Garten. Ich hatte Hunger und Angst um meine Mutter und du hast alles getan, um mich nicht mit deiner Größe einzuschüchtern.«

»Ja. Und du bist einfach auf meinen Schoß geklettert, hast deine kleine Hand auf meine Narbe gelegt und mich gefragt, ob es wehtut. Du hattest mich vom ersten Moment an um deinen kleinen Finger gewickelt.«

»Danke, dass du mir gezeigt hast, was Liebe *wirklich* ist«, erklärte Annie und gab ihm nicht die Möglichkeit zu antworten, bevor sie weitersprach. »Es bedeutet, den anderen Menschen an die erste Stelle zu setzen, egal was passiert. Es bedeutet, ihn zu lieben, auch wenn er nicht perfekt ist. Es bedeutet, ihn zu schützen, wenn er sich selbst nicht schützen kann. Aber vor allem bedeutet es, bedingungslos zu lieben. Du und Mary seid meine Vorbilder. Auf den ersten Blick scheint ihr nicht zueinanderzupassen. Aber von Dads Teamkameraden seid ihr zwei wahrscheinlich die, die sich einander am meisten verbunden fühlen.«

»Sie ist mein Ein und Alles«, entgegnete Truck einfach. Dann sah er Annie tief in die Augen. »Ich bin stolz auf dich.«

Und diese fünf Worte reichten, um Annie zum Weinen zu bringen. Sie respektierte diesen Mann so sehr und sie konnte sich nicht daran erinnern, dass er ihr so was schon jemals zuvor gesagt hatte.

»Du warst eine verdammt gute Soldatin und eine noch bessere Spezialistin bei den Sondereinsatzkräften. Unser Land hat eine seiner besten Green Berets verloren, als du aus dem Dienst ausgeschieden bist, aber ich habe keinen Zweifel, dass du die richtige Entscheidung getroffen hast. Jedes Mal wenn ich Mary und unsere Kinder bei einem Einsatz zurücklassen musste, habe ich mir pausenlos Sorgen gemacht, was mit ihnen passieren würde, wenn ich nicht nach Hause käme. Wir wissen beide, dass die Wahrscheinlichkeit, dass wir alle unsere Einsätze überleben, verdammt gering ist. Ich war immer der Meinung, dass Mary etwas Besseres verdient hat, besonders nach allem, was sie durchgemacht und über-lebt hat. Manchmal ist es eine einfache Entscheidung, bei dem zu bleiben, was man kennt, und in deinem Fall war das die Armee und das Green-Beret-Dasein. Aber die schwierigere Entscheidung ist, den Sprung zu wagen und etwas Neues zu tun. Du wirst eine großartige Ärztin sein, Annie, und Frankie wird ruhiger schlafen, weil er weiß, dass du nicht mehr tagtäglich dein Leben aufs Spiel setzt.«

Annie presste die Lippen zusammen und nickte. »Ich habe mir immer Sorgen um euch und meinen Vater gemacht, aber ich wusste nicht, wie groß die Gefahr war, in der ihr schwebtet, bis ich selbst in der Position war.«

Truck nickte. »Vergangenes kannst du nicht ändern, meine Kleine«, sagte er. »Du kannst nur nach vorn sehen. Frankie und du, ihr habt etwas Besonderes miteinander. Einen Funken. Diese besondere Verbindung. Ihr werdet überstehen, was auch immer das Leben euch bringt. Daran habe ich nicht den geringsten Zweifel.«

»Das hoffe ich.«

»Ich weiß es«, versicherte Truck ihr. Dann nickte er jemandem hinter ihr zu.

Annie drehte sich um und rechnete damit, ihren

Vater oder einen ihrer sogenannten Onkel zu sehen, doch stattdessen war es Frankie.

»Alles okay?«, fragte er ein wenig ungehalten.

Verwirrt nickte Annie.

»Ich habe gesehen, dass du geweint hast«, erklärte er, »und da wollte ich nur sichergehen, dass alles in Ordnung ist.«

Damit brachte er Annies Herz zum Schmelzen. Sie stand auf und schmiegte sich an ihren Ehemann. »Truck war nur so rührselig«, erklärte sie ihm.

Frankie zog skeptisch eine Augenbraue hoch und Annie hörte, wie Truck als Antwort leise hinter ihr lachte. »Ich weiß, ich weiß, normal ist das nicht, aber es ist wirklich passiert.«

»Okay. Kann ich dir irgendetwas holen? Möchtest du vielleicht noch ein Glas Champagner?«

»Nein danke.«

»Okay, aber ich sollte dich warnen ... dein Vater ist ebenfalls ein wenig rührselig geworden und ist in die Garage gegangen, um diesen verdammten Panzer hervorzukramen«, sagte Frankie.

Annie verdrehte die Augen, war insgeheim aber aufgeregt. Sie liebte dieses Ding und war damit herumgefahren, bis sie schon fast erwachsen war. Sie würde nur allzu gern eine Runde durch den Garten damit drehen.

»Und deine Mutter hat gesagt, dass sie ein Geschenk für uns hat«, sprach Frankie weiter.

»Noch eins?«, fragte Annie. Ihre Mutter hatte es mit Geschenken bereits übertrieben. Sie sollte besser ein ernstes Wörtchen mit ihr reden und ihr sagen, dass sie damit aufhören solle.

»Anscheinend schon.«

»Geht nur«, erklärte Truck und stand auf. »Ich muss ohnehin nach Mary sehen.« Er beugte sich vor und küsste Annie auf den Kopf. Dann nickte er Frankie erneut zu und wandte sich zum Gehen. Als er bereits ein paar Schritte gemacht hatte, hielt er inne und drehte sich noch einmal um. »Ich finde es toll, wie du deine Frau im Auge behältst.« Und dann ging er.

Frankie konnte nur den Kopf schütteln. »Manchmal machen mir die Freunde deines Vaters Angst, aber sie sind verdammt gute Männer.«

»Das sind sie«, pflichtete Annie ihm bei. »Wollen wir meine Mutter suchen und sehen, was sie für uns hat? Es bleiben noch«, sie hob ihren linken Arm und sah übertrieben nach, wie spät es war, »eine Stunde und dreiundzwanzig Minuten, bevor wir von hier verschwinden.«

Frankie griff nach ihrem Handgelenk, drehte ihre Hand um und küsste ihre Handfläche, bevor er seine Finger um ihre schlang. »Ja.«

Sie gingen durch den Garten und hielten mehrmals an, um mit weiteren Leuten zu sprechen, bevor sie Annies Mutter fanden.

»Hey, Mom, Frankie hat gesagt, du willst uns sehen?«, fragte Annie.

»Ja, kommt ins Haus. Alle beide«, sagte Emily.

Annie und Frankie folgten ihrer Mutter ins Haus und die Treppe hinauf in ihr Zimmer. Auf dem Bett lagen zwei von Annies wertvollsten Besitztümern. Nur sahen sie ganz anders aus als das letzte Mal, als sie sie gesehen hatte.

Annie schaute ihre Mutter an, die bereits Tränen in den Augen hatte. »Mom?«

»Das sind deine Spielzeugsoldaten. Die, die Fletch dir gegeben hat, als er uns zum ersten Mal begegnet ist. Und ja, das sind dieselben Plastikbehälter, die Frankie dir gegeben hat, aber ich habe mir erlaubt, sie in ein Sammlergeschäft zu bringen und darum zu bitten, sie so gut wie möglich zu reinigen. Sie waren ziemlich zerkratzt und abgenutzt, wie du weißt.«

Annie ging zum Bett und hob einen der Behälter auf. Sie hatte die Puppen bei ihren Eltern gelassen, als sie aufs College gegangen war. Sie wollte nicht, dass man sich über sie lustig machte, und nach ihrem Abschluss wollte sie nicht riskieren, sie zu verlieren, wenn sie von Stützpunkt zu Stützpunkt zogen. Sie hatte ihre Mutter schon mehrmals nach ihnen fragen wollen, aber da sie in letzter Zeit so viel zu tun gehabt hatte, war es ihr entfallen.

Obwohl es schon zehn Jahre her war, dass sie die Figuren gesehen hatte, waren die Erinnerungen daran, wie viel sie ihr bedeutet hatten, fast überwältigend.

Frankie stellte sich neben sie und nahm die zweite Figur in die Hand. Er hatte eine von ihnen mit nach Kalifornien genommen, nachdem sie sich kennengelernt hatten, und sie hatten viele Stunden damit verbracht, über das Internet mit den Puppen zu spielen – natürlich immer noch in den Plastikbehältern. Seine hatte er Annie mitgebracht, als sie die Highschool abgeschlossen hatte, damit sie zusammen im Haus ihrer Eltern aufbewahrt werden konnten.

»Sie sehen immer noch brandneu aus«, bemerkte er.

»Nicht wahr?«, fragte Emily. »Und ich möchte nur, dass ihr wisst, dass das Sammlergeschäft es gar nicht erwarten konnte, sie in die Finger zu bekommen. Der Inhaber hat mir versichert, dass er mir den Höchstpreis zahlen würden, falls ich sie jemals verkaufen möchte.«

»Verkaufen? Keine Chance«, sagte Annie. »Du hast sie nicht verkauft, als wir beinahe verhungert wären; kommt überhaupt nicht infrage, dass ich mich jetzt von ihnen trenne.«

Fletch kam ins Zimmer, da er offensichtlich gesehen hatte, wie sie ins Haus geschlichen waren. Er legte einen Arm um Emilys Hüfte und legte sanft sein Kinn auf ihren Kopf. »Ich erinnere mich an den Tag, an dem ich sie dir geschenkt habe, als wäre es erst gestern gewesen«, sagte er. »Du warst so unglaublich glücklich und stolz, ein neues Spielzeug zu haben, dass es mir fast das Herz gebrochen hat.«

»Und meines auch«, fügte Emily hinzu.

»Und es war nicht nur das«, erklärte Annie mit Nachdruck, legte die Plastikbehälter wieder aufs Bett und ging hinüber zu ihren Eltern. »Ja, ich fand es toll, dass sie neu waren, aber das Beste war, dass *Fletch* sie mir geschenkt hatte. Ich weiß noch, dass ich ein wenig Angst vor Männern hatte. So viele waren gemein zu mir gewesen, aber nicht du. Du hast meine Fragen beantwortet und mich behandelt, als wäre ich wichtig. Ich mochte sie so, weil sie ein Geschenk eines Mannes waren, den ich bewunderte und zu dem ich aufschaute. Und weil sie kein Mädchenspielzeug waren. Du hast mich verstanden. Sogar damals schon. Das ist ein Grund, warum sie mir so viel bedeuten.«

»Ach, meine Kleine«, sagte Fletch, dann presste er fest die Lippen zusammen und sagte nichts weiter. Es war offensichtlich, dass er versuchte, nicht die Fassung zu verlieren.

»Also, jetzt kannst du sie jedenfalls mit nach Hause nehmen. Und wenn du endlich eigene Kinder hast, kannst du sie vielleicht aus ihren Plastikgefängnissen nehmen und sie können endlich wieder frei sein«, erklärte Emily mit verschmitzt glänzenden Augen.

»Mom! Im Ernst? Wir haben gerade erst geheiratet und du willst jetzt schon unbedingt Enkelkinder?«

»Ja«, erklärte Emily völlig hemmungslos. »Schließlich sind deine Brüder noch zu jung. Und du wirst auch nicht jünger.«

»Du meine Güte, es ist ja nicht so, als hätte ich schon graue Haare oder so was«, beschwerte sich Annie.

»Deine Mutter ist im Babyfieber«, erklärte Fletch. »John kommt in ein Alter, in dem er seine Eltern für doof hält und lieber die ganze Zeit mit seinen Kumpels abhängt. Und keiner ihrer Freundinnen hat mehr kleine Kinder. Joe und Josie tun es zur Not, aber Gillian und Trigger sieht sie nicht oft genug. Also ...«

Annie verdrehte die Augen. »Jetzt muss ich erst mal das Medizinstudium abschließen, bevor ich überhaupt über Kinder nachdenke«, sagte sie entschlossen.

»Ein Jahr oder so kann ich noch warten«, erklärte Emily selbstgefällig.

Annie wollte ihrer Mutter nicht sagen, dass das Medizinstudium um einiges länger als ein Jahr dauern würde. Ganz zu schweigen von den Jahren der Facharztausbildung und möglichen zusätzlichen Studiengängen.

»Fletch! Bist du da oben? Komm schon runter! Wir haben den Panzer zum Laufen gebracht!«, rief Coach von unten.

Annie lachte. »Im Ernst, Dad?«

Fletch grinste. »Du weißt doch genau, dass du eine Runde damit drehen willst.«

»Eine Runde damit drehen?«, fragte Annie. »Es ist mein Panzer. Ich darf die *erste* Runde damit drehen!« Dann lief sie die Treppe hinunter und lachte, während sie versuchte, sich nicht von ihrem Vater überholen zu lassen, der ihr auf dem Fuße folgte.

Emily schüttelte den Kopf und sah den Ehemann ihrer Tochter an. Frankie blickte zur Tür, durch die Annie gerade verschwunden war, und hatte ein kleines Lächeln auf dem Gesicht.

»Danke dafür, dass du sie so glücklich machst«, sagte Emily sanft.

»Danke, dass *ihr* so eine wundervolle Frau großgezogen habt«, entgegnete Frankie.

Dann lächelten sie einander an, bevor Frankie sich wieder zum Bett umdrehte und sich die Soldatenfiguren ansah. »Unglaublich, dass die Plastikkästen wieder so toll aussehen.«

»Der Kerl, der daran gearbeitet hat, hat mir allerdings gesagt, dass eine der Figuren in nicht ganz so gutem Zustand ist wie die andere«, erklärte sie grinsend.

Frankie zuckte mit den Achseln und wurde nicht nervös. »Ja, ich habe die Figur, die ich hatte, aus der

Verpackung genommen, aber nur, wenn ich nicht mit Annie am Computer saß. Ich habe die ganze Zeit mit diesem Ding gespielt. Mein Vater hat mir zusätzliche Kleidung dafür gekauft, weil ich wusste, dass Annie verrückt werden würde, wenn ich die ursprüngliche Uniform, mit der sie geliefert wurde, beschädigen würde.«

Emily lachte. Da hatte er nicht ganz unrecht. »Du bist wirklich ein guter Kerl, dass du über ihre ... Besonderheiten hinwegsiehst«, erklärte sie.

»Annies Besonderheiten sind es doch gerade, die sie zu so einer tollen Frau machen«, sagte er achselzuckend.

»Dein Geheimnis ist bei mir sicher«, versicherte Emily ihm. »Er hat außerdem einen Zettel in einer der Schachteln gefunden«, bemerkte sie, ging zu ihrer Kommode und gab ihm ein gefaltetes Stück Papier.

Frankie nahm es ihr aus der Hand und lächelte. »Hast du es gelesen?«

»Würdest du schlecht über deine Schwiegermutter denken, wenn sie zugeben würde, dass sie es getan hat?«, fragte Emily.

Frankie lachte und schüttelte den Kopf. »Nein.«

»In diesem Fall: Ja, natürlich habe ich es gelesen«, gab Emily zu.

»Ich, Frankie Sanders, erkläre hiermit, dass ich eines Tages Annie Fletcher heiraten werde«, zitierte Frankie, ohne den kleinen Zettel aufzufalten. »Ich liebe sie mehr als Erdnussbutter und Marmelade, und ich werde alles dafür tun, dass sie mich auch so sehr liebt.« Er wusste genau, was auf dem kleinen Zettel stand, da er ihn geschrieben hatte. »Ich war eben ein Trottel«, erklärte er trocken.

»Ich halte es für das Romantischste, was ich jemals gesehen habe«, widersprach Emily ihm.

»Das habe ich geschrieben, als ich acht oder so war. Annie und ich unterhielten uns seit etwa einem Jahr über mein iPad. Sie hat mir das nötige Selbstvertrauen gegeben, mehr zu wagen und schließlich dem Cochlea-Implantat zuzustimmen. Ich liebe sie schon seit jeher und ich verspreche, dass ich sie für den Rest meines Lebens beschützen und lieben werde.«

Emily lächelte. »Das weiß ich doch.«

Frankie strich mit dem Finger über den Zettel und steckte ihn dann in seine Gesäßtasche. »Ich bin mir sicher, dass Annie möchte, dass wir die Figuren mit nach Hause nehmen, wenn sie damit fertig ist, alle mit ihren Fahrkünsten zu terrorisieren.«

»Ich hole eine Tasche und stelle sie zu euren anderen Hochzeitsgeschenken«, entgegnete Emily. »Wenn ihr morgen zum Brunch herkommt, laden wir alles in euren Jeep.«

»Das ist lieb.«

Sie hörten, wie Gelächter vom Garten zu ihnen aufstieg, und Emily lachte laut auf. »Geh schon, du solltest besser deine Frau im Auge behalten. Sie neigt dazu, ein wenig zu sehr zu wetteifern, besonders wenn Männer dabei sind.«

Frankie ging zu ihr und umarmte sie, bevor er den Raum verließ, und Emily blieb einen Moment lang stehen. Ihr und Annies Leben war hart gewesen, als sie eine alleinerziehende Mutter war, aber sie hatte immer getan, was sie für das Beste für ihre Tochter hielt. Sie konnte manchmal immer noch nicht fassen, wie viel Glück sie gehabt hatte, den Mann ihrer Träume kennenzulernen. Fletch hatte ihr gezeigt, was Liebe wirklich war, und er hatte Annie in sein Herz geschlossen, als wäre sie sein eigenes Kind.

Manchmal war es schwer zu glauben, dass ihr kleines Mädchen erwachsen und selbst eine tödliche Soldatin der Spezialeinheit war. Aber solange Annie glücklich war, war Emily zufrieden.

Als sie einen weiteren Schrei und viel Gelächter hörte, machte sie sich auf den Weg zur Tür. Sie wollte keinen Moment mehr von dem Chaos verpassen, das sich im Garten abspielte. Sie vergewisserte sich, dass sie ihr Handy in der Tasche hatte, damit sie die Geschehnisse aufzeichnen konnte, und lächelte den ganzen Weg über, während sie die Treppe hinunter und zur Tür hinausging.

EPILOG

Zehn Jahre später

»Nein!«, rief das kleine Mädchen und stampfte mit dem Fuß auf, um seiner Weigerung Nachdruck zu verleihen. »Ich will mein Prinzessinnenkleid tragen! Und meine Krone. Und Schmuck.«

Annie seufzte und setzte sich auf ihre Fersen. Sie befand sich mitten im Zimmer ihrer Tochter und versuchte, sie anzuziehen, damit sie zum Haus ihrer Eltern fahren konnten. Sie waren bereits dreißig Minuten zu spät dran, weil Melanie vorhin nicht aus der Badewanne kommen wollte.

»Melanie Emily Sanders, du kommst jetzt sofort hierher«, sagte Annie in ihrer strengsten »Mama«-Stimme.

Die dreijährige Melanie schmollte, schlurfte aber zu ihrer Mutter hinüber.

»Wir fahren zu Grammy und PopPop. Es ist kalt draußen. Deine Beine werden frieren, wenn du ein Kleid trägst«, erklärte Annie.

Aber ihr stures kleines Monster schüttelte den Kopf und ihre Lippen begannen zu beben.

Annie spürte Frankies Hand auf ihrer Schultern, kurz bevor er sprach.

»Wie wäre es, wenn du statt des Prinzessinnenkleides dein rosa Tutu anziehst, das mit den Glitzersteinchen? Und die rosa, butterweichen Leggings. Die magst du doch, weil sie nicht kratzen, oder? Und sie passen zu deinem Tutu.«

»Jaaa!«, rief Melanie fröhlich und lief direkt zu ihrem Kleiderschrank, der mit mehr Rosa und Glitzer gefüllt war, als Annie je in ihrem Leben gesehen hatte.

Annie stand auf, schmiegte sich an Frankie und lehnte ihre Stirn an seine. »Wenn ich sie nicht zur Welt gebracht hätte, würde ich mich definitiv fragen, ob sie wirklich mein leibliches Kind ist«, sagte Annie.

Frankie lachte und strich mit einer Hand über ihr Haar. Er küsste sie auf die Wange, bevor er sich zurückzog. »Warum gehst du nicht und sorgst dafür, dass wir genügend Snacks für die Fahrt zu deinen Eltern haben? Wir wissen beide, dass unsere Tochter fünf Minuten, nachdem wir aus der Einfahrt gefahren sind, Hunger bekommen wird.«

»Das stimmt. Oh, und sie hätte heute gern das lila Handtäschchen. Du weißt schon, das meine Mutter ihr zu Weihnachten geschenkt hat. Und bitte vergiss nicht, mindestens zwei verschiedene Labello in die Tasche zu packen.«

»Du weißt aber schon, dass sie sich schminken will, wenn sie zehn ist, oder?«, fragte Frankie sie grinsend.

»Im Ernst, wie können zwei Leute so unterschiedlich sein?«, fragte Annie. »Sie wollte nicht aus der Badewanne kommen, sondern behauptete, sie sei immer noch dreckig. Als ich in ihrem Alter war, bin ich wütend geworden, wenn ich *in* die Badewanne gehen musste. Ich war viel lieber dreckig, als mein Gesicht zu waschen oder meine Haare zu kämmen. Und sie benutzt ständig Labello und tut so, als sei es Lippenstift. Was habe ich nur falsch gemacht?«, beschwerte sie sich.

Frankie lachte wieder, dann ging er mit Annie zur Schlafzimmertür ihrer Tochter. Nachdem er einen Blick auf Melanie geworfen hatte – die mit ihren Kleidern beschäftigt war und ihre Mutter und ihren Vater nicht beachtete –, beugte Frankie sich zu ihr hinunter und küsste sie. Es war auch nicht einer seiner kurzen, schnellen Küsse.

Annie verschmolz mit ihrem Mann. Er war der Einzige, der es schaffte, sie so leicht zu beruhigen. Er war immer noch ihr Fels. Ihr größter Fan, Lernpartner und bester Freund. Das Medizinstudium war das Schwierigste gewesen, was Annie je gemacht hatte. Noch schwieriger, als ein Green Beret zu werden. Es gab Zeiten, in denen sie nicht glaubte, dass sie es schaffen würde. Aber Frankie munterte sie immer wieder auf, erinnerte sie daran, wie viel sie schon erreicht hatte und wie weit sie gekommen war, und dann war sie wieder fit.

Jetzt arbeitete sie in einer der geschäftigsten Notaufnahmen in Austin. Jeder Tag war ein Abenteuer, brachte ihr neue Fälle und sorgte dafür, dass sie nicht selbstgefällig wurde oder sich langweilte. Annie hatte lange, ungewöhnliche Arbeitszeiten, aber sie wusste ohne Zweifel, dass ihr Mann und ihre Tochter sicher und glücklich waren.

Frankie hatte seine Arbeitszeiten reduziert und arbeitete jetzt nur noch in Teilzeit im Veteranenkrankenhaus. Er traf sich immer noch mit Kriegsversehrten und half ihnen, sich an eine hörende Welt zu gewöhnen, nachdem sie ihr eigenes Gehör verloren hatten, aber seine größte Freude im Leben war es, mit Melanie zu Hause zu sein.

Annie hatte noch nie zwei Menschen gesehen, die sich auf einer so tiefen Ebene verbunden fühlten. Melanie liebte ihre Mutter, aber sie *vergötterte* ihren Daddy. Als sie zwei Jahre alt war, beherrschte Mel die Gebärdensprache schon ziemlich gut und war fasziniert von Frankies Sprachprozessor. Vor ein paar Monaten hatte sie einen Tobsuchtsanfall, weil sie auch einen wollte, und als ihr Vater ihr erklärte, dass sie keinen bräuchte, weil ihre Ohren perfekt funktionierten, war Melanie wochenlang eingeschnappt.

Annie starrte Frankie an und leckte sich über die Lippen. Sie liebte diesen Mann so sehr. Als sie den Entschluss gefasst hatten, ein Kind zu bekommen, war sie sich nicht sicher gewesen, wie erfolgreich sie sein würden. Annie war nicht mehr die Jüngste und sie hatte jahrelang verhütet. Aber zu ihrer Überraschung war sie nur ein paar Monate später schwanger geworden.

Alle waren überglücklich gewesen, als sie ein kleines Mädchen bekommen hatte. Annie stellte sich vor, wie sie ihr die Hindernisläufe beibringen würde, die sie als Kind so sehr geliebt hatte, wie sie im Dreck spielte und wie sie ganz allgemein eine Miniversion von sich selbst haben würde. Aber das war nicht das, was sie bekommen hatte. Sie bekam ein kleines Mädchen, das einen Wutanfall bekam, wenn es Jeans tragen musste, weil sie »kratzten«. Als ihre Tochter im Kindergarten einen blauen Aufkleber bekam, weinte sie, weil es eine »Jungenfarbe« war.

Melanie liebte Puppen und Stofftiere und zog in neun von zehn Fällen lieber Kleider an. Außerdem hasste sie es, schmutzig zu sein. Als sie ein Jahr alt war und ihr ein riesiger Geburtstagskuchen vorgesetzt wurde, hatte Melanie geweint, als sie Zuckerguss auf ihre Hand bekam und ihn nicht mehr abbekam.

Ihre Eltern waren auch keine große Hilfe. Sie kauften ihrer Enkelin ständig weite Röcke, Hemden mit Glitzer und Bastelarbeiten mit Glitter. Annie bekam den verdammten Glitter nie aus ihrem Teppich und von ihren Böden. Gerade als sie dachte, sie hätte das Schlimmste aufgesaugt, tauchte aus dem Nichts noch mehr davon auf.

»Das möchte ich anziehen, Daddy!«, rief Melanie hinter ihnen.

Frankie und Annie drehten sich um und sahen, dass sie ein kurzes lila Oberteil mit Pailletten hochhielt, das sie im Sommer zur Aufführung ihrer Kindertanzgruppe getragen hatte.

Annie stöhnte.

Frankie lachte. »Geh du nur, ich suche ihr etwas Passenderes heraus«, sagte er. Dann leckte er sich über die Lippen und fragte leise: »Meinst du, deine Mutter und Fletch hätten etwas dagegen, wenn wir sie einfach nur absetzen und dann direkt zu unserem Hotel fahren?«

Annie konnte die Lust in den Augen ihres Mannes sehen und ihr Bauch krampfte sich zusammen. Auch nach all den Jahren, die sie zusammen waren, hatte ihr Sexleben nicht nachgelassen. »Sie werden sich riesig freuen«, versicherte Annie ihm.

»Gut.« Frankie gab ihr einen schnellen Kuss und schob sie dann in den Flur. »Geh schon. Wir kommen gleich nach.«

»Viel Glück«, sagte Annie auf dem Weg zur Treppe. Sie hörte, wie Frankie mit ihrer Tochter sprach, während sie fortging. Er war ein erstaunlicher Vater. Liebevoll, aber kein Schwächling. Streng, aber sich trotzdem nicht zu schade, mit Melanie zu scherzen. Er hatte ihrer Tochter die Liebe zu Büchern beigebracht und jeden Abend lag er im Bett und las ihr vor.

Melanie und sie mochten verschieden sein wie Tag und Nacht, aber Annie würde ihre Tochter um nichts in der Welt tauschen wollen. Auch wenn sie ihre Macken nicht immer verstand und es ihr schwerfiel, sich mit ihrer extremen Mädchenhaftigkeit anzufreunden, war sie trotzdem überglücklich. Melanie war gesund, klug, kontaktfreudig und traf nie jemanden, den sie nicht mochte. Erst neulich, als Annie nach einer langen Schicht nach Hause kam, sprach ihre Tochter über einen Jungen in ihrer Kindergartengruppe, der im Rollstuhl saß. Mason war den ganzen Abend das Gesprächsthema und als Frankie über den Kopf ihrer Tochter hinweg eine Augenbraue zu ihr hochzog, musste Annie lachen.

Es würde sie überhaupt nicht überraschen, wenn Melanie und dieser Mason eines Tages zusammenkämen. Genauso wie sie und Frankie es getan hatten.

Annie hatte ihre Mutter immer respektiert und geliebt, aber jetzt, wo sie selbst Mutter war, verstand sie sehr gut, welche Opfer Emily vor all den Jahren gebracht hatte. Annie würde alles für ihre Tochter tun. Sie würde auf jeden Fall hungern, wenn das bedeutete, dass Melanie etwas zu essen bekam. Sie würde ihre Tochter mit ihrem Leben beschützen. Einige ihrer schönsten Momente waren die Teepartys mit Melanie und ihren Stofftieren und Puppen, oder wenn sie mit ihr kuschelte und zum millionsten Mal einen Prinzessinnenfilm ansah.

Annie schnappte sich ein paar Käsesticks aus dem Kühlschrank, schälte schnell eine Orange und steckte sie in eine Plastiktüte. Sie fügte eine Getränkepackung und ein paar Goldfisch-Cracker zu den Snacks hinzu und nachdem sie alles eingepackt hatte, zusammen mit reichlich Servietten und Feuchttüchern, damit Melanie sich nach dem Essen sauber machen konnte, hielt Annie inne und starrte aus dem Fenster über dem Spülbecken in der Küche.

Manchmal musste sie sich selbst kneifen, dass dies ihr Leben war. Sie hatte einen Mann, der sie über alles liebte und den sie auch liebte. Sie hatte eine Tochter, die altklug war und sie ständig auf Trab hielt. Sie hatte ein schönes Haus und einen Job, den sie über alles liebte. Sie setzte sich für ihre Gemeinde ein und half, das Leben von Patienten zu retten, die mit schweren Verletzungen eingeliefert wurden. Ihre Eltern waren gesund und hatten nichts dagegen, auf ihre Enkelin aufzupassen, wenn Annie und Frankie eine kleine Pause brauchten.

Sie drehte den Kopf und lächelte die beiden Plastikpuppen der Armee an, die in ihren Schachteln steckten.

Sie saßen auf einem Regal, das Frankie selbst gebaut und an einem Ehrenplatz im Wohnzimmer aufgehängt hatte. Sie war glücklich und so verdammt dankbar, dass ihre Eltern ihre Freundschaft mit dem kleinen tauben Jungen, den sie mit sieben Jahren kennengelernt hatte, unterstützt hatten. Wer weiß, wo sie ohne ihre Unterstützung heute wäre? Auf jeden Fall nicht so glücklich. Das wusste Annie ohne den geringsten Zweifel.

»Mommy!«, rief Melanie, während sie die Treppe hinunterstürmte. »Bin fertig!«

Annie drehte sich um und sah ihre Tochter die letzte Stufe ins Wohnzimmer hinuntersteigen. Sie trug Flauschsocken und die Plastikstöckelschuhe, die zu einem der Kostüme gehörten, die Fletch ihr in diesem Jahr zum Geburtstag geschenkt hatte. Sie trug ein rosafarbenes Tutu-Kleid, rosafarbene Leggings und das lilafarbene kurze Top über einem rosafarbenen, langärmeligen T-Shirt. Über einer Schulter trug sie ihre kleine Mädchentasche und hielt eine riesige Pfauenfeder in der Hand, die sie bei ihrem letzten Zoobesuch bekommen hatte.

Sie sah lächerlich aus – und so verdammt süß. Annie konnte nur den Kopf schütteln.

Frankie zuckte mit den Schultern und sagte in Gebärdensprache über den Kopf ihrer Tochter hinweg: *Sie wollte ein Nein wegen des Oberteils nicht akzeptieren. Aber ich konnte sie überreden, ein langärmeliges T-Shirt darunter anzuziehen, damit sie nicht friert.*

Im Kofferraum ihres Geländewagens befanden sich zwei Koffer, sodass Grammy und PopPop genügend Kleidung zur Auswahl hatten. Wenn Melanie sich entschieden hatte, was sie anziehen wollte, war es das. Meistens war es einfacher, einfach mitzumachen, als zu versuchen, sie vom Gegenteil zu überzeugen.

Und insgeheim liebte Annie es, dass ihre Tochter eine so ausgeprägte Meinung hatte. Sie hoffte, dass sie diesen Charakterzug nie verlieren würde, wenn sie erwachsen wurde.

»Bist du bereit zu gehen, mein kleiner Schatz?«, fragte Annie.

»Ja! Grammy- und PopPop-Zeit!«, rief Melanie und stapfte so schnell sie konnte, was nicht besonders schnell war, auf die Garage zu.

Frankie lachte leise, nahm ihr den Beutel mit den Snacks ab und küsste sie auf die Schläfe. »Ich liebe dich.«

»Ich liebe dich auch«, erklärte Annie.

»Das Beste, was mir je passiert ist«, murmelte Frankie eher zu sich selbst als zu Annie und beeilte sich, um Melanie einzuholen, damit er ihr in den Wagen helfen und sie in ihren Kindersitz auf der Rückbank setzen konnte.

Annie ließ sich Zeit, um sich davon zu überzeugen, dass alle Lichter ausgeschaltet waren, bevor sie sich langsam auf den Weg in die Garage machte. Das Haus war unordentlich, sie hatte das Geschirr nicht weggeräumt und sie war ziemlich sicher, dass noch eine Ladung Wäsche im Trockner war. Aber das alles war nicht wichtig. Die Liebe schon. Mit der Familie zusammen zu sein. Dafür zu sorgen, dass ihr Mann wusste, wie sehr sie ihn schätzte. Ihre Tochter zum Lachen zu bringen. Ihrer Mutter und ihrem Vater zu sagen, wie dankbar sie für alles war, was sie für sie getan hatten.

Das Leben war schön. Wirklich schön. Und alles hatte mit der Begegnung mit einem kleinen Jungen namens Frankie begonnen, als sie sieben Jahre alt war.

Sie konnte Melanie draußen in der Garage lachen hören, und das brachte Annie zum Lächeln. Ihre Tochter war vielleicht nicht das Kind, das sie erwartet hatte, aber sie war in jeder Hinsicht absolut perfekt.

Mit einem breiten Lächeln im Gesicht ging Annie zu ihrem Mann und ihrer wunderbaren Tochter.

BÜCHER VON SUSAN STOKER

Die Delta Force Heroes:
Die Rettung von Rayne
Die Rettung von Emily
Die Rettung von Harley
Die Hochzeit von Emily
Die Rettung von Kassie
Die Rettung von Bryn
Die Rettung von Casey
Die Rettung von Wendy
Die Rettung von Sadie
Die Rettung von Mary
Die Rettung von Macie
Die Rettung von Annie

Delta Team Zwei
Ein Held für Gillian
Ein Held für Kinley
Ein Held für Aspen
Ein Held für Jayme

Ein Held für Riley
Ein Held für Devyn
Ein Held für Ember
Ein Held für Sierra

SEALs of Protection:
Schutz für Caroline
Schutz für Alabama
Schutz für Fiona
Die Hochzeit von Caroline
Schutz für Summer
Schutz für Cheyenne
Schutz für Jessyka
Schutz für Julie
Schutz für Melody
Schutz für die Zukunft
Schutz für Kiera
Schutz für Alabamas Kinder
Schutz für Dakota

Ace Security Reihe:
Anspruch auf Grace
Anspruch auf Alexis
Anspruch auf Bailey
Anspruch auf Felicity
Anspruch auf Sarah

Mountain Mercenaries:
Die Befreiung von Allye
Die Befreiung von Chloe
Die Befreiung von Morgan

Die Befreiung von Harlow
Die Befreiung von Everly
Die Befreiung von Zara
Die Befreiung von Raven (1 Apr 2022)

<u>Die SEALs von Hawaii:</u>

Die Suche nach Elodie
Die Suche nach Lexie
Die Suche nach Kenna
Die Suche nach Monica (10 Mai 2022)
Die Suche nach Carly
Die Suche nach Ashlyn
Die Suche nach Jodelle

BIOGRAFIE

Susan Stoker ist die New York Times, USA Today und Wall Street Journal Bestsellerautorin der Buchreihen »Badge of Honor: Texas Heroes«, »SEAL of Protection«, »Die Delta Force Heroes« und einigen mehr. Stoker ist mit einem pensionierten Unteroffizier der US-Armee verheiratet und hat in ihrem Leben schon überall in den Vereinigten Staaten gelebt – von Missouri über Kalifornien bis hin zu Colorado. Zurzeit nennt sie die Region unter dem großen Himmel von Tennessee ihr Zuhause. Sie glaubt ganz und gar an Happy Ends und hat großen Spaß daran, Geschichten zu schreiben, in denen Romantik zu Liebe wird.

Besuchen Sie Susan im Netz!
www.stokeraces.com
facebook.com/authorsusanstoker
twitter.com/Susan_Stoker

bookbub.com/authors/susan-stoker
instagram.com/authorsusanstoker
Email: Susan@StokerAces.com